人民共和國文化與文學叢書

十一編

李 怡 主編

第4冊

文學中的「聲音景觀」——當代文學的音樂媒介問題研究

劉小波 著

花木蘭文化事業有限公司

國家圖書館出版品預行編目資料

文學中的「聲音景觀」——當代文學的音樂媒介問題研究／劉小波 著 -- 初版 -- 新北市：花木蘭文化事業有限公司，2023〔民 112〕
序 26+ 目 2+176 面；19×26 公分
（人民共和國文化與文學叢書 十一編；第 4 冊）
ISBN 978-626-344-371-6（精裝）
1.CST：中國當代文學 2.CST：文學評論 3.CST：音樂
820.8 112010204

人民共和國文化與文學叢書
十一編 第 四 冊
ISBN：978-626-344-371-6

文學中的「聲音景觀」
——當代文學的音樂媒介問題研究

作　　者　劉小波
主　　編　李　怡
企　　劃　四川大學中國詩歌研究院
總 編 輯　杜潔祥
副總編輯　楊嘉樂
編輯主任　許郁翎
編　　輯　張雅淋、潘玟靜　美術編輯　陳逸婷
出　　版　花木蘭文化事業有限公司
發 行 人　高小娟
聯絡地址　235 新北市中和區中安街七二號十一三樓
　　　　　電話：02-2923-1455／傳真：02-2923-1452
網　　址　http://www.huamulan.tw 信箱 service@huamulans.com
印　　刷　普羅文化出版廣告事業
初　　版　2023 年 9 月
定　　價　十一編 12 冊（精裝）台幣 30,000 元

文學中的「聲音景觀」
——當代文學的音樂媒介問題研究

劉小波 著

作者簡介

劉小波，1987年生，四川省廣元市朝天區人。先後畢業於西南科技大學、四川大學，獲得文學學士、文學碩士、藝術學博士學位，新聞傳播學出站博士後，研究員。曾在《光明日報》《人民日報》等報刊媒體發表文章。有多篇被「人大複印報刊資料」、《長篇小說選刊》《中國文學年鑒》等轉載。曾獲國家獎學金、四川省優秀畢業大學生、四川省社會科學學術期刊優秀編輯、「馬識途文學獎」、中國文聯「啄木鳥杯」年度推優、2021年度四川省文藝精品獎勵項目、第十屆四川省巴蜀文藝獎特別榮譽獎等獎勵。入選「21世紀文學之星叢書」。

提　　要

文學中的音樂介入現象十分常見，研究者們將其概括為文學的音樂性、文學的音樂化、文學與音樂的互文書寫、文學中的聽覺敘述、文學的聲音景觀，等等，不一而足。不同的命名也意味著研究側重的不同。本文從媒介的角度出發，將這一現象概括為文學中的音樂媒介問題，努力把文字描繪的聲音還原成音樂媒介，對其進行原因、呈現、影響等多方面的論述。現代媒介的進程與中國白話文學的發展在時間上幾乎同步，媒介一直影響著文學的書寫。文學的跨媒介、跨體裁、跨門類編碼較為常見，當下時代媒介進程進一步加劇，對文學的影響也越來越深。音樂與文學的互動可以從一個側面反映出這種跨媒介趨勢。文學中的音樂媒介問題研究將文學與音樂的互文關係深入化、系統化、理論化，並結合最新的文學現場，對文本提出新的闡釋。

音樂媒介可以進入文學，既有不同體裁藝術跨界的共通性，也有音樂本身的特殊性。音樂能夠進入文學編碼與文學跨體裁編碼的普遍性有關，首先來說是不同藝術門類之間的出位之思和體裁欽羨；其次，從接收層面而言，這與人們多感官共同接受藝術作品有關；再次，跨體裁編碼與藝術編碼的反模仿性有關。音樂媒介能夠進入文學且不影響聲音的表達，文學能夠呈現出音樂的「聲音」態，除了上述藝術編碼的跨媒介共通性方面的原因，還有一些獨特的原因。包括「聲音下潛」、藝術演進規律、中國特定文學傳統、聽覺轉向等。

音樂媒介在文學中的具體呈現，既包括顯性的音樂元素的植入、技術層面上模仿音樂的技法，也包括隱性的音樂結構、主題的借鑒與使用。梳理了百年中國文學四個階段現文學中音樂媒介的呈現，列舉了一些重要作家受文學影響及其在作品中的呈現。同時探討了音樂對作家產生的影響，通過一些個案分析，來強化這一觀點，音樂對作家們的影響如此之深，小說文本自然也就呈現出濃鬱的音樂性。音樂介入文學所產生獨特的敘事價值，一方面是文本內的敘事補充、主題昇華等；另一方面是文本外的傳播渠道的拓寬，不同藝術的混合容易產生傳播的話題效應。

當下文壇，作家跨界成為文學書寫的常態，而傳統的文學研究模式在某種意義上陷入困境，新的文學語境需要一種新的文學研究方式。或可理解為「後文學」時代的「新人文」解讀方式，而這種解讀，就是跨學科、跨體裁、跨媒介的。概而言之，這一研究具有以下價值，第一，形成一種新的人文闡釋方式；第二，豐富文學研究的話語體系建設；第三，對當代文學進行有效而新穎的闡釋。

當代歷史與「文學性」——《人民共和國文化與文學叢書·十一編》引言

李　怡

2023 新年伊始，近年來活躍於批評界的《當代文壇》雜誌推出專欄，再度提出「文學性」的問題。《為何要重提「文學性研究」》一文中這樣開宗明義：「為什麼要重提『文學性研究』？這看起來像是一個假命題。什麼是文學性研究？世界上有一種純粹的、有明確界限的、專門意義上的、排他性的文學性研究麼？顯然沒有，如果有的話，至多也就是『文學研究的文學性』這樣一個問題；還有，如果換一個角度看，或許文學性研究又是一直存在的——假如它不是被理解得那麼絕對的話。從來沒有消失過，又何談『重提』？」〔註 1〕這裡的表述小心而謹慎，尚沒有高調亮出新的理論宣言，就首先重述了二十年前那場「文學性」討論的許多重要議題：究竟有沒有純粹的文學性？舊話重提理由何在？能不能真正解決一些棘手的問題？這種小心翼翼的立論似乎在提醒我們，那場出現很早、持續時間不短的討論其實餘波未平，其中涉及的一系列關鍵性的命題——如文學性的含義、文學與非文學的邊界、突破文學性研究的學術價值等等都對學界有過重大的衝擊，並且至今依然具有廣泛的影響，因此新的討論就得小心謹慎、周密穩妥。在我看來，今天的文學性討論，的確應該也有可能接受多年來相關探索的實際成果，將各種方向的思考納入我們的最新建構，進一步深化我們對於文學與文學性的理解，特別是要揭示它們在中國現代文化語境中的歷史真相。

〔註 1〕張清華：《為何要重提「文學性研究」》，《當代文壇》2023 年第 1 期。

一

中國當代文學批評界提出討論「文學性」的問題已經是二十年前的事情了。引發那一次討論的余虹和陶東風的論文最早都出現在 2002 年。余虹的《文學終結與文學性蔓延》刊登在《文藝研究》2002 年第 6 期（次年再有《白色的文學與文學性》刊發於《中外文化與文論》第 10 輯），陶東風的《日常生活的審美化與文化研究的興起——兼論文藝學的學科反思》出現在《浙江社會科學》2002 年第 1 期（數年後的 2006 年再有《文學的祛魅》刊登在《文藝爭鳴》2006 年第 1 期）。余虹提出，後現代的轉折從根本上改變了「文學」的狀況，它將狹義的「文學」——作為一種藝術門類和文化類別的語言現象推及邊緣，同時卻又將廣義的「文學性」置於中心，傳統屬於「文學」的修辭和想像方式開始全面滲透在了社會生活與文化行為之中，形成了獨特的悖反現象：文學的終結與文學性的蔓延。陶東風以「我們在新世紀所見證的文學景觀」為依據，揭示了「在嚴肅文學、精英文學、純文學衰落、邊緣化的同時，『文學性』在瘋狂擴散」〔註 2〕，並以此論及了「日常生活的審美化與文化研究的興起」，將這一歷史性的變化視作當代文藝學最重要的「學科反思」。這樣的判斷引起了中國學界的爭論，質疑之聲不斷。有人認為在後現代時代，「文學性」不是擴展而是消散了，或者說在這個時代，語言文學的獨特意義恰恰是疏淡了，輕言「文學性終結或者擴散」的人，其實缺乏對「文學性」的明確界定〔註 3〕。當然，也有學者對語言文字的審美的「文學」和日益擴張的「文學性」作出區分，重新定義「文學」性與文學「性」，從而為「後現代時代」的多元研究打開空間。〔註 4〕

從歷史語境看，中國學者在新世紀初年的這場討論源自 1990 年代市場經濟全面推進以後當代中國文學日益邊緣化、同時所謂的「圖像時代」降臨的客觀事實。當然，就如同當代中國文藝思想的總體發展一樣，所有這些中國內部的「思潮」、「論爭」也與西方文藝思想的運動有著密切的聯動關係。嚴格說來，中國關於「文學性」的論爭發生在新世紀之初，但對「文學性」問題的重視和強調還有過一次，那就是新時期文學蓬勃生長的年代。這內涵有別的兩次思潮都可以辨認出來自西方思想的啟發和推動。

〔註 2〕陶東風：《文學的祛魅》，《文藝爭鳴》2006 年第 1 期。

〔註 3〕參見王岳川：《「文學性」消解的後現代症候》（《浙江學刊》2004 年第 3 期）、吳子林：《對於「文學性擴張」的質疑》（《文藝爭鳴》2005 年第 3 期）等。

〔註 4〕劉淮南：《「文學」性≠文學「性」》，《文藝理論研究》2006 年第 2 期。

事實上，西方文藝思想界的「文學性」議題也先後出現過兩次。

第一次是在 20 世紀初期到中葉，先後有 1915～1930 年間俄國形式主義的興起，他們反對實證主義與社會批評，主張將文學研究與社會思想其他領域的研究區分開來，突出文學的獨立自主性和自身規律；形成於 1920～1950 年間的英美新批評，他們劃分了「文學的內部研究」和「文學的外部研究」，把文學研究的真正對象確定為文學的內部研究；1960 年代形成於法國的結構主義，包括施特勞斯的文學人類學與神話模式研究、羅蘭·巴特的結構主義批評理論以及熱奈特和格雷馬斯的結構主義敘事學理論，他們都迷信一種獨立自足的語言結構，滿懷著對潛藏於語言、文本中的深層結構的信賴。這三種思潮雖然各有側重，但都傾向於將文學的本質認定為一種獨特的語言現象和符號系統。儘管這種對語言結構的偏執的探尋並不一定切合中國當代文學發展的歷史訴求，但是他們對「文學自足」的強調卻在很大程度上鼓勵了 1980 年代新時期文學擺脫政治干擾，謀求獨立發展的要求，所以 1980 年代中國文學的「自主」之路和中國文學研究的「純文學」理想都不難發現這三大思潮的身影，雖然我們對其充滿了誤讀和偏見。

第二次就是 20 世紀中後期，隨著解構主義的出現，西方思想界開始質疑和挑戰傳統思想中關於中心、本質的基本思維，雅克·德里達的理論就是致力於對整體結構的打破。同時，後現代社會中大量的「泛文學」現象的湧現也挑戰了傳統對「文學性」的迷戀。美國後現代理論家大衛·辛普森認為文學已經泛化於多個社會領域，實現了廣泛的「文學的統治」，另一位解構主義者卡勒也發現文學性在非文學中的普遍存在，以致「文學可能失去了其作為特殊研究對象的中心性，但文學模式已經獲得勝利」〔註 5〕。這就是「文學性終結或者擴散」之說的明確來源。與 1980 年代的太多的誤讀不同，這一回中國社會的市場經濟的發展似乎帶來了中西文學命運的驚人的相似，於是辛普森和卡勒的這一見解引起了國內學術界的濃厚興趣。先有余虹等人的譯介，再有眾多學人的跟進立論，一時間，終結和擴散的問題便躍居文藝學界的中心，成為新世紀初年中國文藝理論領域最大的焦點。

當然，我們也看到，在當年的討論中，文藝理論界的學者和從事當代文學批評的學者都有參與——當代中國知識領域的生成發展在 1980 年代以後讓這

〔註 5〕〔美〕喬納森·卡勒：《理論的文學性成分》，余虹等主編《問題》第 1 輯，第 128 頁，中央編譯出版社 2003 年。

兩個領域的學者有了較多的知識分享，因而在涉及當代文學現象方面常常可以看到他們攜手前行的步伐——不過，因為關注焦點的差異，我們也發現，他們各自的側重和態度也並不相同。從事文藝理論研究的學人主要致力於方法論的檢討與更新，焦點是「文學」、「文學性」的基本觀念及其歷史過程；而從事當代文學批評的學人則最終將問題拉回到了對當前文學發展的評估之中：究竟我們應不應該繼續堅持對「文學性」的要求？或者說建立在「文學性」理想之上的當代文學批評還是不是有益的，也是有效的？這裡不乏來自當代文學批評界的憂慮之聲：

> 關於「文學性」之爭，實際反映了一個敏感而重大的問題：在政治與市場的雙重壓迫之下，還需不需要堅持文學創作的文學性？真正的文學性體現在哪裏？人類生活中既然有情感活動，有幻想，有堪稱越軌的心理衝動，那麼文學還要不要想像力？它應該只是「日常生活」原封不動的照搬嗎？除此之外是否還應該有生活的奧義、情感的傾訴、美感而神秘的藝術結構和展現的形式？〔註 6〕

> 讀圖時代的到來，讓一些人開始討論「文學的終結」。百年中國文學還是很年輕的，但它怎麼就老了，到了終結的時候？當影視及新媒體出現，和傳統文學連在一起的時候，網絡文學又宣布「傳統文學的死亡」。但是新世紀的文學確實是多元格局，不只是 70 後、80 後，更年輕的更多五花八門的東西出現了……「新世紀文學」確實有著多樣的內容。我關注的依然是傳統文學、經典文學的脈絡，當然它不可能終結。〔註 7〕

二

從新世紀之初以降，關於當代中國文學研究中的「文學性」理想問題，其實一直都在延續，不過，越往後走，人們面對的就不僅僅是大衛・辛普森和卡勒的原初結論了，而是文化研究、歷史研究之於文學審美研究的巨大衝擊。從思想脈絡來說，文化研究、歷史研究本來與文學研究有著明顯的差異，前者屬於社會科學，而後者屬於廣義的藝術，前者更依據於科學的理性，而後者更依

〔註 6〕程光煒：《拒斥文學性的年代》，《山花》2001 年第 4 期。

〔註 7〕陳曉明、李強：《「無法終結的」當代文學——陳曉明先生訪談錄》，《新文學評論》2018 年第 4 期。

賴藝術的感性。但是，就是在「文學性擴散」之後，科學的研究之中也滲透了文學的感性，反過來，則是文化研究、歷史研究的方法開始向文學滲透。兩者的學術界限變得模糊不清了。

對於「文化問題」的關注始於1980年代，但那個時候提出「文化」還是為了沖淡社會政治批評的一家獨大，「第一，不能將『政治學』庸俗化，變成庸俗社會學；第二，不能侷限於政治學的角度。一個作品的思想內容，不僅指它的政治傾向性，還有哲學的、倫理學的、心理學……的多種內涵，因此，在理論上用『文化』這個概念來概括，路子就會寬得多。」〔註8〕所以，文學審美依然是新時期文學研究的中心。「文化研究」源於英國學者雷蒙·威廉姆斯（Raymond Williams）、霍加特（Richard Hoggart），它在1990年代以後進入中國，逐漸增強了自己的影響。這便開始了將文學研究拉出「文學文本」的強有力的進程。「當代文化研究討論的問題涉及的是整個的當代生活方式及其各種因素間的關係，遠遠超出了文本的範圍。」〔註9〕文化研究首先也是在文藝理論界得到了充分重視，甚至被當作審視文藝學自身問題的借鏡：「客觀地說，因意識到文藝學的自身缺陷而走向文化研究，或因文化研究而進一步看清了文藝學自身的缺陷，其思路具有很大程度的合理性。」〔註10〕緊接著，在1990年代中後期，文化研究的思路也為中國現當代文學研究所借鑒，形成了兩個重要的方向：對文學背後的社會歷史的闡發成為一時的潮流，「文學周邊」的問題引來了更多的關注，壓縮了文學文本的闡釋；對歷史文獻空前重視，史料的搜集、發掘和整理成為「顯學」，文學研究的主體常常就是文獻史料的辨析和考訂。

在這個過程之中，文化研究、歷史研究的理性和嚴整似乎剛好彌補了文學感性的飄忽不定，帶來了學術研究的獨特的魅力，在為社會生活的不確定性普遍擔憂的時候，這樣的彌補慢慢建立起了某種學術的「效力」，展示了特殊的「可信度」。當然，問題也來了：這個時候，除了不斷借用歷史學的文獻，不斷引入社會學的方法，我們的文學批評家還有沒有自己獨特的學術素質呢？顯然，這是一種新的學術危機，而危機則來自於文學研究基本自信和價值獨立

〔註8〕陳平原語，見陳平原、錢理群、黃子平：《文化角度》，《讀書》1986年第1期。

〔註9〕汪暉：《九十年代中國大陸的文化研究與文化批評》，《電影藝術》1995年第1期。

〔註10〕趙勇：《關於文化研究的歷史考察及其反思》，《中國社會科學》2005年第2期。

性的動搖。

現在，我們又一次提出了「文學性」的問題。與新世紀之初的那場討論大為不同的是，我們的討論已經不再是西方思潮輸入之後的興奮，不是對一種外來思想的擁抱和接納，而是基於我們自身學術現狀的反思和提問。簡單地說，我們必須回應來自文化研究和歷史研究的「覆蓋式」衝擊，必須在其他有價值的學術道路上尋找自我，為我們作為研究者的不可替代性「正名」。這就是當代文學學者張清華所承受的壓力：「問題是有前提的，相對的，歷史的。讓我們來說說看，問題緣於何處。從最現實的角度看，我以為是緣於這些年文學的社會學研究、文化研究、歷史研究的『熱』。這種熱度，已使得人們很少願意將文學文本當作文學看待，久而久之變得有些不習慣了，人們不再願意將文學當作文學，而是當作了『文化文本』，當作了『社會學現象』，當作了『歷史材料』，以此來維持文學研究的高水準的、高產量的局面，以至於很少有人從文學的諸要素去思考問題了。」「人們在談論文學或者文本的時候，要麼已經不顧及所談論文本的文學品質的低下，只要符合文化研究的需要，便可以拿來『再經典化』，眼下這樣的研究可謂比比皆是；要麼就是根本不願意討論其文學品質，將文化與歷史的考量，變成了文學研究的至高訴求，這也是我們如今所經常面對的一種情形。」〔註 11〕

其實，對文化研究、歷史研究在中國現當代文學研究中的暢通無阻，學界早已經開始了質疑，我們也可以據此認為，「文學性」問題的再次提上議程並非始於 2023 年，它是中國現當代文學始終不斷追問不斷反思的重要結果。2004 年，還在上一次由文藝理論界開啟的「文學性終結與擴散」討論進行得如火如荼之際，就有現代文學學者提出了質疑：「到處只見某種讖緯式的政治暗示與政治想像的話語大流行，文學研究重新成為翻烙餅式的一個階段對另一個階段的簡單否定，其自身的根基與連續性蕩然無存。」〔註 12〕這裡提出的「自身的根基」問題極為重要。

對於跨出文學文本剖析進入歷史、文化與思想領域的趨勢，也有學者一針見血地指出：「人家原來幹本行的可能並不認同外來的闖入者，在他們專業訓練標尺的檢驗下，文學出身的思想史寫作總是難於得到行家的喝彩。這已經是

〔註 11〕張清華：《為何要重提「文學性研究」》，《當代文壇》2023 年第 1 期。
〔註 12〕郜元寶：《「價值」的大小與「白心」的有無——也談現代文學研究新空間的開創》，《中國現代文學研究叢刊》2004 年第 1 期。

近年來學界的一種景觀。」〔註13〕在這裡，學者陳曉明的介入和反省特別值得我們注意。他原本是文藝理論專業出身，很早就廣泛閱讀了西方後現代論著，又是新世紀之初「文學性終結」討論的重要參與者。有意思的在於，他的學術領域卻在後來轉入了中國當代文學，從西方文藝理論的引進到中國文學現象的進入，會如何塑形我們自己的文學思想呢？我注意到，越到後來，對文學現象本身的看重越是成為了他的選擇：「文學史敘事，根本方法還是回到對文學作品文本的解釋，『歷史化』還是要還原到文學文本可理解的具體的美學層面。終歸我們要回到文本。」〔註14〕

在以上的案例中，我們似乎可以梳理出中國當代學術的一種可能：當我們的目光回到文學的現象本身，他者的理論流行不再是左右我們判斷的標尺，那麼「文學性」的問題就首先還是一個現象學的問題，是現當代中國文學發生發展的歷史現象要求我們提出匹配性的解釋和說明，而不是移用其他的理論範式當作我們思想操練的工具。

三

現象學的考察，就是通過「直接的認識」描述現象的研究方法，即通過回到原始的意識現象，描述和分析觀念（包括本質的觀念、範疇）的形成過程，獲得研究對象的實在性的明證，它反對的就是從現象之外的抽象的觀念出發來判定現象。中國文學的「文學性」有無、界限、範圍不能根據西方文學理論的觀念加以認定，它應該由中國文學發展的歷史現象來自我呈現。在回顧、總結「文學性」的討論之時，已經有文藝理論的學者提出了這樣的猜想：「可以肯定，解構主義所揭示的文學向非文學擴張的趨勢，並非文學恒常的、惟一的、不變的價值取向，毋寧說這只是一種權宜之計，而不是長久之計。這一取向的形成固然取決於文學自身性質的常數，同時也取決於文學外部意向的變數。解構主義提出的『文學性』問題乃是一個後現代神話，與特定的時代、環境、習俗和風尚對於文學的需要、看法和評價相連，這與另一種『文學性』在當年俄國形式主義手中的情況並無二致。因此解構主義所倡導的文學擴張並非普遍的常規、永恆的公理，指不定哪天外部對文學的需要、看法和評價變了，文學與非文學的關係又會呈現出另一種格局、另一種景象。」〔註15〕這種開放的文學

〔註13〕溫儒敏：《談談困擾現代文學研究的幾個問題》，《文學評論》2007年第2期。
〔註14〕陳曉明：《中國當代文學主潮》，第22頁，北京大學出版社2009年。
〔註15〕姚文放：《「文學性」問題與文學本質再認識——以兩種「文學性」為例》，《中

性認知其實就是對文學現象的一種尊重，它提醒我們有必要將結論預留給歷史發展的無限的可能，文學性定義的可能性將以文學歷史的豐富現象為基礎。

沿著這樣的現象學考察方式，我認為「文學性」的問題起碼可以有這樣幾個破解之道。

其一，文學寫作者的情志和趣味始終流動不居，他們與讀者的互動持續不斷，因此事實上就一定會有各種各樣的「文學」誕生。我這裡並不是指文學在風格上的多姿多彩，這樣的現象當然無需贅述，我說的就是完全可能存在一種針鋒相對的「文學性」——在某些時代完全不能接受的形態也可能在另外的時代堂皇登上文學的殿堂。例如我們又俗又白的初期白話新詩在國學大師黃侃教授眼中不過就是「驢鳴狗吠」，豈能載入史冊，然而歷史的事實卻最後顛覆了黃侃教授的文學觀，淺白的新詩開闢了一個全新的時代，被以後一百年的中國讀者奉為經典。那麼，中國新詩是不是從此步上了一條淺白之路呢？也並非如此，胡適等人的嘗試很快就遭到象徵派詩人的痛斥，新一代的詩人決心視胡適為「中國新詩最大的罪人」，另走他途，完成中國新詩的藝術化建構，從新月派、象徵派到現代派，中西詩歌合璧，新詩的審美改弦更張，一直到二十世紀末，這條看似理所當然的藝術構建之路又一次遭遇挑戰，新的俗與白捲土重來，口語詩已經成為時代不可抗拒的存在，公然與高雅深邃的知識分子寫作分庭抗禮，其詩歌美學與藝術標準也日益成熟，在很大範圍內傳播、壯大，衝擊著我們業已習慣的文學定理。這就是文學的流動性。其實，所謂的「文學性」本身就一直在流動之中，等待我們——作者與讀者不斷賦予它嶄新的內容。

其二，既然歷史上「文學」現象層出不窮，千變萬化，作為文學的研究者，我們已經不可能再將「文學」限定於某一規範形態的樣板了。正如古代中國長期秉持「雜文學」的觀念，而與近代西方的「純文學」觀念判然有別，近代中國引入西方的「純文學」理想，實現了文學理念的自我更新，然而，歷史發展的需要卻又讓超出「純粹」的文學持續生長，例如魯迅雜文。晚清民初的魯迅，曾經是純文學理想積極的倡導者，力陳「由純文學上言之，則以一切美術之本質，皆在使觀聽之人，為之興感怡悅。文章為美術之一，質當亦然，與個人暨邦國之存，無所繫屬，實利離盡，究理弗存。」〔註 16〕然而，人生體驗與現實

國社會科學》2006 年第 5 期。

〔註 16〕魯迅：《墳·摩羅詩力說》，《魯迅全集》第 1 卷，第 71 頁，人民文學出版社 1981 年。

思想的發展卻讓魯迅越來越走到了「純文學」之外，在雜言雜感的形式中自由表達，道出的是自我否定的選擇：「我以為如果藝術之宮裏有這麼麻煩的禁令，倒不如不進去；還是站在沙漠上，看看飛沙走石，樂則大笑，悲則大叫，憤則大罵，即使被沙礫打得遍身粗糙，頭破血流，而時時撫摩自己的凝血，覺得若有花紋，也未必不及跟著中國的文士們去陪莎士比亞吃黃油麵包之有趣。」〔註 17〕他越來越強調自己的雜文和那些所謂「藝術」、「文藝」、「文學」、「創作」等等毫不相干。面對這樣變化多端的文學現象，任何執於一端的文學定義都是狹隘無比的，我們只能如 1918 年的文學史家謝旡量一樣，順勢而為，及時調整自己的「文學」概念，在「大文學」的視野上保持理論的容量。

其三，我們對「文學性」變量的如此強調並不是一種巧滑的託辭，而是可以具體定性和描述的存在。對於中國新文學而言，百年前的「新青年」羅家倫所作的界定依然具有寬泛的有效性。在他看來，文學就是「人生的表現和批評，從最好的思想裏寫下來的，有想像，有感情，有體裁，有合於藝術的組織」〔註 18〕。這樣一種寬泛的描述其實就包含了一種開放的、流動的文學屬性，晚清魯迅理想中的純文學——「摩羅詩」具有文學性，民國魯迅固執己見的雜文學也具有文學性，因為它們都是「人生的表現和批評」；同樣，無論是典雅的知識分子寫作還是粗獷的民間口語寫作，都可以假借想像、情感和體裁建構「藝術的組織」。

其四，既然「文學性」可以在歷史的流動中賦予具體的內容和形式，那麼有力量的文學研究也就完全有信心取法別的學科，包括文化研究與歷史研究。何以能夠做到取法他者而又不被他人吞沒呢？我想，這裡的關鍵就在於我們不是因為取法文化研究而讓文學成了文化現象的注腳，也不是因為借鑒歷史研究而讓文學淪為了歷史運動的材料，我們必須借助豐富的文化考察接通文學精神再塑形的內涵，就是說在文學研究的方向上，社會文化的內涵並不是現實問題的說明而是文學精神的一種組成方式，不同的社會文化內涵其實形成了文學精神的深刻差異，挖掘這樣的精神才能真正抵達文學的深處，正如不能洞察佛家文化之於魯迅的存在就無從體味他蘊藏在尖刻銳利之中的悲天憫人，不能剖析現代金融文化之於茅盾的存在也無從感受他潛伏於心的對於現

〔註 17〕魯迅：《華蓋集・題記》，《魯迅全集》第 3 卷，第 4 頁，人民文學出版社 1981 年。

〔註 18〕羅家倫：《什麼是文學——文學的界說》，1919 年 2 月《新潮》第 1 卷第 2 號。

代都市文明的由衷的激情。在另外一方面，所謂的「文學性」也的確不僅僅是詞語自身的組合與運動，甚至也不純然是個人話語方式的權力顯現，它也是綜合性的社會文化的結果，對於現代中國文學而言，尤其包括了國家—民族力量全面的作用。在這個意義上，也是在文化研究和歷史文獻的輔助下，我們才可以更加準確地把握和認定種種國家—民族之於文學話語的塑造功能，例如爭取國家獨立、民族解放的自由話語，受制於威權統治的話語定型和個人表達的騰挪、閃避、隱晦修辭等等，總之，文化研究與歷史研究可望繼續為文學語言的定性提供思路和啟示，在這裡，至關緊要的不是文學研究與文化研究、歷史研究爭奪空間，而是它們的聯手與結合，當然，這是在努力辨析文學的藝術個性方向上的對話與合作，最終抵達的是藝術表達的深度。

學不一定致用——符號學家趙毅衡教授訪談（代序一）

一、學術思想

劉小波：趙老師好，很高興能和您做一次訪談。關於你的訪談前面已有多種版本，有以著作為線索的學術路徑探索，有從學術精神、文學翻譯、文化散文多角度的綜合訪談。今天我們主要談論兩個方面，一是你的學術思想，二是從符號學的角度來探討藝術。要進行這兩個專題的探討還是繞不開你整個的學術歷程，我們先來談這一點。你即將出版新的專著，能否先簡要介紹一下這本書。

趙毅衡：這就是我最近在研究的課題，叫《廣義敘述學》，進行三年了，昨天剛剛寫完最後一段。敘述學已經發展一百多年，其核心研究領域是小說，對新聞、法律、教育、遊戲、夢等領域無所涉及。廣義敘述學則是拉通所有敘述，將這些門類置於同樣的層次進行研究，探究其中的規律。

劉小波：你曾談到符號學和敘述學是你要完成的形式論的兩個活的體系，這本《廣義敘述學》也就是後一體系的結晶了吧。這個規律究竟是什麼呢，或者說你這本書的結論是什麼。

趙毅衡：這個規律就是各種敘述如何區分。分類有兩個基本維度，即紀實與虛構的區分、記錄與演示的區分。任何的敘述都可以從這兩個維度區分開來，紀錄片與故事片有何不同，夢與電影有何區別，魔術與雜技有何區別，律師的證詞和廣告有何區別。這些是理解敘述的癥結所在。

劉小波：是不是可以理解為形式的重要性。一般認為你的學術生涯涉及新批評、比較文學、敘述學、符號學等諸多領域，這其中有沒有一條始終貫穿的理論線索？

趙毅衡：有的，這就是形式論。它是我畢生的追求。中國的傳統思維裏邊始終是內容佔據了上風，其實在某些情況下形式比內容更為重要。在分析個別作品的時候從內容出發可以有所收穫，但在進行文本集群研究的時候，首先要明確其所屬體裁，也即形式。敘述學是形式論在敘述領域的應用，而符號學則是形式論的集大成者，是形式論這一條線貫穿我學術生涯的。

劉小波：你一生都是搞形式論的，這個跟遠離意識形態有無關係？

趙毅衡：意識形態呢，我們可以泛化為就是說任何文化行為都是文化政治嘛！

劉小波：搞形式是不是會離政治意識形態要遠一些？有沒有這種說法？

趙毅衡：你是反過來說的，認為形式論就是不牽涉政治。恰恰相反，形式論為什麼會在上世紀八十年代理論界搞出那麼大的風波，就是因為說你搞形式了，就脫離意識形態了。

劉小波：在這個問題上，印證了你曾在一本書裏引用過的話：「意識形態……更簡單的說，是一種說故事的方式。」

趙毅衡：意識形態本身是文化的元語言。文化就是人類所有相關表意活動的總集合。比如說中國文化，中國文化就是所有中國人的全部表達意義方式的集合，而表達意義的方式則需要一個解釋標準，這個解釋標準就叫做意識形態。

劉小波：像你這樣執著於形式論的人並不是很多。一般人的思維認為內容更為重要，看小說肯定是看故事，看電影看情節，甚至聽歌曲也在聽歌詞講什麼。

趙毅衡：這是一種偏見，是傳統思維決定的。我們沉醉其中的是小說的形式本身。國內的小說也有，比如殘雪的小說，看什麼故事？

劉小波：但是大部分的人還是看故事的。

趙毅衡：大部分不一定是對的。

劉小波：這是不是一種精英意識的思維？

趙毅衡：在中國精英成了一個貶義詞，這是一種很奇怪的事。其實不是這樣的，精英意識是需要堅持的。在中國，民粹主義氛圍太濃烈，一切靠賣座，是很可怕的。不一定每個人都跟著大眾走，尤其在文化建設上，必須要有精英意識。我對現在的大學教育感到痛心，大學已經沒有了清高之感，老師與學生都應該有一份固有的清高，固有的精英意識。無論你以後從事什麼，至少在求學期間有過這樣的經歷與回憶。但是你看看現在的校園還有麼？教師帶著學生，孜孜以求地混到俗世去謀利。

劉小波：能不能談談你的學術淵源。大家覺得你的思維裏面西方的東西比較多，我看你的著作發現你對中國的東西也很推崇，特別是錢鍾書的理論你繼承的很多，能否談談東、西方的理論資源如何影響你的學術思維的。

趙毅衡：我在很多地方已經談過這一問題。我早先是研究莎士比亞的，我導師卞之琳先生是莎士比亞研究專家，同時也是研究形式論的。他是（20 世紀）30 年代的北大學生，瑞恰茲、燕卜森等形式論學者執教於中國校園，形成了一種學術氛圍。那個年代的北大、清華校園其實離當時世界學術發展潮流很近，後來因為種種原因這股研究潮流中斷了。我上學的時候導師鼓勵我重新沿著這條路子走，把他們 30 年代中斷的事業繼續下去。

劉小波：那是個人經驗多一些了。

趙毅衡：不是個人經驗，是 30 年代知識分子的集體經驗。30 年代的學術氛圍被中斷近半個世紀了。

劉小波：提到卞之琳先生之後我想起那首短詩《斷章》，很多高校考研試題也出過好幾次，我知道一個文本的解讀其實就是一個自圓其說的過程。你對這首詩又有怎樣的理解？

趙毅衡：《斷章》其實不是他的代表作，是一首很有趣的詩，被教科書「經典化」了。這是一種很奇怪的現象，文學史很多情況下不是真實的文學史，是教科書給生造出來的。決定文學史的不是作家、作品，也不是文學史，而是教科書。

劉小波：很多人提及符號學會覺得玄乎，似乎它不是一般人所能理解的，你能否用生活化的語言介紹一下究竟什麼是符號學呢？

趙毅衡：符號學就是意義學。符號是用來表達意義的。任何意義必須用符號來表達。我想表達一個意義而不用符號來表達，是不可能的。就比如說我想表達我的憤怒，就不得不用表情、手勢、語言。人本身就是一個意義的動物，是一個意義的存在。沒有意義的話人不存在。人和動物有一個最根本的不一樣，就是人有解釋權，你訓練狗，一聽到槍聲它就跑，但是狗學不會搶跑，人會搶跑。搶跑很噁心，但搶跑是人的本性，因為他知道槍聲這個符號是可以解釋的，把十分之一秒爭取到的話，就贏了。人就是會利用解釋來投機取巧，小孩子兩個月就會假哭要奶吃，這是人性的最早表現。做假本身就是表示我已經會用符號表達意義。我哭給你看，假裝悲痛，所以符號是被認為攜帶著意義的感知。

劉小波：很多人不大明白理論的東西和大眾的日常生活有什麼關係，認為理論是小眾的、精英們的東西，高深的理論和一般人的生活有著怎樣的關係？

趙毅衡：這其實也是一種誤解，學問不一定要用，做學問應當是一種興趣。學問也不一定要和百姓的生活掛鉤，一般人不理解也無需大驚小怪。中國的思維定勢，學一定要致用，有時候無用之用乃大用，功利心太強不會有真正的學問。愛因斯坦當年提出相對論只是興趣使然，肯定不是為了發明原子彈。中國有那麼多人在大學任教，百分之九十九都做有用之學，剩下幾個做做無用之學有何不可？知識分子應當受尊重，不是因為他有用，而是因為他明知無用，賣不出錢，還要堅持思考。可惜這樣的情況在中國越來越少，在中國受人尊重的是官和商，不是說他們不該膜拜，而是目光都投向他們，還談什麼文化呢？太講實用的話，只能扶植技術、工科，連理科都扶植不起來。人類有極大的好奇，人如果能跟著興趣走，就能鑽研出名堂來。

劉小波：你曾把學術與國足類比，能否再次類比一下呢？

趙毅衡：中國知識分子群體是世界上最龐大的群體，但這個群體的精神狀態很差，缺乏上進心，像以前的國足。堅持學以致用的話，會極大地限制了學者的思考。翻一翻學刊，一期跟一期的內容差不多，各個學刊都差不多。改頭換面，明年又可以再發。不是說是重複發，而是原來裏面根本就沒有東西。到最後那就不是學以致用，而是稻粱之謀。

劉小波：這就是現實壓力的問題了，先要生存嘛！

趙毅衡：問題就在學院的人自己跟官員和商人比，沒有自己的標準，就是對自己不尊重。教授不是老百姓的一員，而是思考者的一員；不是社會的一員，而是學院的一員。先秦時代的名家，有點希臘之風——就是為學而學，為追求真理而學，為追求興趣而學。中國人的過於實用，現在應當說是給中國文化的前景，尤其是對所謂軟實力，造成很大的阻礙。對中國知識分子我挺失望的，對中國藝術也挺失望的。

二、藝術觀點

劉小波：我們來談談藝術吧。你在很多文章裏都提及錢鍾書先生的符號學思想，能否在此系統總結一下他的藝術符號學思想。

趙毅衡：錢鍾書先生是我國兩位符號學先驅人物之一，另一位是趙元任。錢鍾書先生對整個形式論的發展功不可沒。從藝術符號學角度來講，他第一個引用了皮爾斯的理論，提出了藝術「虛而非偽」。藝術並不是「反映」現實，而是「寄生於」現實。藝術可以虛構，但肯定是寄生於生活。如《格列夫遊記》中，小人國肯定是虛構，但是計算要多少匹馬才能拉動自己東西，其邏輯是現實生活的。錢鍾書第一個引用皮爾斯的三分模式，但是他看出陸機、李贄、劉勰等人的理論早就開始了三分模式的劃分。

劉小波：「藝術虛而非偽」應該就是藝術的最簡定義了，我後面打算問你藝術的最簡定義是什麼這裡已經有了答案了。那錢鍾書的藝術理論產生了怎樣的影響呢？對研究藝術的思路有什麼啟示。

趙毅衡：影響很小。這不是理論本身的問題，而是我們的態度問題。說實話，中國學界不求上進，我對此的研究並沒有引起回應，因此這個理論也就此擱淺了。

劉小波：從藝術反映生活這一研究思路出發的話，錢鍾書的理論自然也無人問津了。

趙毅衡：說句老實話，錢鍾書的理論很少有人願意看。

劉小波：可能是錢鍾書先生的理論太高深了。

趙毅衡：不是，錢鍾書先生的理論不難懂。還是態度問題，大部分的研究者跟著別人的思路走，很少有原創性，這也是我把學術研究和男足比較的原因。

劉小波：關於藝術的定義有一種觀點認為是歷史—體制決定了一件物品是否是藝術品，常見的例子是杜尚的小便池，約翰·凱奇的《4 分 33 秒》，還有徐冰的《天書》。是藝術體制、解釋壓力、伴隨文本給了這些東西以藝術的形態，因此我們不得不把它們看成是藝術品。這樣的結論會不會陷入一種相對論中，如若這樣的觀點成立，那詩歌領域的「下半身詩歌」、「梨花體」、「羊羔體」、「廢話詩」是不是也可以通過藝術體制、伴隨文本、體裁期待、解釋壓力等給予它們藝術的稱號呢？

趙毅衡：真正符合符號學的方法是歷史—體制論。因為他是體制，是僵死的，但是他又是歷史的，歷史是變化的，所以他是兩種概念的結合，兩個理論的結合。這涉及到藝術的分類。藝術包括核心體裁和邊緣體裁。作為核心體裁之一的詩歌，我們只能判斷是否符合此種體裁。比如說我寫一幅書法，我寫得再難看，它也是藝術；我畫一幅山水，你不能否認它是藝術，只能說好與差而已。而邊緣藝術還涉及藝術範疇問題。行為藝術、裝置藝術啊就是挑戰了，藝術本身不好定義，有一個定義在那裡，藝術就挑戰它，挑戰本身就成為藝術。你要給藝術定義，實際上就是給藝術加好多機會了。因此藝術就是一個開放概念。開放概念把全局分成兩部分，一部分是核心的，一部分是邊緣的。

劉小波：那就有一點出身論、範疇論了？

趙毅衡：我拍一部故事片，它就是藝術，但拍得好不好，你也不能否認它是藝術。此時藝術是個體裁問題，而並不是評價的問題。邊緣的藝術則不同，能開創新的領域的，要逐漸逐漸得到公認，贏得新的觀眾。

劉小波：但是這些藝術品有什麼質量在裏面？

趙毅衡：它的質量相當重要的是動員，如何動員各種伴隨文本。比如我寫一首七律，我寫得再糟糕，你也不能否認它是一篇語言藝術，你不能否認它是藝術，哪怕是很糟糕的藝術。所有體裁上的規定性，都滿足了。

劉小波：那「梨花體」這樣的詩歌就屬於邊緣藝術了。

趙毅衡：對的，她開創了新的領域，她是邊緣的。比如趙麗華的那首詩《廊坊下雪了》：雪下了三天，雪還在下。那你說這完全沒思維，卻開創了新的領域。散文分行，辯論的人就會說這個詩到底還是不好，用好和不好來評論它到底是藝術還不是藝術。

劉小波：屬於邊緣的藝術看它是不是藝術的稱號需要我們的評價。

趙毅衡：嗯，要看大家同不同意趙麗華開創了新的邊疆。

劉小波：那藝術是不是被行家給壟斷了，行家說了才算數。

趙毅衡：行家是有競爭的，你不要把行家看得那麼了不起。這就是一個藝術史的問題了。以前美國美學學會主席，叫比爾茲利，他就絕對反對杜尚的小便池是藝術，到最後他的書就沒人讀，美學學會的會長也沒用，你擋不過。開放概念本身逐漸像墨水滴在紙上，墨水滴逐漸化開來，落在中間部分的肯定是，旁邊的部分看它是怎麼化法了。梨花體成不成為藝術呢？你得看 10 年 20 年以後。10 年 20 年以後，寫當代文學史的人會不會把它寫進去。北島的生活

——網，一字詩開始也不被承認是藝術，但後來承認了，所以說這就是歷史演變的結果。

劉小波：藝術應該是社會大致上同意的符號表意方式。而實際情形是什麼是藝術一般被行家壟斷，與個人無關，越是曲高和寡越是藝術，這又該如何解釋？

趙毅衡：這不見得。梨花體到底是不是藝術？你說是大眾誰來喜歡？大眾來嘲笑都來不及呢。這本來藝術就是圈子裏的事，就像符號學是圈子裏的事一樣。

劉小波：那大眾文化產品呢？

趙毅衡：大眾文化產品就已經完全是我之前所說的核心題材了。那些邊緣題材需要專家來辯論需要藝術界來辯論。一旦成為核心題材，它就是保險體裁。

劉小波：有一些文化產品只是工匠性質的東西，不被看成藝術。

趙毅衡：工匠是不創新的，他要做陶器就是陶器的樣子，所以我們叫他工匠。你要做一個非常奇怪的陶器，那麼就變成邊緣題材，那就是要大家辯論了。

劉小波：哦，我們一直以來沒有能區分核心藝術與邊緣藝術，這樣劃分開來很多問題迎刃而解了。泛藝術化與藝術融入生活有何區別？有人提倡真正的藝術是融進生活，而一旦這樣就會落入泛藝術化的圈套，這種悖論該如何看待？

趙毅衡：生活是生活，藝術是藝術。二者不能混同，把生活變成藝術就成了瘋子，你臺上是拿破崙，你以為你臺下還是拿破崙啊？藝術怎麼融入生活嘛？

劉小波：比如把生活過的詩意一點。

趙毅衡：那是另外的問題，廣告牌做得美觀，殿堂布置得漂亮，這是另一層意思，把生活過好一點，是泛藝術化的體現，但絕不是把生活變成藝術。

劉小波：你曾提及四體演進是歷史的規律，也是藝術發展的規律？

趙毅衡：從符號學來看，任何體裁無法千秋萬代。因為一個體裁是一個表意方式，這個表意方式總會用濫，總會走向末路。你觀察人類的文化史，沒有一個體裁是用不結束。結束了以後，就變成文學史。

劉小波：談了這麼多宏觀的藝術符號問題，接下來我想問幾個關於具體的藝術門類的問題。有人說電影音樂的研究在我國已成顯學，而觀眾似乎對電影音樂並不感冒，大部分觀眾甚至連片尾曲都沒來得及聽就走出了電影院，你覺得電影音樂存在的必要性是什麼，電影音樂有哪些方面的意義？

趙毅衡：我個人是比較喜歡原聲電影音樂的。觀眾在看電影的時候被故事吸引不在意電影音樂，但是在之後會繼續欣賞電影音樂。因為電影音樂的起伏變化很大，時而急促、時而舒緩，我在寫作的時候常伴隨著電影原聲音樂，可以啟迪我的思路。大量的作曲家投向了電影音樂製作，也使電影音樂質量得到提升。

劉小波：不知道老師對娛樂節目怎樣看？

趙毅衡：娛樂節目就是選秀？我不花這個時間看。消遣挺好的，他至少可以促進社會的安定和穩定，但這和藝術沒有什麼關係。

劉小波：中國流行歌曲從古至今演變的趨勢怎樣？

趙毅衡：中國流行歌曲我們看不出來，因為它還在發展。古典音樂到現在已經結束了，現在古典音樂只能做電影配樂了。你現在做一個交響樂，沒有多少人願意跟你演奏，也沒多少人去聽。人家去聽交響樂也是聽貝多芬，是懷舊。我不知道某一種特定體裁怎樣走向末路。有些體裁的命很長，有些的又很短，比如 MTV，命很短就完蛋了。但從符號學的規律來看，沒有一個體裁千秋萬代。

劉小波：對一件藝術品的評價真可謂仁者見仁智者見智，兩極評價現象存在於很多藝術中，電影更容易出現這種情況：一面是高票房，一面是鋪天蓋地的批判，如《致青春》、《合夥人》、《富春山居圖》、《小時代》在取得票房成功的同時也被專業人士指責缺少文化精神、藝術深度等。另外一些電影如《一九四二》等獲得很高評價卻連成本都很難收回，您曾在《符號學》一書中用「意圖定點」探討過類似的問題，能否再詳談一下。或者說我們應該如何看待電影的商業價值和思想價值、藝術價值之間的博弈。

趙毅衡：這就是意圖定點做得成功的體現。發送者發送任何訊息肯定有自己的特定受眾，如《小時代》整個就是一部爛片，劇本、導演、演技，都很差勁，最終還是取得很好的商業回報，只因抓住了特定受眾群體。

劉小波：有學者在探討向西方輸送中國文學的路徑和思維時提到，我們得到國際認可的文學作品，並未體現真正意義的核心價值觀，外國人往往是懷著獵奇的心理看待中國怪異、荒誕和不可思議的東西，這是一種商業投機。一些國產電影在國外大受歡迎而在國內反響平平，比如《臥虎藏龍》、《太陽照常升起》等，我覺得這和前面提到的現象有些相像，你如何看待這一問題？

趙毅衡：這不是商業投機，電影本來就該以市場為嚮導，以營利為目的。在文化輸出的時候世界各國都在這樣做，努力輸送目標受眾感興趣的文化符號。進行文化推廣的時候肯定要考慮接受群體的接受喜好，無可非議。

劉小波：你曾談及人類面臨的問題大半是符號問題，對「符號權」的爭奪，越來越超過實力宰制權的爭奪，這種推廣模式是不是對「符號權」爭奪的一種體現呢？

趙毅衡：什麼是對「符號權」的爭奪？人的記憶能記住兩千個左右的名字，大家都記住的就是「名人」。假定中國觀眾能記住五百個好萊塢影星的名字，五百個是美國其他名人。你記住了一千個美國人的名字？美國人能記住幾個中國人名字？這就是「符號權」的體現。

劉小波：後期現代藝術似乎變的不可捉摸，如斯波里的《拼貼》，就是一些雜物的堆積，還有龔琳娜的《忐忑》，不知所云，可還是被冠以藝術的稱號。這與整個後期現代社會的特性有怎樣的聯繫？你怎麼看待後期現代的藝術現象，能否用符號學解讀一下後期現代的藝術特質？能否為未來藝術的發展作出某種預測？

趙毅衡：你是說當代的藝術吧。就是因為它被自己逼迫著不斷往邊緣走。它一旦變成邊緣體裁的時候，它就會使全世界都很吃驚，就像當年杜尚的小便池一樣。因為藝術就是非常規，就是我們符號學上所說的標出性。他要標出，如果這個社會都很藝術了，它就要更標出。藝術家拼命競爭標出，現在做一個藝術家是很苦的。原先藝術家是在室內畫畫，現在做藝術家是去想怪點子。

劉小波：那未來藝術會一直朝這個趨勢不斷地標出，不斷地發展嗎？

趙毅衡：藝術的麻煩就在這了。標出再標出，以至於標出變成主流就變成非標出了，然後藝術就不得不更標出，不斷地走偏鋒。未來的藝術家無法做正常人。我見不到他們，也見不到他們的作品了，這點幾乎讓我很高興。

（原載《四川戲劇》2013 年第 8 期）

聲音之「道」，與「政」通矣——
歌詞學家陸正蘭教授訪談（代序二）

一、學術・歷程

劉小波：陸老師好！很高興你能接受我的訪談。首先來談談你的學術經歷。你是學文學出身，是怎樣的契機讓你轉行，直至成為藝術學理論的專家。

陸正蘭（以下簡稱陸）：我出生在20世紀60年代末，除了正規的學業外，上世紀80年代，正當青春期的我們，為兩種文化瘋狂，一是朦朧詩以後的中國新詩，它確實讓我們過了一把校園詩人癮。另一個就是逐漸湧入的港臺流行歌曲與西方搖滾音樂，那是青年人的節奏和呼吸。我的本科是漢語言文學，碩士研究生階段是當代新詩，到博士研究生階段實際上已經在做文學與音樂的跨學科研究。我從詩歌轉入流行歌曲，也不是無須努力的事。最讓我感到在藝術學也可以有一番作為的，是我近年連續在《詞刊》上發表了三年的專欄文章，從歌詞的藝術理論談起，然後逐一介紹西方有成就的創作型歌手的作品及其文化影響力。《詞刊》讀者面很清晰，和很多研究者的互動切磋中，我感覺到中國歌曲研究的生機。從文學轉向藝術學，我內心覺得「順理成章」。很慶幸，在我的學術生涯中，能有機會把年輕時的愛好，轉成專業的學術研究。

劉小波：你的研究範圍廣泛，橫跨文學、藝術學（其中又涵蓋美術、音樂、影視等），所涉及理論也十分廣泛，新批評、女性主義、符號學、敘事學等。文科幾乎都是貫通的，這些學科與理論之間有著怎樣的共通性？你的流行音樂研究從其他學科汲取了怎樣的營養？

陸正蘭：每一種學科都有它自身的「語法」。我一直從事的是歌詞研究，它跨越音樂和詩歌這兩個領域。歌詞是一種按照音樂方式組織起來的情感表意結構，它有之所以成為一個藝術體裁的特性。就像研究文學要研究文學之所以成為文學的「文學性」一樣，研究歌詞也要研究它的存在理由。

你所說的各種理論，也都是 20 世紀先後出現的各種文化理論思潮。確切地說，這本是每位從事研究的學生都該掌握的知識。理論有時是一種工具，有時是一種視野，有時是一種立場，但沒有一種理論是絕對正確且萬能的。理論洞察並接近研究對象的本質，從這個意義上來說，有生命力的理論，並不侷限於一種體裁，它可以深刻地解讀很多文本。比如，新批評提倡「細讀法」，對解讀新詩，尤其是較為晦澀的現代詩，是一個比較實用的批評方法，它不僅幫助讀者建立一種有效的閱讀方式，也會提升讀者對語言的敏感。後來阿爾都塞的症候式閱讀，某種程度上也是一種細讀：在文本的縫隙間尋找不在場的意義。

流行音樂屬於大眾文化，大眾文化並不等於低俗文化，或者沒有文化，尤其在當代社會更不是如此。我記得懷海德說過這樣一句話：「人類為了表現自己而尋找符號，事實上，表現就是符號」。興起於 20 世紀下半期的流行音樂，就是當代文化的特殊符號。理論本身就是跨界的，關注理論讓我受益匪淺。

劉小波：音樂與文學歷來就分割不清。中國自古就是詩、樂、舞三位一體。尤其是歌詞與詩歌更是難分難捨。港臺詞人普遍認為歌曲（主要是粵語歌曲）是文學的重要組成部分，並預言未來歌詞會佔據文學中重要組成部分。大陸也有把歌詞編入文學史的案例。你認為歌曲與文學有怎樣的關係，你又如何看待歌詞這一隸屬於藝術的體裁進入文學史？

陸正蘭：中國古代詩歌史，大多時代是詩兼歌，兩個方面輪流作為主導。從《詩經》到漢樂府，詩即「歌詩」，不入樂的「徒詩」到漢末才出現。唐末五代，合樂的「詞」作為一種新體裁從民間興起，並在宋代成為詩的主導樣式；元明清三代，詞與新興的戲曲結合，歌再度興盛；五四新詩發生時，歌詩同時產生，早期部分新詩人如劉半農、田漢等人留意歌詞，但並未有意識推動兩者合流。此後中國新詩漸漸書面化、精細化，語言複雜化，大多不再追求音樂的韻律。歌與詩兩者分途漸遠，詩不再入樂。

現代詩與歌如此嚴重分家，並非中國文化的傳統，對兩者均極為不利：詩越來越變成小眾體裁，到今日唯有寫詩者才讀詩，甚至只讀自己的詩；而歌詞創作變成配樂的輔助工作，獨立的藝術特徵變淡。由此，中國幾千年的「詩教」和「樂教」傳統衰微，「歌詩」傳統話語系統斷裂，這是中國文化的重大損失。

歌究竟應該歸屬於哪種門類，並不重要，重要的重視它的研究價值，它的文化影響力。在西方的學術研究中，流行音樂的研究已經進入主流學界和大學教學體系，一些最有影響力的「音樂人」，例如列儂、迪倫、科恩、麥克林，學界認為對當代文學作出重大貢獻，他們的作品已進入文學經典殿堂。列儂甚至被比為當代的但丁，迪倫具有「莎士比亞的影響力」。他們成為當代的文化「現象」，成為推動社會進步的重要力量。

劉小波：音樂有聲樂、器樂之分，在中國，有論者指出，音樂一直是讓聲樂處於高位（所謂絲不如竹，竹不如肉），歌唱主導著音響旋律，事實果真如此嗎？從世界音樂來看，器樂、聲樂有無優劣、主次之分？

陸正蘭：「聲中無字，字中有聲」，這是歌唱藝術的基本要求，與人聲相對的是器樂。現代風格分析派的音樂理論創始人吉多·阿德勒就提出，巴赫創作的所有賦格—主題，都是基於人聲和樂器之間的差別。在音樂史的某些階段，器樂占主導地位，人聲很少，「器樂」甚至一度成為最完美的音樂。從浪漫主義音樂開始，情況出現翻轉。如果一個人恭維一個演奏家，最好的稱讚語就是，「你的演奏像歌唱」。但到了後期的浪漫主義西貝柳斯讚美芬蘭女高音艾達·艾克曼，說她的聲音「最具器樂感」，這完全是基於對瓦格納歌唱美學的追隨，因為瓦格納的歌劇音樂是交響性的，「本質上是器樂的」。

劉小波：也就是說器樂聲樂在音樂發展史上其實是並行的。並且各自獨有其優勢。你最近研究領域涉足到藝術理論與批評，其中不少是繪畫理論，我見到很多藝術理論文章說「正如音樂一樣……」等。看來音樂研究可以給很多藝術門類研究以參照，其他藝術門類能否啟示音樂研究？

陸正蘭：相比較其他藝術門類，音樂最為抽象。很多人引用佩特的一個觀點：「一切藝術都趨向音樂。」佩特說這句話的時間是 1873 年，他是個預言家，因為後來發生的象徵主義詩歌以及現代抽象繪畫藝術，都是這一「趨向」的最好注腳。音樂不同於寫下來的文字，它是一種和時間關聯在一起的聲音現象，一切關於對時間的探索，都有可能通向哲學思考。音樂起於無聲，止於無聲，但中間必須是聲音的延綿，如果你要保持這個延綿，並在聲音中製造張力，首先要處理的就是第一個音符與它之前的無聲之間的關係，接著要處理的是第二個音符和第一個音符的關係，如此循環往復。你必須阻止聲音的消亡，直到結束。在這聲音的延綿中，有預言、有拖延、有遲疑、有迷失等等，一首交響曲中的任何一個音符，要面臨橫向敘述以及縱向和聲的雙重壓力。卡拉揚說得太妙，他在指揮時，對他的管絃樂團只有六個詞：聲音太大，太柔，太晚，太早，太快，太慢。仔細想一想，一首完美的交響曲不就如演繹一個完美的人生？所有的微妙都在此。可以說，音樂是一種隱喻。音樂的元語言幾乎不可捉摸，想要解釋音樂，唯一接近途徑的就是隱喻思維。

音樂研究能否借鑑其他門類？這是必須的。比較藝術學，所謂的比較，簡單說，即研究音樂和其他學科之間的體裁間性。不少作家，捷克的米蘭.昆德拉，中國的余華，日本的村上春樹，都是音樂的狂熱愛好者，都懂得在小說中如何把握敘述的節奏，採用各種音樂式的結構，甚至安排音樂元素。賈平凹幾乎每部小說中都會出現一種樂器。

劉小波：你翻譯多本國外音樂研究的著作，也曾多次出國進修、訪學、參加學術會議，最近又去了劍橋大學，能否談談你所見識到的國外學者對流行音樂的研究現狀以及他們研究的選題大致是什麼類型；順便問一句，中國的流行音樂在國外有影響力嗎？

陸正蘭：國際學術交往是必要的，我的第一部翻譯《音樂—媒介—符號》，就是我在參加了一次國際符號學會議，深受觸動後完成的。現有中國的藝術學理論大部分集中於美術與視覺理論，音樂理論很匱乏。音樂符號學不是一門新學科，但近 30 年代發展最迅速。音樂符號學主要基地在古典音樂傳統深厚的歐洲，有極其豐碩的成果。相比而言，國內的音樂符號學研究，雖然在 20 多年前就已出現，但推進很慢，成果極少。最早的音樂符號學著作是法國納提埃的《音樂與話語：走向音樂符號學》，把索緒爾語言結構符號學應用於古典音樂。此後對音樂符號學作出較大貢獻的，有目前擔任國際符號學學會會長的芬蘭符號學家塔拉斯蒂，他重視符用學和音樂敘述研究；愛丁堡大學的莫奈爾則重視符義學，他的兩本著作《語言學與音樂符號學》與《音樂意義：符號學論文》很有影響。與莫奈爾觀點比較接近的是印第安納大學教授哈頓，他的兩本著作《貝多芬的音樂意義》，《解釋音樂的姿勢，主題，修辭》，從闡釋學角度推進了音樂符號學研究。胡德對民族音樂學符號學開闢了另一個路徑，他從用「雙音樂性」符號概念，解釋不同於西方音樂藝術的印度尼西亞音樂。瑞士音樂學家本特森，將傳播模式運用到音樂符號的研究上。音樂符號學研究總的趨勢，是從文本結構研究，逐漸轉向文化符號學研究。

對於流行音樂的符號學研究，早在 1987 年，塔格發表在《Semiotica》雜誌上的論文《流行音樂的音樂學與符號學》算是一個開端。他提出應當建立流行歌曲符號學的研究範式。後來越來越多的西方研究者發現，傳統的音樂符號學研究模式很難解釋當代流行歌曲複雜的生產傳播機制及社會文化影響力，流行音樂應該有自己符號學研究方法，在西方學界，出現了一些重要成果，代表性著作有艾里克的《流行音樂符號學》，全書圍繞的是「孤獨」這個具體的社會文化問題。

國外流行音樂的研究，著作汗牛充棟。較學術化的著作，主要有三個方面：一是流行音樂史，討論歐美流行音樂流派與風格之間的分合變遷史，例如約翰森的論文集《流行音樂理論》。二是流行歌曲歌詞研究，著名「創作型歌手」作品，進入了各大學課程。例如波士頓大學古典詩歌教授里克斯，轉而研究鮑勃.迪倫。他的書《迪倫的罪孽觀》，把流行歌詞當做深刻的文學來研究，這種學術態度影響極大。三是流行音樂與當代社會關係研究，愛丁堡大學社會學教授弗里斯早在 1978 年就出版了《搖滾社會學》，此後的著作有《表演儀式：論流行音樂的價值》；他編輯的論文集《流行音樂與社會》集合了歷年來流行音樂社會學的重要論文。

我選擇英國劍橋大學訪學，也和英國近年對流行文化影響力的重視有關。2012 年倫敦奧運會開幕式上，壓軸演唱並掀起開幕式高潮的是披頭士樂隊的成員麥卡特尼。一個以文化保守主義著稱的國度，把流行文化作為一種國家文化形象代表，足見披頭士樂隊對世界流行文化的深遠影響。反過來也說明英國對流行文化的重視程度。2012 年，我就參觀過英國住中國領事館在四川成都音樂公園舉辦的「英國搖滾史圖片展」巡迴展覽。這一年，英國還出現了一個奇蹟，全世界大街小巷都在學唱「阿黛爾」的歌，這個阿黛爾何許人也？不過是個 20 出頭的小姑娘。當時英國《泰晤士報》的報導，「全世界的人可以分成兩類，一類是已經認識阿黛爾的，另一類是馬上就會認識她的。至於完全沒聽說過她的人，已經越來越稀罕了。」最讓人驚訝的是，阿黛爾出名後，英國首相給阿黛爾寫了一份情真意切的感謝信，「英國現在正遭遇經濟困境，而你是隧道盡頭的光芒。」且不談阿黛爾是否能扛起拯救國家經濟危機的這重擔，但至少，得到一個首相如此讚譽的信件，真是難得之事。

比起西方流行音樂對中國的影響來，中國流行音樂在世界的影響是不夠的。除了譚盾、郭文景等少數人，中國音樂家很少被國外知道。中國的薩頂頂、朱哲琴都是在國外得獎，然後被中國觀眾認識的。早年的陳歌辛的作品《玫瑰玫瑰我愛你》，外國流傳了多少年後，才知道原產地是中國。音樂的國際傳播問題，的確很值得研究。

劉小波：你對古典音樂尤其是歌劇很有研究，這種所謂的高雅音樂對你的流行音樂（所謂的通俗音樂）研究有怎樣的啟發？

陸正蘭：在 19 世紀以前的西方音樂裏，音樂並沒有明確的古典與流行區別，有的只是體裁差別。今天認為正宗古典的歌劇，在當時都是流行音樂。在歌劇之鄉威尼斯，觀眾不分階層，大眾穿梭於劇院，哪怕用貢多拉小船送客人來看歌劇的船夫，化幾塊錢買張票，也會自己進去看看。大小劇院座無虛席，類似元代的勾欄瓦舍。19 世紀初，韋伯的《自由射手》18 個月中上演了 51 場，整個德國的白天黑夜，到處都聽到其中的旋律；1851 年，威爾第的《弄臣》在威尼斯首演，當晚《女人善變》的歌聲就在城市的大街小巷響起。

當今，雖然我們處於一個聲音世界裏，但音樂與我們的距離，並不很近。早在上世紀，薩義德就敏銳地看到了這個症候，他認為，在眾多藝術領域裏，音樂在今天是最不為人所瞭解的。換言之，一個受過良好教育的哲學家可能對文學有興趣，可能對電影、繪畫、雕塑、戲劇瞭解很多，但對音樂知之甚少。對音樂的隔膜，是今天的社會所獨有的。這當然主要指西方古典音樂。對當代人來說，古典音樂易接受難理解，所以古典音樂和歌劇被認為是少數人的音樂。

實際上高雅音樂與通俗音樂之間，並不存在無法跨越的鴻溝。比如喬治.格什溫的《藍色狂想曲》，融合了古典音樂和爵士元素。英國搖滾樂隊 ELP 將穆索爾斯基的《圖畫展覽會》改編成一種前衛搖滾。這樣的例子太多。流行音樂的活力在於它自由的風格，它可以轉益多師，可以標新立異，而不至於完全陷于法蘭克福學派批判的「標準化的文化工業」之中。

音樂的耳朵是可以被訓練出來的。1958 年至 1972 年，美國電視中連續 14 年播放了 53 場《倫納德．伯恩斯坦青年音樂會》教育節目，被譽為改變了美國一代人的音樂口味。伯恩斯坦的動機很簡單，將一般的「音樂鑒賞」變成「音樂享受」直到變成自己的「音樂擁有」。他的講解生動有趣，這是一場提升審美趣味的全國性的運動。我很高興，中國也正在做這方面的普及工作，四川電臺就把哈佛大學的網絡公開課《聆聽音樂》移植到電臺中播放。

劉小波：你進入流行音樂研究的標誌性著作是《歌詞學》，能否再次談談這本書？

陸正蘭：《歌詞學》是我最早系統進行歌詞研究的第一部著作，出版後得到很多反饋。最重要的，是我鼓足勇氣把一門「無學」的體裁作為一門「學術」來研究。

長期以來，歌詞有無學問是個問題：文學界認為歌詞是「次等的詩」，「平庸的詩」；音樂界認為，歌詞只是音樂的意義注腳。這些評價可能曾經有道理，但已經遠遠不適合當今歌壇的發展。

《歌詞學》沒有將歌詞作為「另類詩」來研究。而是放在更廣闊的歌曲流傳機制中討論。既有美學和文化審美上的探索，也考察流傳對它的鉗制。這是兩條相互隱含的意義機制。我正在寫的《流行歌曲的文化符號學》，將深入一步討論歌曲的表意問題。

劉小波：音樂研究，尤其是學院派的研究，能有怎樣的實用意義呢？很少有音樂創作者和欣賞者在關注學界研究，而且寫歌、唱歌、聽歌似乎不需要理論介入？這算不算是「無用之學」？

陸正蘭：你可以說很多文科研究都是無用之學。我們不能用莊子語錄「無用之用，乃為大用」來抬高自己的研究價值。但流行歌曲畢竟不是單純的商品，只要它具有文化的屬性，我們就有責任不讓它淪為純粹的物質商品。這一點上，我們必須有點精英意識，畢竟我們不是一般的流行歌曲的消費者。

劉小波：談點題外話，上文已經提到學術研究無用的說法，因為無用，現在的學生入學似乎很少能潛心學習了，為了適應社會不得不提早做好各種應對準備，而學業往往草草完成。你可以給出一些如何取得在社會實踐和學校學習之間平衡的建議嗎？尤其是很多藝術學理論專業的學生，大都不是科班出身，這樣就更難把握幾年的學習光陰，能否給出一個平衡的方案？

陸正蘭：校園就是一個求知讀書的單純地方，學生時代不安心讀書，是「不務正業」，我比較反感。每個人的一生都是在路上，每段路上的風景都不可重複，正確的時間做正確的事，總能事半功倍。換一個比喻，假如你是個小號手，你就得從小練出一手紮實的好技藝來，以後才有機會站在舞臺上獨奏，或者和其他人一起合奏。這個過程你無法跳過。

藝術學是近年剛獨立出來的一個學科，現在不少藝術學理論專業的學生，並不是科班出身，而是從文學、文藝學等其他學科考進來的。這確實牽涉到一個知識結構完善問題，好在學子們都很年輕，很快就會變成內行。

二、歌曲·流行

劉小波：物以類聚，先來談談分類問題。歌曲的分類是一個十分棘手的問題。一般而言，流行歌曲、主流歌曲、民間歌曲、搖滾歌曲是常見分類法。但是此種分法弊端很多，很多歌曲無法找到自己的位置。在西方，搖滾歌曲是流行音樂的重要代表，而中國大陸的流行歌曲似乎是排除了搖滾歌曲。而很多主流歌曲、民間歌曲也因傳唱度較高成為流行曲目。你曾提出「歌必流傳」的觀點進行歌曲分類，能否詳述一下？歌曲的分類究竟有無標準？

陸正蘭：流行歌曲，是個複雜而含混的概念。至今沒有一個統一的定義。不過我們大致上可以看到三種主要定義方式。

第一種把流行歌曲視為音樂本身的一種類式。寫得最清晰的是 1989 年出版的《中國大百科全書（音樂、舞蹈卷）》，但其中的定義，似乎與時代關係不大。

第二種把流行歌曲視作當代文化的一種特殊現象，是商業文化的產物。1990 年出版的《音樂百科全書》認為「流行音樂是商業性的音樂消遣娛樂以及與此相關的一切『工業』現象。」

第三種定義強調流行歌曲與當代傳媒的關係，也就是說，流行歌曲是電子傳播的後果。2003 年版《柯林斯詞典》對流行歌曲的解釋是：「通過音樂產業，以特殊的發行形式，對大量聽眾有廣泛吸引力的多種多樣歌曲。」以上三種對流行歌曲的定義，有巨大的差異。

古代中國古代音樂等級森嚴，歌曲雅俗二分，與政治密切相關。孔子提倡興正禮樂，以樂治禮，是為了維護社會秩序。歌曲的雅俗的對立，在歷史上多有記載。比如「陽春白雪」對比「下里巴人」的故事。雅歌的地位雖被抬到無以復加的高度，卻難於傳世。到了宋代，鄭樵總結規律：「積風而雅，積雅而頌」。然而，一旦雅樂成立，就難以承傳。清代毛奇齡乾脆說「古樂有貞淫而無雅俗」，因為雅俗區分在哪個時代都不穩定。

到了現代，音樂研究者對歌曲的研究首先遇到命名的尷尬：一邊是稱作「藝術歌曲」或「經典歌曲」的高雅歌曲，另一邊是非藝術歌曲，或稱流行歌曲、大眾歌曲等等。在中國 20 世紀上半段，流行的歌曲可以分為兩類，一類是 20 世紀 30 年代，配合抗戰救亡的革命歌曲、大眾歌曲、救亡歌曲。而另一類則是最接近當今西方定義的「流行歌曲」，即商業化娛樂歌曲（在特殊時期，其中有一部分被定為黃色歌曲）。20 世紀 30～40 年代中國電影產業的發展，進一步推動了流行音樂的發展，但 50 年代後，「流行歌曲」作為資產階級意識形態的「靡靡之音」在中國大陸絕跡了近 30 年，而轉移到香港地區發展，這和中國當時的政治轉型密不可分。

20 世紀 80 年代初，大量的所謂「流行歌曲」回流到大陸，但因為要避開「流行歌曲」這個有過「歷史污點」的名稱，出現了一個更為含混的範疇「通俗歌曲」。比起以往的術語混亂，今日大家用「流行歌曲」一詞，歧義已經不多了。

實際上中國歌曲的分類，一直跟隨文化的三分法：大眾文化（mass culture）、民間文化（folk culture）和高雅文化（highbrow culture），只不過在歌曲研究中，術語改成：流行歌曲（pop songs）、民歌（folksongs）和藝術歌曲（art songs）。在整個音樂藝術領域中，民間音樂與藝術音樂（包括所謂的主流歌曲）之間有著一個廣闊的地帶，便是流行音樂，它並沒有明確的邊界，一端伸向民間音樂，另一端伸向藝術音樂。「歌必（意圖）流行」，是我在《歌詞學》中的提出的觀點，不管哪種歌曲都意圖變成「流行的歌曲」。

劉小波：音樂的性別問題是一個很有意思的話題，薩義德在《音樂的極境》中談到這一點，塔拉斯蒂在《音樂符號》一書中也多次談到音樂的性別問題，你的專著《歌曲與性別》也研究了歌曲與性別的關係，能否談談歌曲與性別之間的關係。

陸正蘭：我去年出版的《歌曲與性別：中國當代流行歌曲研究》，可以說是一個交叉學科研究。流行歌曲中，言男女之情是歌曲壓倒性的主題。性別不固定，在歌曲中尤其不固定，偏偏性別問題是當代歌曲最核心的問題。不僅歌分男女，而且，亦男亦女、非男非女、不分男女的歌中也充滿了性別性。歌曲的性別性是流動的，因為歌的文本身份，符號自我，文化主題都是流動的。但歌曲和性別這兩個有趣的課題合流後，我們會看到當代歌曲中存在不同於其他藝術的性別性。

劉小波：歌曲是一個唯美的刺點，在多種敘述體裁（如小說、電影、廣告）中都有歌曲出現。在電影中，歌曲扮演了極為重要的功能。在小說中，歌曲扮演了極為重要的角色。歌曲在小說中作為一種伴隨文本存在，與小說互文，幫助小說完成敘事，並與小說文本形成張力，深化主題，最終通過歌曲言說我們的世界。你如何看待歌曲的這種互文功能？

陸正蘭：這是一個很有意義的問題。事實上，我們接觸的音樂大多是媒體音樂，很少有人有很多機會去看現場音樂會，即便是現場音樂會，我們也會看到是一場被組織的音樂形式。包括舞臺、表演、甚至歌手的服裝等等。歌曲的作為一個互文本的意義無處不在。因此，歌曲參與到多媒介文本之中，是一個正常現象，而且可以說是必然現象。音樂的發生，就是「載歌載舞」，當代的歌曲之所以重要，就是幾乎沒有一種藝術能擺脫音樂。

劉小波：中國風歌曲曾在幾年前造成不小的影響，因為其蘊含了諸多的中國元素以及古典意蘊，贏得了眾多的人青睞，也引起研究者額外的注意，當然也遭到不少人的質疑，當下中國風歌曲再度興盛，在百度音樂達人、優酷音樂牛人等欄目中出現了大量的中國風創作團隊。這些歌曲更多的與網絡小說、網絡遊戲相關聯。在我看來，其旋律很難有所突破，幾乎千歌一面，而歌詞更多的是拙劣的仿古。

陸正蘭：不能一言以蔽之。當年周傑倫和方文山配合，確實引領了中國風歌曲的一個成功潮流，像《青花瓷》《菊花臺》這樣的作品，無論從情感意境還是民族樂器的配器上都算是優秀之作。歌曲的流行與時尚機制有點相似，時尚的社會動機有兩個：分化和同化。一些人總想與眾不同，千方百計尋找各種方式與周圍的人區別開來。而另外一些人則由於羨慕這種與眾不同帶來的優越感，總想加入這個團體。歌的流傳，也存在著類似的求同存異悖論。但歌曲有一種情感的主體訴求，某種歌曲只有符合特定時期闡釋了歌眾的社會體驗的方式，它才會流行起來。

符號學有個「第一原則」，意義不在場，才需要符號。中國風的流行是對某種音樂情感缺失的補償。只有充分認識到歌曲這個文化功能，才會認清歌曲作為藝術商品，而不是時尚商品在流傳，才能辨清追「風」的利弊。

劉小波：近年歌壇神曲跌出，如龔琳娜的《忐忑》，鳥叔的《江南 style》，最近又有老男孩的《小蘋果》。能否分析一下神曲誕生的語境，神曲有什麼符號意味？

陸正蘭：所謂「神曲」不是多了，而是太少。標新立異是藝術進步的一種內驅力。布羅姆說每個時代的詩人都生活在影響的焦慮之中，這種焦慮來自於試圖對前輩和經典作品的模仿和超越。因此，正是這種影響焦慮，成了藝術發展的動力。音樂也是如此。從創作角度來說，《忐忑》挑戰的是聲樂藝術，龔琳娜將一首無詞的歌曲，融合不同的戲劇、民族、通俗唱腔，用她聲色並茂的演唱，製造了一種特殊的姿勢意義效果。應該說，這是一個很獨特的具有藝術探索意味的文本，但較少有人從藝術性上給予關注，相反她帶來的網絡娛樂效應遠遠蓋過了藝術本身。鳥叔的《江南 style》流行全世界，是個奇蹟，是對人生追求的一種嘲諷。老男孩的《小蘋果》，流傳的很大原因在於它的前文本的成功。

劉小波：搖滾是最具爆發力的音樂。在西方，搖滾音樂多次充當了社會運動的急先鋒。在中國搖滾樂並沒有這種效用。而且僅有的影響力也在持續減弱，有論者指出搖滾是反諷時代的文化特質，你如何看待？

陸正蘭：在搖滾歌迷眼中，搖滾是一種態度，是一種文化力量，它應該有一種抵抗的疼痛感。喜歡哪一種搖滾，實際上也就選擇一種生活方式，一種趣味。每一類音樂都有其生存「權利」，它也是一種價值平等的體現。每一種音樂類型的價值都取決於實踐並喜愛它的人的認可，這對搖滾樂和其他流行樂都一樣。

劉小波：除了文化研究學派帶著批判的眼鏡關注過流行歌曲外，很少有主流的音樂理論家關注流行歌曲，他們往往以古典音樂研究指代整個音樂研究，這會不會造成研究的以偏概全呢？

陸正蘭：關於歌曲研究，中西方研究進程不一樣，研究路徑也不同。國外的傳統音樂學研究主要落在古典音樂上，像巴赫、貝多芬、李斯特、蕭邦、勃拉姆斯、西貝柳斯、瓦格納等人的作品一直是西方音樂學者研究的重點。但目前的西方音樂研究也有很大的轉型，比如對跨媒介音樂的關注，對民族音樂的關注，尤其是很多年輕的學者對流行音樂的關注。我去年參加了在比利時魯汶大學召開的「第十二屆音樂符號意義國際會議」，大會上的主題就是跨媒介音樂的符號表意問題。許多學者認識到，古典音樂的研究方法和研究領域不可能代替且覆蓋現在的跨媒介音樂了。新型的媒體音樂，需要新的理論方法和視角。

實際上，歌曲研究一直是中國音樂研究的重要組成部分，古代中國沒有西方交響曲的傳統。歌唱性的音樂作品（無論是純樂器演奏的作品，還是歌曲）是中國的主體部分。20 世紀興起的流行音樂有其特殊的文化語境和特徵，不可能也不應該被「古典音樂」的研究遮蔽，這是中國音樂研究的幸運之處。

劉小波：有論者指出流行音樂能帶來政治進步、經濟奇蹟、文化多元、社會活力。個人覺得是不是有誇大成分。後兩個倒勉強說通。流行音樂如何能帶來政治進步和經濟奇蹟呢？

陸正蘭：流行文化是當代文化中最活躍的文化形式之一。歌聲無處不在。它經常製造文化奇蹟，我們不可能無視它的存在價值。音樂文化產業帶來的經濟效益，更是無法估量。以雷鬼音樂著稱的牙買加，音樂產業幾乎成為其國家的經濟核心。當然我們不能用金錢衡量音樂的價值，尤其不能只計算某張唱片賣多少錢。軟實力與硬實力的衡量方法不同。時代形象，民族形象，是金錢買不到的。在商言商，當然應當算帳，但是藝術理論不能跟金錢風，這是最起碼的要求，否則要我們研究什麼呢？

三、音樂・研究

劉小波：音樂的社會功能十分強大。原始部落通過音樂維繫部落成員的關係，依靠歌舞祭祀神靈祈求平安。華夏民族建立的禮樂文明也強調「樂」的功效，西方的格里高利聖詠等宗教音樂對西方社會影響力同樣十分巨大。「世界是用來聽的」，「聽覺轉向」等提法進一步肯定了音樂的社會功效。甚至西方學者的論著出現了「音樂控制」這樣的題目。音樂何以有如此大的功效？

陸正蘭：音樂自誕生以來，就從沒有高踞於社會之上。儒家音樂美學思想集大成者《樂記》曰：「聲音之道，與政通也」。這裡的「政」並不限於政治，而是社會功能，甚至是一種社會生活方式。音樂功能是個大課題，也是個熱門課題。當今不少音樂學家都在從不同的研究層面在積極探討這個問題，有的從認知心理學，有的從人類學，還有從社會行為學、情感交流學等等，甚至希望從大量的實驗和科學分析中得出有力的結論。

劉小波：選秀節目近年在中國可謂風起雲湧。其代表節目《中國好聲音》第三季近期播出了，相比前兩季，影響力有些減弱，印證了「第三部」效應。雖然略有創新，但總體思路和前兩季還是一脈貫通。這種通過大量拍攝素材而進行剪接的娛樂節目被業界稱之為「背著棺材板跳舞」。既要標榜真人秀，又要依賴後期的剪輯處理，怎樣理解這種悖謬的做法？同時，這些節目的原產地均在國外。這種依靠引進國外模式發展的娛樂節目有怎樣的前景與瓶頸？你如何看待中國選秀節目的大潮？

陸正蘭：節目如何編碼，以便保證最大化地增加收視率，是電視節目傳播效果研究要研究的問題。這裡我只想談談《中國好聲音》節目本身。從 2005 年第一屆《超級女聲》開始，中國樂壇有了很具創意的音樂選秀節目，儘管這種模式並非自己原創，但是中國觀眾歡迎，就行了。《中國好聲音》《中國好歌曲》《最美和聲》從不同的側重點在挖掘中國優秀的創作歌手、具有特色聲線的歌手。事實上，這些歌手已成為活躍在樂壇上的主體。這樣的選秀節目有積極的意義，在相對公平的選拔原則下，有才華的音樂人才浮出水面。

但從另一方面來說，這也是一場典型的造星運動。對一般受眾來說，面對星海如潮的流行樂壇，會有一種「選擇焦慮」。面對的選擇軸寬得無法掌握時，作為選擇主體的自我，反而會困入一種自由漂浮的狀態。這種「選擇悖論」的結果，就是「開放後的自動封閉」，很容易接受媒體給予的選擇。最後造成的局面是，我們只有追隨媒體，聽他們給我們的歌。

福柯有個很犀利的觀察，他說，許多幫助人們接近音樂的工具，到頭來削弱了我們與音樂的關係。也就是說的這個意思。市場的法則很容易抓住這個簡單的機制。產品投放到大眾之中，大眾就傾聽。這是一塊劃好了的聽覺空間，在聽的過程中，某種趣味被強化。循環過來，音樂看似又在滿足某種期待。因此商業產品、評論、音樂會，所有這些，原是為增強公眾與音樂的關係，到頭來，卻讓人們感到接受一種新的音樂越來越困難了：這些媒體大亨代我們決定了。

劉小波：有論者指出唯技術主義是病態社會的表徵之一，很多發燒友從對音樂的賞析轉為對技術、音樂器材的癡迷。如古典樂迷不斷追求音響器材，搖滾迷追求吉他、效果器、電子樂迷癡迷計算機等各種音樂製作器材。音樂和技術之間有無必然聯繫？

陸正蘭：當然有聯繫，樂器的發明某種意義上就是一種技術。沒有管風琴的發明，就很難想像有格里高利聖詠，沒有琵琶的音色和演奏技藝，我們就無法真正聽到《十面埋伏》。沒有電子吉他，搖滾樂的現場氣氛和力量都會大大減弱。在這個意義上，麥克盧漢的觀點「媒介是人體的延伸」，依然在向我們招手。回顧 19 到 20 世紀音樂發展史，我們會感謝技術革命帶來的好處，至少我們還可以聽到 19 世紀歌劇之王卡魯索的迷人的嗓音。後來者也會感歎，《詩經》只能作為純詩研究，我們很難想像墨子看到的「誦詩三百，弦詩三百，歌詩三百，舞詩三百」的情境了。

劉小波：再來談音樂的經典性問題。音樂特別是歌曲的經典是群選經典的範例，如民眾投票的方式，置後循環使經典的地位進一步鞏固，具體談談歌曲的經典化問題。你覺得哪些歌曲能堪稱經典？

陸正蘭：「經典化與去經典化」這個命題，從上個世紀 90 年代就開始有激烈的討論。我記得1997年在荷蘭萊頓大學就組織過一次國際學術會議，後來就以這一題目出版了一本厚厚的論文集。國內學者也有很多的討論。要說清這個問題，很難。顯然，流行歌曲的經典化過程和傳統文學（文化）的經典化很不相同。上面說過，一首流行歌曲要成為經典，首先要經過被流行的過程，在此過程中，參與歌曲流行的各種環節都會起作用，換句話說，先要流行再要流傳，先是共時性的大行其道，再是歷時性的不斷重複翻唱承傳。這些都說明了流行歌曲具有其他藝術不具備的文化實踐性。一首歌在20年後，30年後，50年後，不管何種目的，我們仍然在唱，它就具有了經典性。

劉小波：你的研究常用符號學理論。符號學是一個犀利的工具，引入音樂研究取得不少成就，音樂和符號學何以能聯姻？符號學為音樂研究究竟提供了一種怎樣的思路與範式？

陸正蘭：符號是「被認為攜帶意義的感知」，音樂有意義，因此音樂必須是一種符號，只是音樂符號的意義很難用語言說清楚。當音樂印成樂譜時，它是一種記錄式的符號；當它被演繹成聲音時，它又成為一種聲音符號。

當我們面對音樂符號時，就會有一系列問題展開在面前，而且都是符號學的問題：沒有明確的語義性的音樂是如何表意的？音樂的意義在它本身，還是被建構出來的？音樂意義代表了一種怎樣的意義類型？為什麼不同的人在不同的時空，或者同一音樂在不同時空有不同的語義效果？音樂這種抽象符號與指稱對象之間的聯繫有沒有一種約定俗成的關係？音樂本身同時由多種因素組成，如旋律、節奏、織體、響度等，每一種因素在不同的作品中不同的功能，如何組合成文本意義？這些是從符型和符義學角度應當分析的問題。從符用學角度探討，就更為複雜。比如，音樂的變遷和歷史是一種有意識選擇的結果，還是遵循它自身的音響發展規律？

因此，音樂符號學覆蓋面很廣，應當說，沒有音樂符號學，我們已經無法對付音樂學研究提出的大量問題了。

劉小波：雖然符號學進行了多角度的理論透析，但是音樂欣賞始終還是一種直覺，一種感悟，這樣的話符號學會不會失效？

陸正蘭：人們對音樂的理解都是感受和思考的綜合體驗。我們無法要求每個聽眾和音樂研究者有同等理解音樂的水平。音樂的符號意義過程建立在現象學範疇之上，符號學家皮爾斯把符號分成三性，分為第一性（Firstness）、第二性（Secondness）、第三性（Thirdness）。如果我們用於音樂分析的話，就很好理解從直覺到意義的生成，當我們聽到一段旋律時，擁有的是原始印象，是直覺感受，在情感上，它處於一個混沌層面，我們甚至無法辨別出是什麼作品，是誰的作品，這是第一性。在第二性中，我們會進一步辨別出此作品。在第三性階段，我們由它的風格和結構，以及與其他作品類似性等等進入推理，從而深入理解了此作品。在各個過程中，實際上我們需要的是相應的三種能力，對社會文化的語境闡釋的能力，作為闡釋者自己的音樂知識能力，還有音樂文本本身的自攜的語義能力。只有這樣，我們才真正進入音樂的欣賞和理解階段，而不僅停留在感覺層面。直覺是第一性，當然重要，因為是我們面對音樂意義的出發點。音樂的理解必須通過第二性，進入第三性，但並不否認感覺出發點。

劉小波：最後，能否談談中國流行音樂發展的前景。流行音樂現在基本處於的畸形發展狀態。歌手出唱片幾乎都是做賠本的買賣，其目的就是圖個人氣，藉此抬高身價以便有更高的出場費。隨著版權意識的加強，音樂娛樂節目的持續火爆，流行音樂會不會迎來自己發展的春天？流行音樂未來的研究方向和選題有哪些，其價值又在何處呢？

陸正蘭：你說的「賠錢出唱片」，不能孤立理解。流行音樂具有商品性，它的生產量如此多，它的市場配額也適應符號經濟學的「長尾理論」。

歌曲不僅是當代文化一個重要的組成部分，而且也是文化產業的重要分支。尤其近 20 年來，隨著電子新傳媒的發展，歌曲的影響力超過了以往任何年代。對於中國大多數公民來說，他們接觸的書面詩很少，對能唱的歌詩耳熟能詳。因此，書面詩越來越邊緣化，當代歌取得了強勢地位，歌擔當了承傳與發揚中國「詩教」、「樂教」傳統的功能，再考慮到歌曲對港臺海外散住全球的華人凝聚力，考慮到歌曲在影視、旅遊、廣告、品牌等各種文化產業領域中的推助力，考慮到歌曲強大的話語傳播能力與意義效果，歌曲研究應當成為當今文學、音樂、文化、社會研究無法忽視的重要課題，對歌曲作出推介和批評，也是對當代文論界提出重大挑戰。

（原載《四川戲劇》2014 年第 12 期）

目　次

導論　媒介：時代新語境與文學研究新思維

人類已經完全身處傳媒時代。正是媒體的全面介入，媒介問題變得極為重要。媒介自然也會進入到文學、藝術等領域，文學媒介學、藝術媒介學漸成氣候。文學媒介學的相關成果不斷湧現。這種時代的新變化與新語境讓我們面對文學這一古老的藝術時，也必須要轉變傳統的研究思維，將靜態的文字文本，轉換為一種動態的、複合的文學事件來對待。文學從將各種介質材料組合進文本編碼，到經過媒體傳播，再到受眾接收解碼，是一個傳播過程，也是一個媒介事件。

在媒介語境中，文學就成為一種「事件」,「作為事件的文學」成為學界的一種重要的聲音〔註1〕，最近十餘年來，事件思想不僅在國際學界得到持續、前沿、開放的研究，也逐漸引起了包括哲學、政治學與文學等學科在內的我國學術界的興趣，就連文學史的書寫也變成了一個「事件」〔註2〕。以此考察百年中國新文學，也會得到進一步的印證。從胡適《兩隻蝴蝶》這樣的嘗試性創作的白話詩歌，到「十七年文學」中的紅色經典，再到韓寒、郭敬明引發的「80

〔註1〕關於文學「事件」這一問題，近年來出版了多部著作進行討論，如（英）伊格爾頓的《文學事件》(河南大學出版社 2017 年版)、(法）德勒茲的《差異與重複》(華東師範大學出版社 2019 年版)、(日）小林康夫的《作為事件的文學》(知識產權出版社 2019 年版)、何成洲、但漢松的《文學的事件》(南京大學出版社 2020 年版)、劉陽的《事件思想史》(華東師範大學出版社 2021 年版）等。

〔註2〕洪子誠等，《作為「當代事件」的文學史書寫》,《當代文壇》2021 年第 2 期。

後」寫作風潮，很多文本回過頭再去打量，藝術性其實只占很小的比重，但是這些特定時期的文本仍具有重要的文獻學等價值，它們是歷史的文本，是作為「文學事件」的文本。當下文壇這樣的文本也不少，甚至有一種整體「事件化」的趨勢。小到身體寫作、下半身寫作、「梨花體」「羊羔體」「淺淺體」詩歌爭論、余秀華現象，大到「韓白之爭」、影視改編、IP 開發、各種文學獎項，直到諾貝爾文學獎（比如鮑勃・迪倫、彼得・漢德克的獲獎、村上春樹的陪跑、中國作家上賠率榜等），無一不是一種文學事件，而傳播起到了推波助瀾的作用，經過傳播，文學成為「事件」。微博文學、手機文學、網絡文學、人工智慧文學等文學形態則讓新媒介直接切入文學。雖然文學的多媒介特性一直都有，當時當前時代更為明顯，「……昔日的『語言藝術』變成了圖文兼容的界面文本，那種通過書頁文字解讀和經驗還原以獲得豐富想像的間接性形象，已讓位於圖文兼容、音畫兩全、聲情並茂、界面流轉的電子快餐。」〔註 3〕傳統的出版物中其實已經蘊含著媒介思維，而那些新興的出版形態更是一種多媒介的產品，比如《千頁書》〔註 4〕這樣的出版物已經探索了一種圖書出版與視覺的互動，打破了傳統書籍的形態，視聽文本在未來也並非不可能，網絡文學中已經開始出現了不少具有超鏈接功能的互動文本。

正是媒介的全面介入，讓跨媒介敘事蔚為大觀，廣義敘事學便是立足於此，逐步興盛。這種媒介思維下展開的研究並不只考察當前語境中產生的文本，也會回溯那些文學史上的文本。在當前語境下，再回頭去考察百年中國白話文學史，就可以對一些曾經所忽視的東西進行補課，比如文本中的媒介問題。在新思維下打量舊文本，可以獲得新的闡釋。文學研究，既要關注作為成品的作品，也要思考那些編織進文本的介質材料。

文學的媒介研究在近年的學術研究中得到迅速發展。當然，這些研究多集中在外部研究，進行一種傳播途徑變遷的探討。文學媒介學的論域集中在報紙、期刊、文學出版、文學機構、文學評獎等方面。其實除了文本外的傳播環節，在文本生產的階段，任何藝術都不是單獨媒介構成的，不同的藝術體裁文本編碼中所使用的媒介數量不盡相同。一直以來，文學都存在跨媒介敘事現象。文學在各藝術門類中編碼所用材料算是使用媒介較多的一類。文學的圖像

〔註 3〕歐陽友權，《數字媒介與中國文學的轉型》，《中國社會科學》2007 年第 1 期。
〔註 4〕聶莉，《〈千頁書〉跨媒介敘事實驗：一本紙質書「非數字化生存」的可能》，《粵海風》2022 年第 1 期。

化、文學的戲劇化、文學的影視腳本化、文學的音樂化等提法都不僅僅是一種闡釋的強加，而是真正基於文學文本在編碼過程中使用了其他媒介。

隨著時代的變遷和媒介技術的進一步發展，結合著未來電子書籍的發展以及「懶人聽書」一類的新的閱讀類軟件的普及，加上已較為成熟的喜馬拉雅、荔枝 FM 等新形態的廣播電臺開始做文學作品的音頻內容，伴隨著這樣的發展趨勢，未來文學作品的媒介性會更加凸顯，文學中的媒介也必將更加多樣。當媒介成為學術研究的熱點、媒介時代成為學術研究大的時代背景，這一問題不應再忽視。本文以文學中的音樂媒介為中心，深入探討這一問題。音樂與文學歷來關係親密，作為媒介的音樂在文學中的使用十分常見，探究音樂媒介在文學中的種種現象，可以對文學媒介問題進行更為鮮活的闡釋。本文對文本中的音樂景觀進行了大量的列舉，既是為了論證的需要，也是對文學批評的深化和拓展，提供一種闡釋的新路徑。

第一節　媒介與媒介時代

媒介與媒體是一對糾纏在一起的概念，特別是在文獻翻譯中，媒介與媒體很多時候是隨意的在使用。媒介究竟指的是什麼需要仔細辨析一番。趙毅衡曾撰長文專門討論媒介與媒體。〔註 5〕在當代文化中，media 指專司傳達的文化體制，中文譯為「媒體」，媒體是一個文化類別，是一種社會體制，在比較抽象的意義上。媒介與媒體在中國的混用歷來已久，同樣的一個單詞，在不同的著作中翻譯為媒介或媒體，並沒有嚴格的區分。趙毅衡曾詳細區分，但是之後的學界依舊沒引起重視，在之後出版的不少學術文本仍舊是混用的。

關於媒介的定義，很多學者都進行過討論。蔣原倫主編的《媒介批評》收錄的文章涉及文學、音樂、影視、戲劇、文化的方方面面，媒介批評如此廣義，媒介本身應當也如是。所以，與文學相關的很多內容，都可以媒介的名義劃歸進文學媒介研究的範疇。這樣做的主要目的是扭轉那種將文學看成一個靜態的文字文本的觀念。或者簡單來說，就是文學和其他藝術體裁的交匯，與其他文化樣式的互融互滲。不過，與時下流行的文學媒介學不同，本文從文學本體出發，研究文學內部的媒介問題，兼及作為傳播方式的媒介。符號依託於一定

〔註 5〕趙毅衡，《「媒介」與「媒體」：一個符號學辨析》，《當代文壇》2012 年第 5 期。

的物質載體才能被人感知，但是感知本身需要傳送，傳送的物質稱為媒介（medium，又譯「中介」），媒介即是儲存與傳送符號的工具。符號的可感知部分，索緒爾稱為能指，皮爾斯稱作再現媒介，媒介是符號傳送的物質，並不只是一種簡單的載體，媒介可以社會化類型化為媒體。

文學媒介學中的媒介又指什麼呢？目前文學媒介學中的「媒介」一詞的內涵，基本上集中在傳播載體這一層面上。比如胡友峰、單小曦、黃發友等學者提出的文學媒介學，基本上都是研究文學的傳播載體，如期刊報紙、網絡新媒體、文學制度機制等。有學者提出「媒介即文學」〔註 6〕，將文學的媒介問題提到了很高的位置。也有更為廣義的指涉，按照劉俊的觀點，從藝術學意義上來講，「媒介」至少有三層意思：第一，作為藝術「材料」的媒介。第二，作為藝術「傳播」的媒介。第三，作為藝術「形式」的媒介。〔註 7〕當然，無論是媒介作為藝術材料、傳播手段，還是作為藝術的形式，在一定意義上是不可割裂的，共同參與構成了藝術創作、作品和接受全過程。媒介所包含的外延十分寬廣，既是一種傳播載體與手段，也是一種文本編制材料，更是一種藝術（有意味的）形式。簡單來說，媒介就是組成文本的材料和介質及傳播載體。但是很明顯，當下很多的藝術媒介學研究成果將媒介研究將其限定在傳播載體上。所謂的文學媒介學也大多集中在傳播載體的討論上。對最原始的組成材料及最高級別的藝術形式關注較少。而「媒介本身就是信息」，在藝術學中的媒介，有多重意思，概而言之，一是介質材料，二是傳播方式。藝術因媒介而發生深刻革命，這是人類藝術史的常態。縱觀整個藝術發展史，媒介一直是藝術實踐的必需要素。

在藝術史上，每一次重要的媒介變革，無論是「材料」還是「傳播」意義上的變革，多會引發藝術形式與審美的重要變化。〔註 8〕媒介是符號表意的成分之一，有時甚至是最重要的部分。對藝術意義的解釋，往往集中到媒介的運用。藝術理論家克萊門特·格林伯格甚至認為現代藝術的特點是「節節向工具讓步」，也就是說，媒介成為藝術的主導成分。符號信息的發出，傳送，接收，現在可以克服時空限制，越過巨大跨度的間距相隔，這是人類文化之所以成為符號文化的一個重要條件：被媒介技術改進了的渠道，保證了文化的表意行為

〔註 6〕陳海，《從「媒介即信息」到「媒介即文學」》，《百家評論》2019 年第 4 期。
〔註 7〕劉俊，《理解藝術媒介：從「材料」到「傳播」》，《當代文壇》2020 年第 6 期。
〔註 8〕劉俊，《理解藝術媒介：從「材料」到「傳播」》，《當代文壇》2020 年第 6 期。

能夠被記錄、檢驗，保留給後世。〔註9〕媒介與技術，媒介與人的感知渠道，媒介與人類文化的符號表意都是人類文化史上的重要的現象。媒介本身極為複雜，探究其內涵是一個龐大的工程，但是有些問題可以簡化，比如，音樂是一種媒介是約定俗成的。特別是在本文中，音樂媒介的含義比較廣，是具體的曲目、樂器、音樂選段、歌詞、音樂結構、音樂文化、音樂人等等元素的統稱。

一般的藝術媒介學偏重後者，側重媒介作為傳播載體和形式的研究，本文涉及的媒介既包括介質材料，也有傳播的內涵，音樂媒介既是文學編碼的一種材料，也是文學傳播倚仗的一種手段。本文提及的媒介，在外部考察的時候是一種媒體資源，主要起傳播的作用，在文本內部考察時，則是一種介質材料，是組成文本的資源。這兩層含義的合體，則是對文學和藝術學界媒介一詞的闡釋。文學的跨媒介編碼，是對冷媒介的一種「升溫」。借助音樂等其他媒介，文學可轉換為一種熱媒介。麥克盧漢認為媒介有冷熱之分，熱媒介傳遞的信息量比較多，清晰明確，無需更多感官和聯想就能理解；冷媒介相反，信息含量少，需多種感官聯想配合理解，增強解釋。麥克盧漢對此進行了一些分類，但是他的分類不太好理解。他認為電影、廣播、照片、書籍、報刊是熱的，而電視、電話、漫畫、談話等是冷媒介，搖滾是冷的，而華爾茲是熱的。趙毅衡對此進行了修正，他提出媒介冷熱是指傳達信息量的密集度：現代媒介的主要趨勢是越來越熱，例如電影從黑白，到彩色，到寬銀幕，到立體聲，到環屏，到3D，符號信息的密度越來越高。而電影一旦描寫「大劫後」的未來世界，影片色調就用暗調，幾乎是黑白，此時媒介本身就是信息內容。按照這樣的邏輯線歸結起來，一個藝術體裁的冷熱程度，要看使用媒介的種類和數量。大致來講，文字媒介熱度低於音樂和圖像，同時，媒介越多，其熱度越高，媒介越少，其熱度越低。因此，藝術編碼多是跨媒介的，其根本的目的在於對自身「升溫」，防止被淘汰的命運。

媒介時代，則是指當下依託現代傳媒手段的媒體時代，是一個傳播的時代。「大眾傳播全球性形式的崛起已改變了日常生活的經驗性內容。」〔註10〕傳播技術革新、媒介從技術升格為文化，傳播對日常生活無孔不入，都是媒體時代的表徵。綜合多位學者的觀點，現代媒介的發生大約是19世紀末，正好

〔註9〕趙毅衡，《「媒介」與「媒體」：一個符號學辨析》，《當代文壇》2012年第5期。

〔註10〕（英）尼克·史蒂文森，《認識媒介文化——社會理論與大眾傳播》，閻嘉譯，商務印書館2001年，第9頁。

與中國白話文學發展重合。媒介的變化遠遠不止傳播方式的變遷，而是涉及「文學場裂變」的根本性轉變。文學的媒介化使得文學的創作和閱讀進入「數字化」時代，「創作主體和接受主體的交流程度空前提高，創作空間也被無限放大，創作題材不斷被釋放」〔註 11〕。媒介生態對當代文學產生了深廣影響。而在傳統的文字媒介中嵌入其他的媒介形式成為文學編碼的重要模式，這既是傳統的延續，也是當下媒介語境中文學創作的新要求。傳統的文學媒介的提法集中討論文學的傳播環節的問題，很少的部分涉及文本本身，這樣傳統的研究或許並不能解釋文本的編碼問題，需要回到文本本身來進行思考這一問題。

第二節　媒介間性與藝術編碼的多媒介特性

任何藝術都不只是由單獨媒介構成的，不同的藝術體裁文本編碼中所使用的媒介數量不盡相同。藝術的多媒介特性自古有之，多媒介、多渠道的聯合表意是人類文化的慣常做法，戲劇、電影、中國畫、搖滾音樂會、當代電子—數字文化等等文化形式，都是如此。〔註 12〕各種藝術都是複合媒介。歌曲有歌詞、音樂、唱片封面、畫面等，電影有畫面、音樂、美術等數十種媒介。文學中也有圖像、音樂等多種媒介。1972 年，蘇珊・桑塔格在《現代小說的風格》中提出，現代小說已很難保持其純潔性，從小說「越來越多地受到其他媒介的影響，不管這些媒介是新聞、平面、歌曲還是繪畫」〔註 13〕也可以看到文學中媒介的多樣性。

不同的媒介介入，對藝術的表意也有很大的影響。「事實上，媒介決定了編碼如何展開。可以說，媒介的物質性特徵可以決定人們如何解釋符號或文本。」〔註 14〕廣義敘述學將敘述進行了全局分類，很大程度上就是依據形式的差異，也即是媒介的差異。藝術編碼的多媒介特性給藝術研究也帶去了媒介理念與思維模式。藝術通史的撰寫、比較藝術學等，都會涉及媒介間性問題。黑格爾《美學》與李澤厚《美的歷程》被公認為可供參考的兩個範例，它們在研

〔註 11〕胡友峰，《媒介生態與當代文學》，武漢大學出版社 2016 年版，第 328 頁。

〔註 12〕趙毅衡，《廣義敘述學》，四川大學出版社 2013 年版，第 220 頁。

〔註 13〕（美）桑塔格：《現代小說的風格》，載波格編：《蘇珊・桑塔格談話錄》，姚君偉譯，譯林出版社 2015 年版，第 6 頁。

〔註 14〕Marcel Danesi, *Encyclopedic dictionary of semiotics, media, and communications*, Toronto Buffalo London : University of Toronto Press, 2000, p.142.

究路徑上突破單一藝術門類的視角，橫跨了文學、繪畫、音樂和雕塑等多個藝術門類。近年來，不少學者對此問題進一步展開，將各藝術門類打通進行研究，「媒介間性」就成為研究的關鍵詞。〔註 15〕藝術的跨媒介研究，走向的是一種元藝術史的建構，甚至涉及研究範式的轉型。

文學作為藝術門類中重要的一種類別，與媒介的淵源也十分深厚。由此，文學編碼中也會介入到除文字以外的其他媒介，包括圖表、圖像、書法、美術、影視、音樂等。大量的文本是一體化的注腳，但不能忽視那一小部分保持獨特性的文本。文學編碼的多媒介特性也十分明顯，特別是，文學與其他藝術門類的互文書寫大量存在。韋勒克在《文學理論》中闢專章討論文學和其他藝術。他提出「文學與美術、音樂的關係是各種各樣的、複雜的」。除了顯而易見的來源、影響、靈感和合作的問題，還有一個更重要的問題，即文學有時確實想要取得繪畫的效果，成為文字繪畫，或者想要取得音樂的效果而變成音樂。有時，詩歌甚至想成為雕刻似的。各種藝術（造型藝術、文學和音樂）都有自己獨特的進化歷程，有自己不同的發展速度與包含各種因素的不同的內在結構。毫無疑問，他們之間是有著經常的關係的，但這些關係並非從一點出發進而決定其他藝術進化所謂的影響，而應該被看成一種具有辯證關係的複雜結構。〔註 16〕從一開始就指出了文學多媒介的特質。

其他媒介之於文學有兩個層面的意思，一是傚果模仿，二是直接介入。效果模仿比較常見，這是在自身體裁範圍內的一種表現。比如用文字描繪出一幅圖畫來，用文字描摹一種音樂的感覺。這些藝術門類間的關係還是停留在模仿、靠攏的層面。但有時候為了達成更加逼真的目的，則直接將其他媒介插入進來。文學作品歷來就是一種多重文本，除了文字，畫面、聲音、造型、空間、場景、色彩等都與文字並列，一起構築成文學文本。比如圖像作為文學的媒介淵源久遠，也更為直觀。大量的小說插圖，圖像敘事在近些年來也掀起了不小的浪潮。很多小說使用插圖將畫面感直接表達出來，發展到 21 世紀，攝影直接進入文學，成為影響頗大的新門類——攝影文學。又比如時下很多小說具有

〔註 15〕如王一川，《何謂藝術學理論？——兼論「藝術門類間性」》，《南國學術》2019 年第 3 期；周憲，《藝術跨媒介性與藝術統一性——藝術理論學科知識建構的方法論》，《文藝研究》2019 年第 12 期；唐宏峰，《通向跨媒介間性藝術史》，《當代文壇》2020 年第 5 期。

〔註 16〕參見（美）雷·韋勒克、奧·沃倫，《文學理論》，劉象愚等譯，浙江人民出版社 2017 年版，第 125 頁。

劇場化和影視化的特點，比如關於小說的戲劇化，莫言、余華等人的小說都有研究者注意到其與戲劇的關聯。這些都是足於媒介間性。音樂的介入也是如此，在文字文本中，直接插入一段歌詞、一個曲目，或是營造一種音樂氛圍，音樂既充當文本編織所需的材料，也能產生一定的審美效果。

傳統的文學有除了文字之外的媒介，但一般較為隱蔽和稀少。而當下媒介時代來臨之後，文學的多媒介特性更加明顯。媒介時代的命名源於當前所處的電子信息社會，信息的傳播普遍被認為是編碼解碼的過程。尤其是步入 21 世紀以來，科技的日新月異，媒介技術的不斷翻新，文學這一古老的語言藝術也更加熱切地擁抱其他媒介。隨著時代進程的步伐，這種多媒介聯合表意愈發凸顯。電影電視、互聯網藝術等依託現代科技的藝術新樣式的興盛，也進一步加劇了小說的「多媒介化」，不少小說的作者甚至嘗試小說「腳本化」，文學的跨媒介編碼漸漸成型。

電子媒介時代，傳統的冷媒介更需要熱媒介的加持，這也就是文學普遍跨媒介敘事更為普遍和興盛的原因，是文學媒介努力自我調整的表現。文學的跨媒介敘事目前有兩種主要的模式，一種是視覺化趨向，一種是聽覺化趨向。雖然這在歷代文學中都有體現，但是在視聽文明時代更加凸顯。因為視聽文明時代的審美特性使然。文學的視覺化方面，圖像化一直都是文學跨界編碼的一環，小說插圖，詩畫互文，文學的影視化趨勢，攝影文學等文體的出現，都是文學的圖像化敘事。還有依靠文字建構的圖像化敘事，如風景詩學。文學的聽覺化方面，聲音參與到文學中去，形成普遍的聲景敘事與聲音景觀，文學中的聲音也被多方關注。

需要說明的是，本文所使用的「景觀」一詞，參照了居伊・德波《景觀社會》、舍弗的《聲景：我們的聲音環境和世界的和鳴》等相關論述，但又不限於此。景觀社會指向的是一種媒體景觀，描繪的是人類在媒體時代的境遇，是對未來媒介與人的關係、互聯網與社會的關係的研究，本質上是一個媒介問題，借用這一術語來描繪音樂媒介對人類的影響，也是景觀社會的題中之義。

對跨媒介現象的研究形成了跨媒介敘事研究，探討不同藝術媒介跨界整合敘事的可能性，探討圖像、聲音、文字等多種媒介如何整合，共同完成事件敘述，還探討一種媒介如何向另一種媒介轉化和變異〔註 17〕。僅從文學中的音樂這一媒介角度而言，就需要討論聲音媒介如何與文字構成敘述，聲音和文字

〔註 17〕凌逾，《跨媒介敘事——論西西小說新生態》，人民出版社 2009 年版，第 8 頁。

又是如何相互轉化的等問題。媒介時代文學多媒介特性的進一步凸顯，伴隨著視聽文明時代的到來以及聽覺轉向的社會語境，音樂媒介介入文學更為常見，影響也更為深遠。

第三節　音樂媒介與文學

聲音作為一種重要的媒介，在文學作品中形成了獨特的聲音景觀。尤其是音樂，在文學中出現的頻率很高，成為一種重要的伴隨文本。文學中的音樂介入書寫是一個典型的媒介問題。維爾納・沃爾夫指出，音樂介入文學，是一種典型的「媒介間性」問題，他主要考察小說這一體裁進行具體闡釋，「小說的音樂化顯然是文學中出現的一種隱蔽或間接的媒介間性形式……音樂化小說依舊是小說，音樂只是以某種間接的方式在場。」〔註 18〕沃爾夫進一步提出，不管成功與否，作家們確實曾經努力將音樂作為一種形塑性因素融入小說的意義之中。小說的音樂化：作為音樂——文學媒介間性的特殊例子。〔註 19〕這種論述，將音樂介入文學的現象歸化為一個媒介（間性）問題。在符號表意過程中，媒介不是中立的，媒介不是符號過程的傳送環節，而是直接影響符號文本的意義解讀：符號表意要達到效果，應當與適當的媒介配合。媒介有時候本身成為符號，在文學中出現的音樂媒介，能夠影響文學的意義表達，成為一種闡釋參照，或者形成了一個新的藝術符號。

聲音尤其是音樂是文學中諸多媒介和構成材料的一種，扮演了極為重要的角色。音樂與文學有著天然的聯繫，雙方互相影響。從文學的角度看，音樂在潛移默化中影響著文學的創作。文學作品中一直不乏聲音的存在，「訴諸聽覺的聲音向提供觀看的書面文字的轉移，乃是文學成立和演進的基本脈絡，然而字裏行間從來不乏聲音的迴響。」〔註 20〕而音樂乃是文學中極為重要的一種聲音。音樂一直都是一種神秘的藝術，音樂與其他藝術門類的關係歷來也是一個謎，一切藝術都堅持不懈地渴望進入音樂的狀態。文學與音樂同為時間的藝

〔註 18〕（奧）維爾納・沃爾夫，《小說的音樂化：媒介間性理論和歷史研究・緒論》，李雪梅譯，《馬克思主義美學研究》2013 年第 1 期。

〔註 19〕（奧）維爾納・沃爾夫，《小說的音樂化：媒介間性理論和歷史研究・緒論》，李雪梅譯，《馬克思主義美學研究》2013 年第 1 期。

〔註 20〕陳引馳，《「文」學的聲音：古代文章與文章學中聲音問題略說》，《文藝理論研究》2012 年第 5 期。

術，本就具有相通之處。所有的藝術都指向音樂，這為從音樂的角度闡釋文學找到了合理性。在藝術分類中，文學和音樂屬於一類，都是時間的藝術，都訴諸人們的想像力，兩者有相通的地方。文學作品與音樂的關係一直很密切，「音樂的要素在任何藝術中無不存在，節奏，韻律，照應等，則每將和內底音樂相結合的外底音樂性，賦予文學。而且這又和不能譯成純粹批判的言語的象徵的幽微的意義，結合起來……音樂藝術的審美原則、藝術成分、技巧和效果，可以存在於文學當中，文學可以模仿和表現音樂的節奏、旋律、曲式結構等，而內在的音樂式的體驗、想像和象徵，則更是文學所擅長表現的。」〔註 21〕

種種言論表明，文學與音樂這一藝術形式無法分割。在傳統的幾大文學體裁中，詩歌明顯與音樂的關係最為緊密，詩歌一直偏向於音樂，普遍追求「音樂美」，並且很多詩歌通過歌曲這一形式變成了完全的「音樂」。白話文學伊始，以歌謠為代表的傳統音樂〔註 22〕和「學堂樂歌」等現代音樂直接或間接催生了現代新詩〔註 23〕。據學者考察，發端於「五四」新文化運動時期的中國新詩有兩種創作路徑，一類是譜曲的新詩，以出版於 1928 年 6 月的《新詩歌集》為代表，這部歌集收錄有為五四時期新體詩人胡適、劉半農、徐志摩、劉大白等人的詩作創作的歌曲。一類是蕭友梅、黃自、韋瀚章等人的歌詞創作，他們都有明確的歌詞創作意向。〔註 24〕而這些新詩，都和音樂有著十分緊密的聯繫。之後現代新詩越發將追求「音樂美」作為一種基本的美學準則，也和詩歌受到音樂的影響不無關係。音樂對中國詩歌體式生成產生巨大影響，歌與詩的統一是中國早期詩歌的最大特色。這種特點一直延續下來，詩中一直伴隨著聲音元素，顯性層面上，大量的詩歌可以和樂而唱，隱性層面，詩歌中大量的聲音書寫，享受的是聽覺的愉悅而非單純的視覺感官。「現代詩歌不僅在吸納民謠、歌曲的節奏因素，也在努力創造適宜自身條件的獨特形式，由此定義一種『新詩歌』。」〔註 25〕

〔註 21〕曾鋒，《魯迅的文學創作與音樂》，《中國現代文學研究叢刊》2014 年第 1 期。

〔註 22〕張桃洲，《論歌謠作為新詩自我建構的資源：譜系、形態與難題》，《文學評論》2010 年第 5 期。

〔註 23〕謝君蘭，《在學堂樂歌與白話新詩之間——成都「草堂—孤吟」詩群的「在地性」研究》，《當代文壇》2020 年第 6 期。

〔註 24〕金婷婷，《新音樂文學視野下的詞曲關係探究——以蕭友梅、易孺與黃自、韋瀚章的歌曲創作為例》，《學術研究》2020 年第 11 期。

〔註 25〕李章斌，《瘂弦與現代詩歌的「音樂性」問題》，《文學評論》2019 年第 5 期。

音樂影響了很多詩人的寫作。邵燕祥回憶他初入詩壇時就是受到音樂尤其是民歌的影響：「1947～48年頃，我讀了劉吉原記錄的民歌集《西南采風錄》，沙鷗、薛汕編的《金沙江上情歌》，又讀了李季採用陝北『信天遊』寫的長詩《王貴與李香香》，以及擬歌謠體的《馬凡陀的山歌》。這些一洗書卷氣的詩歌，以其剛健清新吸引著我，征服著我。我當時都有一些仿作。」〔註26〕對民歌集的接觸和一些借鑒民歌樣式的詩歌影響了邵燕祥的詩歌道路，這些詩歌「一洗書卷氣」的特性正是民歌的底色。他創作於1948年的詩歌《擬〈金沙江上情歌〉》明顯具有民間小曲小調的通俗性和言情性：

哥是青天太陽傘，妹是山背朝陽花；情哥探頭追到晚，小妹香遍一滿窪。

韭菜妹吃戀到久，芹菜哥吃想得勤；一朝沿牆牽手種，半盅清水也散心。

郎是青草長年綠，妹是陽雀叫半春；青草年年青到遠，薄情陽雀一時親。

這些詩歌語言直白、情感充沛，與當下流行音樂極為相近，而他初次發表詩歌在1947年，並且是在讀了「民歌集」之後，足見其詩歌創作深受音樂的影響。雖然他的詩歌書寫觸及大量的現實問題，也具有一定的政治傾向，是「匕首式的時代強音」〔註27〕，但是因為詩人始終堅持對音樂性的追求，依然保留了純真的詩性。

當代詩歌同樣如此。雖然音樂性的有無，不應該成為影響詩歌創新的根本性問題，也非判斷詩歌好壞的基本標準，但是當代詩歌依然有自己獨特的音樂性表達，比如意象暗示音樂聲、格律型、因音節變化，促成旋律反覆型、搖滾型、仿音樂體等。〔註28〕比如歐陽江河的詩歌與音樂的關聯比較緊密，他的《男高音的春天》：「合唱隊就在身邊／我卻聽到遠處一個孤獨的男高音／他在天使的行列中已倦於歌唱／難以恢復的倦怠如此之深／心中的野獸隱隱作痛。」涉及大量的音樂知識。而這些可以和他的音樂隨筆《格倫・古爾德：最低限度的巴赫》對讀：「古爾德減少了巴赫，但他的少是如此之多。因為附加

〔註26〕邵燕祥，《擬〈金沙江上情歌〉》，載邵燕祥《晨昏隨筆》，北京三聯書店1985年版，第125頁。

〔註27〕吳思敬，《論邵燕祥40年代後期的詩歌創作》，《中國現代文學研究叢刊》2007年第5期。

〔註28〕陳衛、陳茜，《音樂性與中國當代詩歌》，《江漢論壇》2010年第7期。

在巴赫音樂思想上面的神學演繹已近乎陳詞濫調，古爾德想做的第一件事就是使之消聲。」〔註29〕

詩歌和音樂形成了良好的互動，歌和詩密不可分，很多詩歌被直接譜曲演唱，成為歌曲，而一些歌詞則被當成詩歌來研究。有論者提出，應當將歌詞納入新詩的重要組成部分，新詩發展的一個重要途徑就是與音樂相結合，要創造新格式、採用大眾化的形式、採用歌謠體的形式、要創造大眾合唱詩等新形式，貫穿其中的是要能夠歌唱。〔註30〕從詩教傳統到歌教傳統，詩歌與音樂的關係一直沒有斷過。音樂性對詩歌寫作提出了更高的要求。

戲劇與音樂的關係也較為密切，比如西方的戲劇代表歌劇就是採用音樂的形式。中國的傳統戲劇本身也是音樂的一種形式，所謂「戲曲」，絕大部分是用「唱腔」的形式表現出來的，雖然現代戲劇經過了改良，但是從體裁上來看，它仍是一種舞臺藝術，與音樂的關係依然難捨難分。另外，當下各種地方劇的主要演繹形式也多與音樂掛鉤。特別是，戲劇與小說等其他體裁的互動也彰顯出其濃鬱的音樂氣息。

散文與音樂的關係表現在多個方面，一方面，很多歌唱者、音樂創作者、樂評人等本身就是散文書寫者，出版了不少音樂類散文作品，曾峰在對文學音樂化的合法性進行論證的時候，便列舉了幾位音樂家的散文作品，分析其中所蘊含的音樂思想。〔註31〕當然並非只有音樂人才會有音樂性的散文。還有一部分作品，是與音樂主題有關的樂評、隨筆文字。著名報告文學作家徐遲的《徐遲文集》第七卷收錄的就是音樂方面的文章，徐遲是一位極其熱愛西方音樂的作家，青年時期即出版有三種譯介西方音樂和音樂家的書，《歌劇素描》《世界之名音樂家》《樂曲和音樂家的故事》，是向國內介紹西方音樂的先行者。後來對音樂的熱情一直未曾減退，對他的創作產生了深遠影響。不少樂評就是精美的散文。其他的還有胡竹峰的散文集《擊缶歌》以地方戲劇音樂為散文寫作素材，用文字將這一地方音樂娓娓道來。鮑爾吉·原野的《蒙古民歌九首》也是以音樂為題寫就的散文。

〔註29〕歐陽江河：《格倫·古爾德：最低限度的巴赫》，見歐陽江河：《黃山谷的豹》，遼寧人民出版社，2013年版，第170頁。

〔註30〕徐有富，《與音樂相結合——新詩發展的一個重要途徑》，《寧夏師範學院學報》2007年第1期。

〔註31〕曾鋒，《文學「音樂化」的合理性論證——以幾位現代中國音樂家的著作為例》，《文藝爭鳴》2010年第2期。

很多散文作品都是將音樂作為素材，介乎樂評與散文之間的文字就更多了。《京師愛樂叢書》是一套中國資深愛樂者的美文集，內容涉及音樂流派、音樂史論、音樂家及其作品評介、音樂會現場評論、唱片版本與收藏、音樂事件剖析、音樂跨界探索等，部分內容刊發於《愛樂》《音樂愛好者》《歌劇》《音樂週報》《留聲機》等知名音樂報刊，並產生過較大的影響。叢書作者均係近二十年中國較有影響力的音樂評論家、媒體人，在中國音樂界均具有相當的影響力，包括沈祺的《和諧之詩：樂遊法蘭西》等。其他還有李歐梵的《音樂劄記》、肖復興的《我的音樂劄記》《我的音樂筆記》等作品。這些作者並不是音樂人，而是將音樂納入其作品主題的散文作家。陳丹青的《外國音樂在國外》也是以音樂為題的散文作品。另一方面，散文作為一種與敘事作品相對的抒情作品（雖然也有所謂的敘事散文，但是散文畢竟還是以抒情為主），與「音樂是表情的藝術」這樣的品格具有內在的統一性。如果去深挖，絕大部分散文都能尋找到一種隱形的音樂性，或是主題上的，或是形式上的。

即便是文學界普遍認同的以敘事為主的小說，依然與音樂有著不解之緣。小說的音樂性雖沒有詩歌、散文那樣明顯，但也是一種無法忽視的存在。米蘭·昆德拉在《小說的藝術》中就用音樂和小說進行類比，他指出，任何文本都有未完成的一面，這未完成的一面可以讓我們理解種種必要性，例如一種小說對位法的新藝術，可以將哲學敘述和夢幻聯成同一種音樂。「小說與音樂在相逢的那一瞬間，給予了讀者視聽狀態的完美融合，在想像的世界中，體驗不一樣的審美方式，無論是現代音樂還是古典音樂，當它們『牽手』文學作品的那一瞬間，就證明了藝術相通的基因原理，更豐富了審美。」〔註32〕「小說一旦同音樂結合，……將賦予小說無窮變化的韻味」〔註33〕，也正是如此，小說可以「聆聽」〔註34〕。

一些小說作品是以音樂為主題的。比如格非的《隱身衣》書寫古典月發燒友的故事。顏歌的《聲音樂團》、陳倉的《合唱團》都是寫與音樂相關的生活。王莫之《明天的煙》以音樂視角切入時代，書寫 1990 年代至今的「黑膠文化」和其背後人群。黃立宇的《製琴師》書寫的就是小提琴製作的故事，全篇有不

〔註32〕徐科瑞、劉贇，《浪漫主義小說與表現主義音樂的牽手——〈一個世紀兒的懺悔〉》，《文藝爭鳴》2014 年第 11 期。

〔註33〕高行健，《現代小說技巧初探》，花城出版社 1981 年版，第 126 頁。

〔註34〕張磊，《「聆聽」小說》，《讀書》2015 年第 2 期。

少音樂的相關敘述。還有一些音樂人也寫小說，王豔梅的《遇見》是一部音樂人創作小說，作者創作了不少較為成功的音樂，而這部作品小說也明顯將音樂的元素移植了進去，具有一定的自傳性，將自己的音樂經歷通入進去，這讓小說帶有很強的音樂性。韓少功的推介也抓住了音樂這一特性，將作品比作音樂，「這部作品的上篇像管樂爵士風……下篇像大提琴獨奏……」〔註35〕棉棉在作品中大量使用音樂，這與她自己的音樂經歷有關，她十分喜愛音樂，還出版唱片《2012 動中修行》。

敘事作品通常是類型的混合，小說本身具有「雜交性質」〔註36〕，小說一直不乏音樂敘事，音樂在小說中出現基本是和小說誕生同步的。在中國古典小說中就有音樂的影子。《紅樓夢》《三國演義》中就有大量的詩詞曲以及音樂的使用；新文化運動之後，現代小說中也普遍出現了音樂元素。「小說的音樂化是現代小說努力的一個方向，到 20 世紀，已經繁育出一個龐大的音樂小說的世系。」〔註37〕當代長篇小說尤為明顯。音樂在小說中作為一種極為重要的伴隨文本存在，與小說互文，幫助小說完成敘事。米勒在《小說與重複》指出，小說中反覆出現的東西不得不引起研究者重視，〔註38〕音樂就是小說中反覆出現的一個元素，值得去認真思考。很多小說家的創作與音樂關係密切，彼此之間的內在關聯也被一步步揭示出來。音樂更是深深影響了當代作家的小說書寫。雖然歷來文學作品中不乏聲音出現，但文本中大量出現音樂是當代才有的現象，這與整個當代文化背景有關。

小說的音樂性指顯現的、表層的與音樂相關的元素，具體包括音樂在小說中的安排與使用、小說的音樂式結構、小說的韻律與節奏等。小說借用音樂的審美原則、藝術成分、技巧和效果也是顯現和表層的音樂性。小說的音樂主題則是指深層的、透過音樂表象挖掘出的與音樂相關的主題，包括音樂悲劇主題、音樂與欲望、音樂與社會區隔等。這便是內在的音樂式的體驗、想像和象徵，文學也常有表現。「無論如何，應該考慮這樣一個歷史事實：不管成功與否，作家們確實曾經努力將音樂作為一種形塑性因素融入小說的意

〔註35〕韓少功語，載王豔梅，《遇見》作家出版社 2014 年版，扉頁。

〔註36〕（美）華萊士·馬丁，《當代敘事學》，伍曉明譯，中國人民大學出版社 2018 年版，第 47 頁。

〔註37〕張箭飛，《魯迅小說的音樂式分析》，《中國現代文學研究叢刊》2001 年第 1 期。

〔註38〕（美）J. 希利斯·米勒，《小說與重複》，王宏圖譯，天津人民出版社 2008 年版。

義之中。」〔註39〕既然作家刻意安排，在小說的闡釋過程中就不得不注意這一點，「音樂話語的在場，或使小說的敘事結構本身充滿強烈的『音樂性』，或成為指涉小說人物性別身份、階級身份、或深層性格的『主題動機』、『固定樂思』，對小說文本的建構、生成、闡釋具有不可忽視的重要意義。從純粹的『文學性』閱讀走向『音樂性閱讀』，便能從另一個維度解讀這些文本。」〔註40〕由此，從音樂層面對小說的解讀開啟了小說閱讀與闡釋的一個新維度。音樂進入小說帶來的敘事張力，小說的音樂性探討成為一個更加常見的討論，本文的書寫也多以小說文本為例證。小說中的音樂使用更為普遍，也更具有典型性。

伴隨著文學場域的調整和文學生態的變遷，文學逐漸演變為一個文化學意義上的課題。對文學中音樂媒介的考察，指向的是文學的媒介性這一根本問題。文學並不僅僅是文字這一媒介構成，而是一個包含音樂、圖像等其他媒介的多媒介文本。文學並不是孤立存在，而是與其他的藝術門類和文化現象共存，並相互影響的。文學文本因此具有跨學科、跨媒介、跨文化的特點。對文學的研究也從單純的文學角度擴展至文化學領域。跨學科逐漸成為一種慣常的方式，本文正是沿著此種路徑對中國白話文學進行一次跨學科解讀。音樂是看出世界意義的一種媒介，成為文學中一種極為重要的敘事手段。通過對文學中出現的音樂進行解讀，分析文學如何與音樂結合形成新的文本、構成新的表意模式，將文學和音樂如何進行互釋，可探究音樂和文學文本結合後產生的獨特而奇妙的意義和韻味。

第四節　研究綜述

文學中的音樂媒介問題研究是一個綜合性的課題，立足文學，考察文學對音樂技法的借鑒與模仿、對音樂元素的援引與挪用、音樂對作家的影響等問題。由此，涉及的研究範疇比較廣，既包括傳統的音樂與文學的關係、文學的音樂性、音樂對作家的影響、作家創作中的音樂使用問題等方面。對於文學中的音樂媒介問題研究這一領域，國外已有很多的研究成果，中國學界對此關注較少，但也湧現出不少相關成果。

〔註39〕（奧）維爾納·沃爾夫，《小說的音樂化：作為音樂—文學媒介間性的特殊例子——〈小說的音樂化：媒介間性理論和歷史研究〉緒論》，李雪梅譯，《馬克思主義美學研究》2013年第1期。

〔註40〕張磊，《「聆聽」小說》，《讀書》2015年第2期。

一、國外研究

在西方學界，文藝理論的發展脈絡有一條直接和音樂相關，不少的文藝理論家都從音樂的層面來探討問題，很多理論直接和文學關聯。從盧梭、尼采，黑格爾、叔本華，到阿多諾、韋伯，再到薩義德，都十分注重考察文學理論與音樂的相關問題。這也深深影響了文學中的音樂問題研究。

愛德華·內勒的《莎士比亞與音樂》（Edward Naylor: Serenades and Music）是較早從音樂切入文學研究的著作，該書探討莎士比亞戲劇作品中音樂元素的各個方面，通過分析莎士比亞作品出現的音樂元素來展現作品所描寫時代的音樂生活，對莎士比亞作品中的音樂涉及的術語、樂器、音樂教育、歌曲、舞蹈等進行了多角度梳理，作者本人是樂器手和作曲家，具有一定的專業性，同時又以較為通俗的方式呈現了一位音樂人對文學的獨特理解，為莎士比亞研究者提供了獨特的研究視野。萊特伍德的《查爾斯·狄更斯與音樂》（Lightwood: Charles Dickens and Music）出版也比較早，該書探討狄更斯作品中的音樂現象，系統分析了狄更斯作品中有關音樂的文字表述，也比較還原當時的音樂生態。作者提出「大量使用音樂聊描繪人物、創作情節，狄更斯恐怕是大作家中首屈一指的」，通過全面梳理其作品中的音樂元素，論者考察了音樂是如何影響到作家創作的。

阿德里亞娜·沃爾高等人的文集《弗吉尼亞·伍爾夫與音樂》（Adriana L. Varga; Sanja Bahun; Elicia Clements, Virginia Woolf and Music）探討了作家弗吉尼亞·伍爾夫的生活和作品中的音樂及其與語言、美學和文化的關係。涉及《達洛維夫人》《燈塔行》《奧蘭多》《一間自己的房間》等作品。作者從音樂學、文學批評和性別研究入手，呈現了作家的音樂背景、她的小說和評論作品中的音樂以及音樂在布盧姆斯伯里文化圈中的重要性以及它在現代主義大框架中的作用。這些文章利用伍爾夫的日記、信件、小說和她同時代人的證詞，闡明了伍爾夫創作所受到音樂的影響及其作品豐富而深刻的音樂本質。凱瑟琳·瓊斯的《大西洋世界的文學和音樂（1767～1867）》（Catherine Jones, Literature and Music in the Atlantic World, 1767～1867）對大西洋世界的文學和音樂進行研究，探索特定歷史階段音樂和文學的互動，從修辭學、文化學等多個角度切入。本書涉及面較廣，既有純音樂家及作品的分析，也有音樂與文學的互動，還有音樂與社會思潮之間的互動等問題。大衛·多伊奇的《英國文學和古典音樂：文化語境 1870～1945》（David Deutsch, British Literature and Classical Music:

Cultural Contexts 1870～1945）探討了 20 世紀早期英國文學中古典音樂的表現。從 T.S.艾略特和弗吉尼亞·伍爾夫到奧爾德斯·赫胥黎，H.G.威爾斯和 D.H.勞倫斯等作家都有涉及。作者在書中展示了古典音樂的普及如何使其成為英國文化中日益重要的元素，這一時期繁盛的音樂文化如何對文學及文化產生了巨大的影響。羅伯特·弗雷澤的《文學、音樂和世界主義：作為移民的文化》（Robert Fraser, Literature, Music and Cosmopolitanism: Culture as Migration）將文學和音樂看成一對孿生藝術，通過對音樂和文學的類比研究，提出世界主義是所有藝術的自然條件的觀點，所有文化無一例外都是移民文化的觀點。

上述這些著作都涉及文學的音樂性研究，但並非都是嚴格意義上的學理性著作，系統性和時效性也不是很強。沃爾夫（Werner Wolf）的《小說的音樂化：媒介間性的理論與歷史研究》（*The Musicalization of Fiction.A Study in the Theory and History of Intermediality*）則是從媒介的角度比較系統的研究小說音樂化的著作，不少的文學音樂性研究以此為藍本，該書主要立足於媒介間性探討小說的音樂化趨勢，論證了音樂如何在切實的意義上影響了小說的構思與創造。「上篇」是理論與概念的探討，「下篇」則是個案例證與歷史過程的梳理，構成了「史論結合」「歷史與邏輯相統一」式研究方法的一個範例。針對我們通常認為的小說中的音樂書寫大多為「文學性」的描述，本書對小說音樂化的證據、辨別方法做了細緻的分類和論述，還將這一現象放置在文學史的脈絡中考察其音樂化功能，從而讓愛樂者和文學愛好者認識到，小說的音樂化現象不僅是外在甚或是表面的「炫技」，而且是自覺的美學選擇與文體探索的有效途徑。

還有一些理論家雖然沒有專門論述文學中的音樂問題，但在具體實踐中涉及這一問題。《羅曼·羅蘭的音樂筆記》整理了羅曼·羅蘭關於音樂的部分論述，在羅曼·羅蘭的作品中，音樂有著極為突出的地位，他具有出色的鋼琴演奏技能，在音樂方面有深入的研究，撰寫了一系列重要的音樂專著。這些著作不僅具有音樂領域的價值，而且也影響到他的文學創作。該書一部分是音樂史劄記，另一部分是音樂家素描，讓莫扎特、貝多芬、柏遼茲、施特勞斯等偉大音樂家的形象躍然紙上。這樣的音樂筆記其實也能一窺文學家與音樂的關聯。薩義德是典型的將音樂與文學一起研究的論者，他的《論晚期風格》就是將音樂和文學對讀的著作。米蘭·昆德拉的《小說的藝術》也提出小說與音樂的密切關聯，並以自己的創作態討論小說中的「音樂對位法」。這些都涉及文學中的音樂諸問題。

二、國內研究

關於文學中的音樂媒介問題在國內學界也出現了不少研究，大多集中在文學的音樂性研究上，主要表現在兩個方面，一部分是詩歌的音樂性研究，一部分是小說的音樂性研究。國內研究有很大一部分集中在外國文學研究領域，比如莎士比亞、狄更斯、費定、康拉德、村上春樹、米蘭·昆德拉、石黑一雄，等等，都被研究者注意到他們的書寫與音樂內在的關係，這主要集中在單篇的論文方面。

傅修延的《聽覺敘事研究》〔註41〕是該研究領域重要的基礎理論性著作，該著作是關於「聽覺」的本體論研究，從文學敘事學、文學符號學的角度，探究人類文明歷史中、中西文化比較中，對事件描述、對情狀感知、對藝術雕刻的過程中，聽覺所起到的獨特作用。作者從當代文學中的視聽失衡、聽與講的關係、文藝作品中的聽覺景觀和旁白視角，到幻聽偷聽等各種類型的聽覺事件、東方聽覺美學、聽覺中的形而上學等方面層層展開，用磅礴的篇幅和形象的例舉，概述了人類文明成果中有關聽覺內含和外延的全面圖景，啟發人們從一種全新角度對待文學敘事，對聽覺敘事研究做了極有見地的概括。特別提出了從「聽」的角度重讀文學作品乃至某些藝術作品的重要價值。

文學與音樂的關係研究著作也比較多。具體到體裁上，詩歌的音樂性問題的探討是比較常見的研究模式，尤其在古代文學研究領域此類成果較多。沈亞丹的《寂靜之音：漢語詩歌的音樂形式及其歷史變遷》系統討論了古典詩歌的音樂性問題。而且還提出了鮮明的觀點，中國文化歷來有樂感文化之稱，泛音樂化是中國藝術的普遍傾向。自古詩樂同源，千餘年來詩樂雖分分合合但始終有糾纏之勢。建築因其抽象與和諧而被稱為凝固的音樂。繪畫是貌似與音樂距離最遙遠的藝術，對於繪畫中音樂性的挖掘，最可以揭示出中國藝術的泛音樂化傾向。中國藝術和文化的核心是道，而道在其間不斷演化和流轉的程，無不滲透著音樂精神。柏紅秀的《音樂雅俗流變與中唐詩歌創作研究》在唐代音樂雅俗消長的動態背景下考察中唐詩歌的新變，柏紅秀從「安史之亂」對雅樂的破壞與肅宗朝對雅樂的復建入手，參照中唐時期南方音樂急速超過北方音樂、民間音樂全面超越宮廷音樂的現實，論述了詩歌在這一雅俗消長的流變中受

〔註41〕傅修延，《聽覺敘事研究》，北京大學出版社2021年版。

到的浸染。尤其注意從宴樂之場音樂和詩歌的交集來分析當時詩歌的一些新變，包括樂器、樂舞、樂歌、樂人成為題材及由此帶來的審美意識的變化。〔註 42〕劉雪楓、吳斌的《雪楓文學音樂課：古典音樂中的文學名著》也是一種典型的關係研究，被媒體稱為「搭建音樂和文學的橋樑」〔註 43〕，著作精選了多部中外文學經典作品，從西方戲劇、小說到中國古典詩詞曲賦，皆配以改編自這些作品的「有故事的音樂」。全書以古典音樂作品為線索，深入解讀了其中最扣人心弦的章節，並結合相關的文學作品，從時代背景、作者生平、音樂特色、藝術史地位等方面進行考察。王麗慧的《歌聲中的文學：文學視野中的流行歌詞》一書，從文學的角度對中國流行音樂進行了研究。從文學的角度探討歌詞的同時，探討了中國流行歌曲興起和發展，注重其自誕生以來與詞曲等古代文學的種種內在聯繫，勾勒了流行歌詞由傳統向現代蛻變的軌跡。通過對中國流行歌曲的總體考察，勾勒出了現當代流行歌曲對古代文學遺產的繼承。相類似的研究還有馬樹春的《中國當代流行歌曲的文學闡釋》、宋秋敏的《唐宋詞與流行歌曲》等，這些都與音樂文學的關係研究有關。

在現當代文學研究的其他領域，這樣的成果也不在少數。宏觀綜合研究方面，陸正蘭的《歌詞學》從文學的角度研究音樂藝術，歌詞研究涉及大量的音樂與文學的互動，而且其立論基點內部與外部研究的區分是經典文學理論著作《文學理論》的區分法，是系統討論音樂與文學關係的著作。童龍超的《詩歌與音樂跨界視野中的歌詞研究》聚焦詩歌與音樂之間的跨界互動關聯，對作為兩者關聯產物的歌詞進行了系統研究。這種研究考察音樂與文學的互動，探究其內在的一種關聯。

羅小平的《音樂與文學》對音樂與文學的聯繫進行了提綱式梳理，對古今中外的音樂與文學的互動都有所涉及。對兩種藝術互動的理論邏輯進行了探討，對「音樂的文學性」和「文學的音樂性」進行了研究，對音樂對文學的影響也進行了討論。陳子善對現代作家與音樂之間的關聯也進行了深入考察，根據他的研究，現代作家們或多或少都受到音樂的影響，哪怕有些是潛在的影響。他的《紙上交響》〔註 44〕一書是對這一現象的全面呈現。書中收錄的文章涉及徐志摩、林徽因、沈從文、劉榮恩、張愛玲等一眾作家與音樂的關聯，同

〔註 42〕柏紅秀，《音樂雅俗流變與中唐詩歌創作研究》，社會科學文獻出版社 2022 年版。

〔註 43〕《雪楓文學音樂課》搭建起古典音樂和文學的橋樑，http://book.sina.com.cn/news/xsxx/2021-01-11/doc-iiznezxt1975547.shtml

〔註 44〕陳子善，《紙上交響》，百花文藝出版社 2014 年版。

時也收錄了自己對音樂的一些體悟。在新近的《音符中的心有靈犀：現代作家與古典音樂劄記》一文中，又對此話題有進一步的探討，將作家的面擴得更大了。陳子善細緻爬梳了李金髮、黎青主、汪銘竹、錢萬選、方平的詩歌創作與西方古典音樂之間的關聯，這些詩人有不少都在文學史上不太常見，這種梳理是一種文學史料的發掘，從音樂的角度出發也可以看出音樂對每作家的深遠影響。《音樂與我》是一本眾多作家談論音樂的文集，收錄了大批作家對音樂的感受，作家們直陳所受音樂的影響，包括王安憶、余華、格非、張潔、莫言、舒婷、梁曉聲、史鐵生、陳染等作家，從這些文字中可以一窺音樂對文學書寫的影響。李新亮的《論現代小說的音樂性》(《蘭州學刊》2010 年第 10 期）對現代小說與音樂的關聯進行了初探。嚴峰也有較多的研究注意到音樂媒介進入文學這一問題。李歐梵的文學研究也多涉及音樂。李歐梵對古典音樂十分癡迷，他也習慣從音樂的角度來理解文化，聆聽世界，解讀作品〔註 45〕，建構自己的文藝理論研究體系。〔註 46〕他的研究多從音樂層面出發，《音樂劄記》比較具有代表性。傅雷也有不少文字是研究文學音樂之間的關聯的。

具體文學作品的研究上，詩歌的音樂性和小說的音樂性是研究成果比較多的。新詩的音樂性研究方面，張入雲的博士論文《問題史：中國新詩的音樂性（1917～1949）》將由新詩的「音樂性」問題引發的困擾與求索，概括為一種問題史。論文提出了釐清詩歌音樂性的三個基本層次——樂曲音樂性、語言音樂性和廣義音樂性，對新詩的音樂性問題進行了新的思考。張璐的博士論文《晚清到 1940 年代中國漢語新詩的音樂性研究》在重新發掘整理相關史料和

〔註 45〕在較近的一篇批評文字中，李歐梵也是從音樂的角度出發的：最近出版的小說暢銷書中，有一本卻令我刮目相看，《身體與靈魂》(Body and Soul)，作者是愛荷華作家工作坊的主持人康諾埃（Frank Conroy）。此人作品極少，近 25 年沒有出書，這本小說去年問世後到處受到好評，我出於好奇才買來一讀，讀完才發現此書的確與眾不同。倒不是在形式上有任何突出之處——它是一本極為傳統的寫實小說，屬於狄更斯（Charles Dickens）式的「教育成長小說」（bildungsroman）——然而在內容上接觸到一個極具挑戰性的題目：如何用文字來描寫音樂演奏和作曲的過程。這本小說的主人公是一個自幼早熟的鋼琴家，後來又嘗試作一首鋼琴協奏曲。我覺得全書最精彩的地方，就是描寫他如何練琴，如何處理不同音調長短的音符，並如何在極高深的抽象想像中超越俗人所不能突破的那一堵牆！作者顯然對古典音樂頗有修養，而且在寫作過程中曾向名鋼琴家謝爾金（Peter Serkin，其父更有名）請教，兩人對勳伯格的十二音律觀點不同，但康諾埃竟然提出一套他個人的看法，真是不易。參見李歐梵，《音樂小說．小說音樂》，《歌唱藝術》2018 年第 12 期。

〔註 46〕李歐梵，《音樂與文化 聆聽二十世紀》，《讀書》2012 年第 2 期。

尊重前人研究成果的基礎之上，試圖突破現代詩學對詩歌音樂性現有的批評模式，將晚清到 1940 年代的白話「新徒詩」和「新歌詩」作為研究對象，探討二者在現代化過程中形成的漢語新詩的音樂性。第一部分是探究中國詩歌的音樂性傳統及其核心因素。第二個部分則回到漢語詩歌的現代性語境中，分別從晚清民初的歌詩「情境」、新徒詩「語音構義」的音樂性表現、姿態節奏與身體、新徒詩的音樂化與歌詩的現代化四個方面探討了在晚清到 1940 年代，「新徒詩」與「新詩歌」在現代化過程中形成的各自發展又互相影響的中國漢語新詩的音樂性。

小說的音樂性研究方面，李雪梅的《中國現代小說的音樂性研究》是系統而專業研究音樂介入文學的著作，該著研究現代小說的音樂性和音樂化問題。該書以具有音樂性的中國現代小說為考察對象，以沃爾夫的小說音樂化研究為理論背景，試圖以跨藝術的視點來敞開小說與音樂之間的微妙關係。通過但是該著作僅以既有的理論切入進行研究，並沒有對小說音樂化的理論邏輯、成因以及價值展開充分的論述。凌逾的《跨媒介敘事——論西西小說新生態》一書立足跨媒介敘述，分析討論圖像、聲音、文字如何整合進行敘述，從影響敘事、圖文互涉敘事等角度分析西西小說的跨媒介書寫，第四章「蟬聯想像曲式」專論西西小說跨音樂媒介的敘述。本章從音樂小說跨界溝通的可能性出發，結合西西對音樂的研究進而影響到文學書寫等問題，全面論述了小說的跨音樂敘事。提出了西西小說與音樂的關係體現在「蟬聯想像曲式」的創意結構上。

除了這些綜合性研究，個案研究方面主要集中在具體作家作品的分析上。這些研究多是一種影響研究，考察音樂對作家書寫的影響。其中沈從文是研究較多的作家。曾鋒的《沈從文的文學創作與西方古典音樂》（《中國比較文學》2009 年第 3 期）探討沈從文的創作與音樂的關聯，作者提出對西方古典音樂的熱愛有助於沈從文形成自己獨特的「美的宗教」，音樂滋養了他的靈魂和藝術想像。對西方古典音樂的熱愛有助於沈從文形成自己獨特的「美的宗教」，音樂滋養了他的靈魂和藝術想像。譚文鑫的《用「人事」作曲——論沈從文〈邊城〉的音樂性》（《中國文學研究》2010 年第 2 期）也從音樂的角度討論沈從文的文學創作。

其他相關研究還有，劉永麗的《論海派文學中的音樂書寫》（《中國現代文學論叢》2017 年第 2 輯）探討了海派文學中的音樂價值體系，該文對海派文學普遍的音樂書寫進行了深度思考，作者指出海派文學中的音樂書寫出現了

「洋為貴」的現象，這種現象的出現和作為身份象徵的留聲機及唱片有關聯，也和留聲機音樂所創建的殖民文化價值體系有關，同時根源於晚清以來知識分子啟蒙救亡的意願。張箭飛的《魯迅小說的音樂式分析》(《中國現代文學研究叢刊》2001 年第 1 期)、曾鋒的《魯迅的文學創作與音樂》(《中國現代文學研究叢刊》2014 年第 1 期)、許祖華的《魯迅小說的人物與音樂——魯迅小說的跨藝術研究》(《山西大學學報・哲學社會科學版》2010 年第 3 期）則討論魯迅創作與音樂的關聯。周志雄的《論張潔小說的音樂化特徵》(《中州大學學報》2010 年第 3 期)、萬傑的《當敘述乘上音樂的翅膀——論余華小說〈許三觀賣血記〉的音樂性》(《喀什師範學院學報》2009 年第 1 期）等都是以具體的作家進行的個案分析。

近年來這樣的論文還在不斷湧現。顏水生的不少研究都關注到此內容，《史詩時代的抒情話語》以茅盾文學獎作品為中心考察這些作品中的音樂敘事，分析了音樂在這些作品中的呈現。他的《聽覺話語與「70 後」小說的抒情形式》〔註 47〕以 70 後作家為例，探討中國當代小說接受的跨媒介影響，把小說中的音樂、戲曲和聲音景觀都看作是聽覺話語。他提出鑲嵌歌曲唱詞、借鑒複調形式、描摹聲音景觀則體現了 70 後作家對聽覺意識形態的重視。小說中的聽覺話語是自然與生活的外在呈現，也是人類心理與情感世界的外在化身。聽覺話語使「70 後」小說在體裁、結構、語音方面都呈現了抒情特徵，也體現了對聽覺意識形態的重視。他的另一論文《抒情傳統與小說的文體實驗——歐陽黔森創作論》則以歐陽黔森的作品為例，深入論述了歐陽黔森小說的音樂化。指出了歐陽黔森通過音樂化的文學書寫，不僅表現文學的音樂性質和審美特質，還將音樂的主題與結構融入文學敘事，使得文學文本呈現文學與音樂相互融合的複調詩學。音樂符號的引入不僅體現歐陽黔森在小說形式和藝術方面的創新，而且擴展小說的主題、結構和象徵內涵，為小說音樂化做出有益探索。

蔡小容的《砉然響然，莫不中音——論嚴歌苓小說的音樂性》(《中國現代文學研究叢刊》2020 年第 6 期）從音樂的角度切入嚴歌苓的作品，論者認為早年的舞蹈生涯使音樂內化於嚴歌苓的生命中，並反映在她的小說裏。論文從其語言的韻律、小說的節奏與結構，以及音樂作為宏觀背景和細節元素在小說

〔註 47〕顏水生，《聽覺話語與「70 後」小說的抒情形式》，《山東師範大學學報》(社會科學版）2021 年第 4 期。

中的運用諸方面來探討嚴歌苓小說的音樂性。王萬順的《莫言小說中的「紅歌」書寫及其敘事功能》系統梳理了音樂文化（主要是紅色歌曲）對莫言書寫的影響。趙學勇、郭大章的論文《雪漠的涼州書寫：從〈大漠祭〉到〈涼州詞〉——以涼州「賢孝」對作家的影響為視角》考察了地方音樂「涼州孝賢」對作家創作的影響，作者提出流行於涼州城鄉的民間彈唱涼州賢孝，對雪漠的小說創作有著巨大的影響，使他既保持了創作時的「民間立場」，又凸顯出了強烈的地域文化特徵，同時在思想內容上，顯現出關注日常生活和宣揚大善精神的特點，影響到小說的敘事策略。作者反覆強調了這種音樂對作家的影響：雪漠的成功，離不開涼州賢孝的影響，「賢孝風」成為其區別於其他作家的重要標誌。肖伊緋的《一曲「毛毛雨」，魯迅煩死，張愛玲愛死》（《北京青年報》2022年4月20日）從史料考證的角度分析了早期流行歌曲對現代作家們的創作影響，作為意見領袖的魯迅，與作為意見新銳的張愛玲，正是這一都市流行文化時尚中，有意無意的參與者之一。也可以說，正是這一貶一褒，一揚一抑的隔空互動，從「泛文化圈」的層面，印證與助推了《毛毛雨》所帶來的流行文化時尚，且將這一本屬聽覺感受方面的時代風尚，以文學作品的方式，定格於都市文化歷史的時空之中了。以此也可一窺音樂與文學的互動和影響。

筆者在之前已經有不少研究關注到這一領域。《聽「歌」識文：中國當代小說的歌曲敘事研究》（《現代中國文化與文學 2015 年第 1 期，總第 16 輯》）對中國當代小說中的歌曲敘事進行了系統梳理；《文學與音樂的聯姻——格非小說的音樂式分析及音樂主題探究》（《當代文壇》2015 年第 5 期）以格非作品為例，分析當代小說的音樂敘事及其所蘊含的特殊意義；《民謠與詩性：鮑勃．迪倫帶給中國同行的啟示》（《語言文化論壇》2018 年春季號，總第 7 輯）以鮑勃．迪倫獲諾獎論述文學與音樂的關聯及當前文學邊界擴展等問題。

總的來說，目前國內這些研究較為分散，都是以各自的研究領域輻射到這一塊，沒有理論化和系統化。首先，既有的研究集中在呈現上，對原因和產生的效果探究較少，即便是呈現部分，文本的面涉及比較窄，很多文本是重複性的討論，而另外的則被忽略了。其次，多從音樂學的角度進行一種理論性的分析，有些研究浮於表面，有不少論斷是音樂術語的疊加，甚至不乏強制闡釋。且沒有跟上文學遭遇到的新語境的步伐。比如外國小說的音樂化分析，以及對現代小說的研究，大都立足於沃爾夫的理論，有些研究是程式化的，甚至有些存在「碎片擴張」的問題。重點是，這些研究都將音樂作為文學的一種元素進行考察，忽略了音樂作為一種「他媒介」的獨特性以及兩者之間結合的理論邏輯，說到底，並沒有一種跨媒介思維。本課題研究的主要價值在於將文學與音樂的互文關係深入化、系統化、理論化，並結合最新的文學現場，提煉出一些較為有用的信息。該研究立足媒介視域，並不僅僅侷限在小說的音樂化這一個方面，而是從媒介互動的角度，對其展開研究。

第五節　文學新語境與研究新範式

研究文學中的媒介問題，不能僅僅侷限在傳播環節上，媒介作為一種介質材料，有時候直接構成文本編碼的材料，比如很多文學作品中大量引用了音樂媒介材料。同時，媒介也是考察文學主題的重要因素，直接影響了文本主題表達，媒介思維也深深影響了作家的創作。當然，媒介在傳播環節同樣起到了至關重要的作用。跨媒介的藝術組織策略必然需要新的研究範式。跨媒介研究是近年來興起的藝術交互關係研究範式，它克服了比較藝術的語言學中心論和文學中心論，對於藝術理論的學科建設和知識生產最具生產性。周憲系統梳理了跨媒介研究的發展演變，指出跨媒介研究的方法論，越出了美學門類研究和比較文學的比較藝術範式，在很多方面推進了藝術理論知識系統建構，包括將媒介因素作為思考的焦點、破除了比較文學的文學中心論、較好地實現了自下而上與自上而下方法論的結合、對新媒介和新技術等藝術發展新趨勢的關注、進一步強化了這一研究領域的跨學科性等五個「推進」。跨媒介性是我們重構藝術理論知識體系並探究各門藝術統一性的頗有前景的研究路徑。〔註 48〕而從媒介的角度考察文學的音樂性問題，也和這幾個「推進」密切相關。比如該研究將作為媒介的音樂定位思考的焦點、破除文學中心論、對新型的文本形態的關注、強調一種跨學科性等等，都是符合這種跨媒介研究範式的。

傅修延在研究中國敘事學時提出，後經典敘事學有兩個特性，認知論轉向和跨學科趨勢，這裡的敘事學其實是一種學科的指代，或可與文學等同，因為後面的論述實際上是將敘事學與不同的學科進行類比，另一方面，不同的文學體裁或多或少都具有敘事性，因此敘事學的跨學科趨勢實際上也是文學的跨學科趨勢。這種轉型涉及很多原因，也產生了不少後果。「當下的敘事傳播正

〔註 48〕周憲，《藝術跨媒介性與藝術統一性——藝術理論學科知識建構的方法論》，《文藝研究》2019 年第 12 期。

面臨從紙質媒體到電子媒體的急劇轉換，傳統的文學地盤正在新媒體浪潮衝擊下不斷縮小，如果只知道抱殘守缺，不改變既有的觀念，人們研究的道路將會越走越窄；反過來，有了敘事學這樣的學科立交橋，不同領域的研究能夠從交流中獲得新的活力與生機。」〔註 49〕由此可以看出，敘事學的或者說文學的跨學科正是媒介轉型和「入侵」導致文學窄化後的一種自我糾偏和調整，根源上還是和媒介轉型有關。

而這些研究範式轉換的根源，在於當下的文本創作本身的變化。當代文學跨媒介書寫有以下幾個特徵，一是跨藝術門類，比如小說具有視覺文化的特質，文學圖像化、影視腳本化，這些與影視改編密切相關；小說具有音樂的特質，文學與音樂的互文性，文學中介入音樂，並借鑒音樂的結構、主體等來展開敘事。二是文學創新書寫的文本較多，跨界書寫呈現出百科全書的樣式。三是出現了一些新的文學產品樣態，如插畫書、有聲讀物、懶人聽書、互動文本等。這些都指向了文本編碼的多媒介特質。正是文藝發展的現狀，不得不改變傳統的狹隘的單一批評觀，侷限在某一領域自說自話。這種文學本體的新趨勢也勢必呼喚一種新的研究思維，整個文學研究的範式必將發生變革，跨媒介研究成為一種重要的研究範式。跨媒介研究最低要求有兩個，一是跨學科意識，二是跨媒介思維。「文學跨學科研究包括文學與社會科學、人文科學之間的關係研究，乃至文學與自然科學之間的關係研究，同時自然也包含文學藝術領域各門類之間互動關係的研究。」〔註 50〕

總之，正是文學本身的跨學科趨勢，影響到現代文學特別是新時期以來的文學研究，跨學科研究成為最大的特性。當代文學的跨媒介編碼敘事及傳播研究就是立足於此。基於文學、藝術學、傳播學等多學科，注重文學的伴隨文本，探究其多媒介特質，將其納入廣義敘述中進行考量。文學研究一直有外部研究和內部研究的區分，文學媒介學一般集中在外部研究，本文嘗試將媒介置於文本內部，用外部研究思維處理文學文本內部的問題，在文本細讀的基礎上分析媒介在文本內部的裂變反應。比如針對小說而言，小說尤其是長篇小說有一家獨大的趨勢，小說研究需要精細化；文學史書寫中作品的羅列幾乎都是談主題、思想、背景，很少有談技法、細節的，小說的音樂性研究從局部出發，從

〔註 49〕傅修延，《從西方敘事學到中國敘事學》，《中國比較文學》2014 年第 4 期。

〔註 50〕魯樞元、劉鋒傑等，《新時期 40 年文學理論與批評發展史》，浙江文藝出版社 2018 年版，第 476 頁。

細節出發，豐富小說的研究。當然，對詩歌、散文等其他文學體裁，也會產生同樣的效果。

一個不得不正視的問題是，文學中的音樂和文學中的圖像、影視中的音樂等跨媒介現象不同，因為後者中的媒介性質並沒改變。而文學中的音樂則不同，除了一些新型的視聽出版物，文學中出現的音樂只能以文字形式呈現，音樂的本質是聲音，音樂的文學表達是文字，是不同的媒介，音樂一旦文字化，就只是音樂的某種解釋，而不是音樂，哪怕它無限接近音樂，模擬音樂，具有音樂效果，那也是語言文字的音樂性、音樂效果，但不是音樂。但是本文在進行討論的時候，把文字描繪的音樂當做音樂媒介，這些嵌入進文本的音樂，一段旋律、一段歌詞、一首經典曲目、一個音樂人、一件樂器，等等，其實更多的指向音樂本身，能夠還原為聲音，音樂是一種極為特殊的表意機制，拿歌詞來說，音樂能強化文字的表意，文字也能直接喚起音樂，不少文學作品中大段的歌詞引用在讀者接受時其實是有聲的。在受眾接受心理層面迴響，不僅僅是文字在擬聲，而是文字勾起了關於聲音的記憶。而本文的論述，就從文字何以「發聲」開始。

第一章　音樂介入文學編碼的理論邏輯及原因探究

音樂與文學有著很強的關聯，中國有中國音樂文學學會，而且是一級學會，各地也有相應的音樂文學學會，也可見此種潮流影響之盛。音樂文學成為一種重要的現象、概念，是重要的學術增長點和研究範式。在既有認知裏，文學與音樂的關聯經歷了長期的積澱，文學的音樂性、音樂化被廣泛關注，文學與音樂的各種關係研究並不鮮見，但是既往的研究直接從這一既定存在的現象入手展開論述，並未深究其背後的原因。不少研究是一種「印象式」的，具有很強的主觀色彩。比如在分析音樂如何介入小說時不少研究者提出了生命形式與音樂具有內在的一致性，這是基於中國的文學傳統，但是或多或少有些「唯心」色彩，似乎並不能得到實際的驗證，缺少一種理論的邏輯。音樂文學是一個極為廣義的概念，與文學的音樂性不能畫等號，文學的音樂性更多的還是落腳於文學的編碼跨音樂媒介。因而，本文首先解決的一個問題便是，音樂為何能夠進入文學？文字形成的文本如何形成聲音的景觀？其背後有怎樣的理論邏輯和現實依據？文學與音樂是兩種不同的藝術門類，使用的主要編碼媒介不同，兩者之間如何能跨界編碼？音樂如何能夠毫無違和地介入文學編碼過程？這些都是需要深入思考的。將這種背後的理論邏輯探索清楚，是此課題進一步展開的前提。

第一節　文學跨體裁編碼的理論邏輯

音樂能夠進入文學編碼與文學跨體裁編碼的普遍性有關。文學並非一種單一的文本，而是一個符合文本，吸收他者藝術作為介質材料，諸如文學的圖像化、文學的戲劇化、文學的影視腳本化、文學的音樂化，即便在文學內部，詩歌、小說、散文、戲劇也是互相滑動，彼此交融的。造成這一局面的原因首先來說是不同藝術門類之間的出位之思和體裁欽羡；其次，從接收層面而言，這與人們多感官共同接受藝術作品有關；再次，跨體裁編碼與藝術編碼的反模仿性有關。

一、出位之思與感官通達

音樂能夠進入文學，最根本的就是藝術起源的同宗同源性。即便是「出位」，也源於「同宗同源」。藝術作為一種綜合的文化樣式，起源之初是混沌交融的，具有跨媒介性。只是隨著藝術的發展，各藝術門類漸漸獨立，但是彼此吸引、相互欽羡的現象仍舊存在。毫無疑問，當下的後經典敘事學是跨媒介的，不同的媒介都具有敘事性，這是得以跨界的前提。以本文研究的音樂為例，音樂的敘事性被越來越多的學者注意到，音樂具有敘事性改變了既有的抒情藝術的認知。由於藝術表達的跨媒介性，相關的研究也是跨學科的。跨學科既跨社會學、自然科學，也跨藝術門類。文學的跨體裁、跨媒介敘述是藝術編碼的基本特性，可以說是各種藝術形式互相靠攏、互相借鑒、互相模仿的基本規則。

任何藝術門類都有一種體裁欽羡的衝動，渴望與別的藝術門類靠攏。比如佩特指出，一切藝術都靠向音樂，比如聞一多提出的現代新詩追求「音樂美」「繪畫美」「建築美」。建築追求畫面感，小說追求音樂性、視覺性，音樂追求造型感，電影追求詩化，題畫詩，小說中的插圖，等等，都是典型的體裁欽羡的表達，即便是在某一藝術的內部，也存在不同體裁的欽羡，在文學中就存在小說的詩化、散文化、戲劇化等現象與相關爭論，還有詩歌的散文化，虛構與非虛構的界限與彌合等等，其實都是一種出位的衝動。這就是藝術的「出位之思」。

葉維廉就此提出了「超媒體美學」，錢鍾書系統論述這一現象，提出了「出位之思」的概念，他在《中國畫與中國詩》中提出了這一論斷，趙毅衡對此有所深化。這種現象由來已久，被反覆討論。藝術一直具有不可遏制的體裁欽羡衝動，渴望與其他體裁靠攏，呈現出普遍的「出位之思」。「出位之思是任何藝術體裁中都可能有的對另一種體裁的仰慕，是在一種體裁內模仿另一種體裁效果的努力，是一種風格追求。追求其他體裁的效果是藝術符號表意的一種自然趨勢……符號表意必須依靠體裁，但藝術本性是追求新奇，擺脫束縛，試圖達到別的體裁能達到的境界。」〔註1〕每一種藝術體裁都向另一種藝術體裁靠攏，並且會不由自主地吸收它種藝術。這種現象也被研究者提煉為藝術的媒介間性，即互文性，這種藝術編碼的跨界路徑有其深厚的傳統，也與當下的媒介化新境遇有關。

在文學中也蘊含著大量的其他藝術門類，這些文本作為重要的伴隨文本而存在。很多文學作品通過一種特別的描寫來向音樂靠攏，出位於音樂。詩歌是最為明顯的向音樂靠攏的藝術形式。小說中的音樂也是這樣一類文本。「小說和音樂可以互相借鑒……大部分的音樂問題在小說中也相應地存在。」〔註2〕在當代，小說更加趨向音樂這一體裁，大量使用音樂這一特殊的音樂類別參與敘事。這使得小說從結構到主題，從局部到整體都有這種出位之思。

從文本發出的角度而言，是「出位之思」，從接收角度來講，則是感官間的相互通達。文本只有接受環節的完成才算真正完成表意。受眾如何在文字中完成各種感知渠道的感官是最為根本的問題。人們認知世界依靠感官，而感官之間是相互通達的。對藝術的感知同樣如此，無論是欣賞視覺技術、聽覺藝術還是複合型的視聽藝術，說到底都是多種知覺協同作用的結果。調動多器官進行整合解碼，打破了感官的定勢。

上文的出位之思已經顯現出藝術中通感的存在。從生理學、神經科學、心理學等角度來看，味覺、嗅覺、聽覺等都是在神經中樞的控制下活動，依靠著大腦這個總司令發號施令。人類的感觀之間具有先天的關聯性，從聯覺角度看，聽覺與視覺在物理性質與心理機制上存在著密切聯繫，常常相互影響。近代心理學也認為，音樂感知是多種感知系統共同認知的過程。〔註3〕感官之間是相互聯繫的系統從藝術學角度來看，這就是「通感」現象，所謂通感，簡單來說就是，就是把不同感官的感覺溝通起來，借聯想引起感覺轉移，「以感覺寫感覺」。通感的修辭手法在藝術創作中極為常見，這也是我們理解事物的方法之一。

〔註1〕趙毅衡，《符號學：原理與推演》，南京大學出版社2011年版，第141頁。
〔註2〕柳鳴九，《新派小說研究》，中國社會科學出版社1986年版，第111頁。
〔註3〕白亮、陳劍贇、老松楊、吳玲達，《音頻內容分析研究》，中國計算機大會會議論文，2003年。

中國的傳統認知模式就是通感的，「中國人傳統思維方式中立足於整體出發、重視直覺體認形象思維、取類比象的特徵。在中國的藝術美學中，五官的審美感知是平等對待、整體合一的，共同追求『六根歸心，九識無礙』，將人提升到與自然萬物為一的生命體悟層面，並無高級、低級之分。」〔註4〕在藝術作品中通感十分常見。在藝術的奇妙世界中我們能看見味道、聞見色彩，看見聲音等。我們經常說的「詩中有畫、畫中有詩」「建築是凝固的詩」「聽聲有畫」等都是通感這一獨特語言修辭的表達。當然，藝術中的通感遠不止借助語言技巧從一個感官轉移到另一個感官，而是多種器官的系統工作。

正是通感的特殊感知，聲音可以被看到、嗅到，聲音可以從精緻的文字中被看見，說到底，是因為音樂可以給我們以藝術形象，能夠激發感知者的藝術聯想，比如音樂有時候還能進一步強化視覺感官。孫化顯分析阿來小說的視覺表達的時候，就注意到其作品中音樂對視覺化表達的作用：阿來通過語言的描繪將真摯情感以音樂性律動來展現，在音樂性迴環詠歎中實現與現實空間的有效對接，從而使小說文本獲得視覺性。〔註5〕

郭強生的《尋琴者》正是以文字寫聲音、感官通達的代表。大量的篇幅是描述音樂的。小說書寫一架鋼琴和一個人的故事。《尋琴者》如貓印般音符的輕緩語言，演奏出一段迷人故事，傾訴了人、音樂與情感之間的靈魂歸屬，令人眷戀不已。推薦語說道：這是一部純淨動人的「音樂小說」，寫給所有受過傷的靈魂的一首溫柔小夜曲，聆聽字裏行間所有的輕喟與低回。音樂是時間的藝術，是關乎失去與逝去的詠歎。讀《尋琴者》宛如聆聽一首跌宕的曲子，讓人不禁憶起門羅的《快樂影子之舞》、石黑一雄的《夜曲》、托馬斯·曼的《魂斷威尼斯》、三島的《金閣寺》，甚至是恩田陸的《蜜蜂與遠雷》……在這中篇裏，幾乎與所有音樂小說、與所有探討人性與命運之複雜的小說、與所有追求藝術與美的偉大小說，都彼此呼應著。通過文字，將鋼琴家和調音師的音樂及命運呈現出來。

從生理的角度上講，人的感官渠道具有不平衡性，彼此間具有一定的博弈。從社會層面來看則更進一步，不同的感知渠道隱藏著一種意識形態性。很多時候，人的感知渠道還涉及一種意識形態性。從歷史上來看，文學有一種

〔註4〕施詠，《中國音樂審美中的通感心理及其成因》，《交響》（《西安音樂學院學報》）2005年第4期。

〔註5〕孫化顯，《隱形的圖像：論阿來小說中的視覺表達》，《當代文壇》2017年第2期。

「口語化—書面化—聽覺化—視聽化」的發展演進模式。不同的感官還涉及文化權利問題，最終落腳於一種意識形態問題。文學發展過程中的白話文學運動、左翼詩歌、民歌大躍進運動、大眾文化，都有此意味。通過對聽覺感官的強調來迎合廣大的不識字的農民，視覺被無形之中壓抑了。

有論者在論述左翼詩歌的時候，就強調了其對聽覺感官的重視：「左翼詩歌對詩歌語言的音響形式的經營，內含著一種身體感官的動員技術，並由此關聯著革命主體的肉身經驗和情感興動。換句話說，革命主體的形塑不僅涉及對思想理念的改造，它同時也並行著——有時候是依賴於——對於人的感官方式與身體感知的改造。」〔註6〕張業松對此論述道：左翼抒情主義在根本上是一種關於身體、聲音及其興動性（afectivity）的抒情主義，它所指向的，是以人的生物—生理性存在（以及社會—政治歷史對它們的組織與塑造）為基礎、以位於語言與前語言之間的、不斷遊動的聲音為媒介、以人們的感官體驗為平臺，在大眾的身體之間所建構起來的一種連帶與團結。而其終極追求，乃是「實現革命的言成肉身」。左翼詩歌是「有聲」的，歌謠中貯藏著為「勞動大眾」的身體感官經驗所熟悉的音響節奏模式。〔註7〕

饒有意味的是，為什麼要強調聽覺對身體感官的獨特性呢？通過聲音的政治，達到了普通大眾身體解放的目的，這就是音樂（聽覺）獨特的感官魅力。無形之中形成一種劃分，文字（視覺）指向的是精英階層，音樂（聽覺）指向的是大眾面向，當詩歌與音樂結合起來的時候，其目的自然達到了。到了十七年文學時期，這樣的傾向更加明顯。勞苦大眾成為國家的主人，但是基本都是文盲，音樂等聽覺藝術形式在那個階段發展到極致。

由此，文學中的普遍音樂化努力，就是利用感官的區分實現藝術的大眾化。以此達到聲音意識形態化的目的。所有的證據都指明，聲音不是一種物理的存在，而是社會浸潤之後的複雜的人工製品，通過對聲音的修飾與控制，通過對聲音的管控與把握，各方權利達到預期的平衡，也正是因為聲音的反抗與顛覆，出現了多樣化的革命舉動。我們無法控制自己的耳朵，更無法躲避攜帶大量意識形態的聲音灌輸。誠如阿達利所言，一直以來，人類都沒有搞清楚一件事情，世界不是用眼睛來看，而是用耳朵來聽。耳朵讓我們更加親密接觸這

〔註6〕康凌，《有聲的左翼》，上海文藝出版社2020年版，第158頁。

〔註7〕張業松，《「有聲」的左翼詩學的做法及其可能性——康凌〈有聲的左翼〉閱讀摘要》，《南方文壇》2020年第5期。

個世界。聽覺感官在中國古人的生活中具有重要作用，禮樂文化、心學、繪畫、戲曲、詩詞，甚至醫學都是基於聽覺的，這些領域一概表現出的聽覺審美性質。作為某種現象，生命與其說是一種圖景，還不如說是一種聲音。它理當屬於聽覺現象學的認知範疇。而就實踐層面而言，那些總是令生命措手不及的滅頂之災，從來都是使生命憑藉聽覺而非視覺最先激發起自救的警覺。這一點，如今已通過那些聽覺格外靈敏的動物在地震、海嘯等諸多自然災難中的傑出求生表現獲得了證實。〔註 8〕

人類的日常生活都與聲音有關，音樂則是最為重要的聲音之一。羅斯福說，一個民族如果沒有自己的民歌，就沒有自己的文化。幾乎所有的文化樣式都與聲音相關，從古代開始，音樂在各類藝術符號中地位最高。〔註 9〕人類的記憶大部分是關於聲音的記憶，全國各地有大量的說唱文化傳統，一直延續到當代生活。《民間歌曲集成》《民間歌謠集成》按照省級區劃進行了收集整理，每個省都收集到大量的歌曲與歌謠。日常生活中仍有大量的在流傳。古代詩詞中大量描寫聲音，記錄聲音。有清一代，通俗的說唱文化進一步發展。竹枝詞是清代說唱文化的主要內容。從清代中期開始。清代竹枝詞的市井化趨勢，為近代都市的文化消費奠定了基礎。部分地區的商業繁榮催生文化消費的興起。這種市井化也打破了精英的文化統治地位。〔註 10〕一直以來的說唱文化消費是當代流行歌曲消費模式的雛形。宋詞、明代山歌、清代竹枝詞的世俗消費與當代流行歌曲消費幾無差異，這是一脈相承的。延續到當代，這種特徵一直保留著。

總之，無論是從生理層面出發，還是社會層面考量，人類對藝術的感知從來都不是單一渠道的，感官彼此間還存在著博弈，藝術接受的各個感官是相互通達的，這也是不同媒介能夠切入同一文本的重要緣由。

二、藝術表達的反模仿性

藝術符號具有規約性，與此同時藝術符號又不斷打破規約，挑戰自我，完成自我的更新。〔註 11〕在文學創作中，這種反規約主要通過無理拒表達實現。

〔註 8〕路文彬，《論中國文化的聽覺審美特質》，《中國文化研究》2006 年第 3 期。

〔註 9〕黃華新、陳宗明主編，《符號學導論》，東方出版中心 2016 年版，第 315 頁。

〔註 10〕朱易安，《清代中期竹枝詞的市井化趨向及其意義》，《復旦學報》（社會科學版）2016 年第 1 期。

〔註 11〕彭佳，《藝術的符號三性論》，《當代文壇》2017 年第 5 期。

無理拒表達具有多個同義語，如非自然敘述、反現實主義、超現實主義、神實主義等。這種敘述是一種典型的反規約敘事。文學的多媒介敘事也是一種典型的「反模仿敘事」，是對固有敘事模式的挑戰。非自然敘事並非全部借助音樂來完成，但是音樂介入與此卻有著一定關聯。音樂進入文學，已經是一種反模仿敘事的理念了，對此的探討，是對藝術媒介間性的探討，也是對非自然敘事等新的敘事手段的研究。主流敘事理論建立在模仿敘事的基礎上，即這些敘事都受到外部世界可能或確實存在的事物的限制，它們所持的「模仿偏見」限制了理論自身的闡釋力，而當代敘事學發展的新動向則是一種反模仿的極端敘事，即非自然敘事。〔註 12〕非自然敘述是一種反模仿的非虛構敘事，國外已經有多名敘事學家進行過系統研究，在中國，非自然敘事也被廣泛使用，非自然敘事其實就是一種典型的無理據書寫，這在小說文本中尤為常見。

毫無疑問，現實主義書寫是文學創作的主流，現實主義的源流是對現實生活的一種關注和焦慮。但秉持現實主義精神也會有「反現實」的無理據書寫，這是因為作家、藝術家可以創造出藝術層面的現實。福斯特的《小說面面觀》提出了「幻想」小說這一概念，指出幻想小說暗示了超自然因素的存在，但不需要挑明，非自然敘述是具有幻想傾向的作家手法。幻想小說其實就是無理據的表達。這樣的小說很常見，有些小說整體上都是非自然敘述，以現實中不存在的現象為書寫對象，是全局無理據。有些小說則是視角的無理拒，敘述者往往是不可靠的亡靈、動物、瘋癲者等。還有一些小說僅僅是一些局部無理拒，即在書寫過程中偶而插入了幾筆超越現實的靈異現象，形成局部的非自然敘述。當然，這三種模式並無清晰的界限，很多時候是交織使用的。

（一）全局無理拒

當下很多長篇小說是現實主義題材書寫，但也有部分作品呈現出了反現實的一面，這樣的作品在近幾年尤為常見。很多作品整體上都是建立在無理據基礎上的，雖然很多小說書寫的主要內容與現實生活無異，但是作家的謀篇布局將其置放在了非現實的層面。余華的《第七天》是全局無理據的代表性作品。小說書寫的很多事件都來自真實的新聞，但是作者採取的是主人公死後七日的經歷來架構全篇，關於人死後的世界及其面臨的經歷明顯是無理據的。但作者通過這樣的階段書寫，將人死也不得安寧的困境表達出來。閻連科所謂的神

〔註 12〕（美）詹姆斯・費倫、林玉珍，《敘事理論的新發展：2006～2015》，《上海交通大學學報》（哲學社會科學版）2016 年第 4 期。

實主義也是一種無理據的書寫，他的作品超現實的色彩很濃厚，但是超現實的背後是對現實的深切關注，能夠從中理解他所要表達的意思。《受活》《日光流年》《炸裂志》等小說看似普通的鄉土書寫，但都是整體上的無理據書寫，並不是鄉土的真實現狀，而是將苦難誇張變形、甚至拔高，比如賣血賣皮、普遍短壽等，都是極端化的描寫。紅柯的小說普遍具有反現實的一面，很多詭譎的書寫完全打破了自然的規律。《烏爾禾》中海力布與動物相處，聽得懂鳥兒的語言，與蛇精和諧相處；《喀拉布風暴》中的地精以及對於武明生家族人性和性的描寫，大膽地描寫了大量的民間性故事、性傳說和性知識，《大河》中的很多情節也十分詭奇、魔幻，小說整體上呈現一種無理據的態勢。夏商《裸露的亡靈》書寫的是陰陽相間、人鬼共存的故事。

海男的《野人山·轉世錄》中關於前世的書寫也是整體無理據的。作者採用了較為私人化的方式來處理這段宏大的歷史，無論是自始至終的超現實書寫還是具有文體意識的小說文本本身都有所表現。神秘書寫與非自然敘事貫穿全書，比如小說關於輪迴的書寫就很有意味，整部小說對輪迴的態度是明顯的，小說有一個場景，是重返野人山的一群人在描述各自的前世，想像自己的前世，還有野人部落老兵所描述的關於輪迴的奇異事件，這種非自然的書寫在這樣的主題中並不突兀。

馬原的《姑娘寨》也是較為典型的全局無理據書寫。先鋒時期的馬原就撰寫了大量全局無理據的作品。《姑娘寨》依然如此，小說通篇書寫我與六百年前的英雄帕亞馬相遇的故事。《姑娘寨》是一部元小說，融進了大量的真實事件，比如關於《岡底斯誘惑》，關於他的兒子走上文學的道路，關於他的疾病，他的籍貫，他的上海做教師的經歷等，作者希望讓小說變得更為真實，不過這是一種掩飾，無論如何，小說是虛構的。元小說實際上仍是敘述主體的問題。在視角選擇上，有不同的敘述者，我的敘述，我兒子的敘述，針對同一件事，二人的敘述完全不同，一個在建構，一個則在解構。不同的視角是為了讓敘事變得更可靠，很明顯，這些所謂的「我」都不是作者本人，背後仍然有一個隱含敘述者。敘述身份在小說中至關重要，敘述主體是敘述研究的重要方面，馬原的小說中，敘述主體有多個，不斷跳角，作家的真實身份，敘述者的身份、幻化出來的身份。在一些細節方面，馬莉雅也在懷孕三個月後便生下嬰兒。其實到最後，敘述者與帕亞馬的相遇並不存在，也即是說整個的書寫都是不真實的、無理據的。《姑娘寨》有不少思索在裏面，尤其是一些非自然敘述的東西，一些被稱為封建迷信的東西，作者的態度是明顯的，就是對未知的事物的一種敬畏感，但是很明顯，文明社會裏似乎沒有未知的事物可言，更不必說那些神秘的事物了。小說寫到，祭司和巫師都失去了職業，竟要為一個猴子舉辦一場盛大的祭祀典禮，甚至由此引發了一場巨大的瘟疫。很明顯，作者有著一種對未知事物的敬畏感。非自然敘事的流行正是這種敬畏感消失之後的替代補償。關於民族的東西書寫也較多，提到不少的少數民族，可謂民族神話的重述，用隔空對話的方式與民族英雄帕亞瑪對話，雖然最終帕亞瑪不復存在，是兒子眼中的幻覺，但是沒遇見不意味著不存在。中西民族神話都有涉及，馬莉亞與西方聖母瑪利亞。關於靈異和神秘的事物書寫比比皆是，與帕亞瑪的相遇，松鼠會與人對話，貝瑪擁有三項超能力、馬麗亞懷胎三月便產下男嬰等等。現實與幻想的交織，很多書寫是正常的書寫，詩人的集會，朋友為婚禮借錢，多線敘事，我與朋友們在雲南正常的生活，我與帕亞瑪的相遇，別樣吾與貝瑪的故事，彼此分割卻又在姑娘寨那片神奇的土地上交織。作為 50 後的作家，馬原的精神追求和寫作目標與同代作家是一致的，追求的是 19 世紀的那種經典文學，這與 60 後、70 後甚至 80 後等踐行的 20 世紀小說觀念是不大相同的。因此，儘管他的技法時髦而新奇，骨子裏卻是對經典作家的致敬與回歸，是對現實生活虔誠而熱切的擁抱。《姑娘寨》中馬原的「敘述圈套」還在延續，比如在《虛構》中採用的時間方面的誤差來瓦解敘述，在《岡底斯的誘惑》中用「我」「你」「他」這樣的交叉講述視角瓦解敘事，這樣的手段在《姑娘寨》中有所延續，他用兒子關於帕亞瑪的敘述消解了「我」從頭至尾關於帕亞瑪的敘述。就連帕亞瑪的身份也進行了自我瓦解，究竟是哈尼族，還是僾尼族，究竟是帕亞瑪還是帕雅瑪也不得而知。先鋒小說的反規約書寫具有代表性，在 1980 年代，新潮作家們的敘述行為可以說打破了一切的慣例與常識。進入 21 世紀以來，這種反規約的非自然敘述在作家們的書寫中越來越常見。很多作品或是打破陰陽生死界限，或是深入挖掘原生態的生活境遇，或是心馳神往未來的世界，總之，這些書寫遠離了生活的常態，具有非自然超現實的特點。

全局無理據的書寫多以寓言化的方式呈現。劉亮程的《捎話》便是如此。小說是極為晦澀難懂的作品，也是一部寓意深刻的作品，可謂超現實書寫的典型之作。《捎話》情節奇譎荒誕無比，整個故事充滿了非自然敘事與反現實書寫，作者創建了一個關於動物與人類的寓言式社會。異化書寫在文學中較為常見，這是對時代反思最好的手段，卡夫卡將人變為甲殼蟲開啟了經典模式，被多次傚仿，在《捎話》中異化書寫在繼續，庫曾經騎著驢將滿腦的昆經捎給其他人，在庫的師傅去世的時候，口中吐出的是昂嘰昂嘰，這是驢的叫聲，捎話人吐驢聲，將人和驢融為一體了。到最後，庫也發出了驢叫，謝的靈魂附著在庫的身上，這種人與動物界限的模糊具有很深的隱喻性，繼續書寫著人性的異化主題，只不過，作者更進一步，他還寫到了動物的異化，將動物異化為人。小說可以說是一部驢圖騰，驢是小說一半書寫的內容，與人的地位平起平坐，將驢與人同等對待也有深意。人的異化在這裡被轉化為動物的異化，這種關於動物性被馴服和壓抑的書寫可以說極具隱射意味。雖然在技術層面僅僅是一種反向模仿，但是深意無限，尤其是結合當下所處的時代，警示作用不言而喻。陳應松的《森林沉默》也是一個關於現代文明的寓言書寫，小說中的一個啞巴懂鳥語、花語，在樹上睡覺，具有神力，而與之對照的是現代文明象徵的機場帶給這片土地的衝擊。

姚偉的《楞嚴變》是歷史幻想小說。小說以龜茲、烏萇兩國莫名陷入噩夢開始，為解除夢魘，龜茲國王遵循解夢師建議，去往天竺求取《楞嚴經》破除夢境，途徑歷經磨難，輾轉多年取得經書，破除噩夢。由取經開始，各色人物悉數登場，每個人都有著各自的前塵往事。小說中既有帝釋天、阿修羅、魔王、閻君，也有唐太宗、王羲之。既有可吐絲築成堅固城牆的母蜘蛛，也有可被咒語喚醒的《蘭亭集序》。作者用湍急流動的想像輔以細節和邏輯的真實，中國神魔小說的結合體，想像奇崛，語言恣肆，全書呈現出無理據的書寫。全局無理據書寫還表現在大量的科幻文學中，一些現實題材的作品也會涉及科幻，全局無理據書寫能夠增強藝術的張力，加速小說技法的更新，還能規避一些書寫的敏感性問題，被很多作家採用。另外，視角和局部無理據在當下的長篇書寫中也很盛行。

（二）視角無理據

敘述視角是一個與主體相關的極為重要的概念，也是作家們處理十分慎重的對象。視角的全知與限知、視角的可靠與不可靠、視角的人稱、視角的對象選擇等不只是敘事的技術問題，而是直接影響到文本主旨的表達和接受者的闡釋。反現實書寫有一個顯著特點，就是敘述視角的選擇，作家們往往採用秉異的敘述視角，形成視角的無理據。第一人稱敘事者經常是高度可靠的，甚至表面上明明不可靠的敘事者往往是可靠的不可靠，而所謂的全知視角是不可能的，作家們深諳此理，各種非自然的敘述者才越來越多地充當了小說的敘述者。特殊的敘述視角在非自然敘述中十分常見，亡靈視角，動物視角，兒童視角、鬼魂視角等等安排較多。陳應松的《還魂記》、徐貴祥的《穿插》是亡靈視角，陳亞珍的《羊哭了，豬走了，螞蟻病了》是亡靈視角，張好好的《布爾津光譜》有一個未出世的男嬰爽東的視角和一隻大灰貓的視角，黃孝陽的《眾生・迷宮》以一個怪嬰為視角，如此等等。正是這樣獨特的視角選擇，讓作家有更大的想像空間，也讓文本呈現出更多的藝術性和思想深度。

趙毅衡曾對這樣的不可靠視角進行了探討，提出了非自然敘事是一種全局不可靠，即是敘事整體性的不可靠，這樣的小說電影在現代幾乎已經成為常規，最為典型的就是敘述人格非常人，而是小丑、瘋子、無知者等，在意義能力與道德能力上，低於解釋社群可接受水平之下。比如《塵埃落定》的傻子，《秦腔》的瘋子等。特殊視角的選擇讓敘述變得更加可靠，因為越是無知者，越不會隱藏和偽裝。

陳希我的《心！》也有通過陰間人物的採訪書寫，來豐富林修身的塑造，進一步書寫歷史的多樣性。張翎的《勞燕》在敘述技法上採用對話體以及第三隻眼的全知視角進行描述。小說設置多個敘述視角，讓小說人物各自發言，共同串起故事，用死人以及兩隻狗的第三隻眼來進行全知敘述，每一種視角都只是描繪了一個側面。而主人公阿燕，卻自始至終沒有發言，都是別人的回憶提到她，不同人的講述串聯起她的一生。整篇小說真實與虛構、歷史與現實、現實主義書寫與浪漫主義想像交織。通過大量的文獻資料副文本插入，人物被帶回歷史的現場，但在作者精心編織之下，讀者卻不知何為歷史，何為想像。與歷史相關所有的建築對象包括人，早已面目全非，儘管有遺跡殘留，歷史的真實痕跡殘存於何處卻無處可尋，而這些僅存的殘痕卻串聯成了一個完整的故事。視角無理據在長篇小說中極其常見，很多時候被濫用了。局部無理據現象更是司空見慣，有時候到了無以復加的地步。

（三）局部無理據

在一些普通的現實主義作品中，也會有無理據的書寫。這樣的書寫只是偶而閃現，但也不得不引起重視。這樣的局部無理據存在於很多作品中。儲福金的《念頭》在常規情節之外增加了不少內容，常常旁枝斜出，比如《聊齋誌異》的反覆出現、打狗運動中關於狗的生命的思考，參觀人工智慧時的思考等。此外，這部小說中的禪宗意味濃厚，尤其是蓮花的意象以及幻境的書寫極具闡釋的難度，第七章的「鏡火」更是極具禪宗味道，很多小說語言可謂箴言。小說還有很多幻境書寫，亦真亦幻的和靈魂出竅的描寫等，這種幻境書寫是當下小說非自然敘述的表徵，其實也代表了人生的多樣性與人性的多樣性，「念頭」這樣的題目也有一念成佛、一念成魔的意味。小說中絕無真正無意義的閒筆，一切的冗餘和墨蹟其實都是經過作者精挑細選才得以出現在文本之中。因此這些局部的無理拒也是頗值得深究的。

扎西達瓦的《西藏，隱秘的歲月》幾乎都是非自然的事件，七十多歲的察香懷孕並在兩個月之後便產下次仁吉姆。莫言《十三步》中的死人復活、以粉筆為食的書寫；胡遷的《牛蛙》中，表姐嫁給了牛蛙；《藏珠記》中的女主人公從唐朝活到現在；余華《第七天》敘述地獄的故事。《日光流年》裏的短壽村子，遲子建《群山之巔》中的預知人生死的安雪兒。《天漏邑》中的天漏村不斷有人被雷電劈死劈傷，禰五常從幾千斤重的石板下逃生，爬上險峻的竹竿峰等，都是有違常理的書寫。《單筒望遠鏡》中書寫義和團戰士的金剛不壞之身；馬拉的《餘零圖殘卷》開篇寫奇異的時間，芒果樹再度開花卻不結果。《活水》中神婆的神力書寫；《昏典》中的引子部分，開篇就是「我能看見鬼」，全文涉及的薩滿做法等原生態書寫也有非自然敘事的特點；《甲馬》中利用「甲馬」紙操控他人的記憶和夢境，其書寫同樣具有反現實的一面。殘雪的《一種快要消失的職業》中的等情節。《山本》開篇的通龍脈的三分胭脂地與最終的應驗，喬葉的《藏珠記》書寫了一個長壽女性的故事，她的人生穿越千年，從唐朝活到當下。波斯商人贈送的珠子讓這個女孩子長生不老，一直活到了當代，但是小說的故事確實極為正常的。徐懷中的《牽風記》在一般化的書寫中夾雜了很多神秘的自然書寫。吳可彥的《茶生》這樣的具有科幻性質的小說，也具有無理據書寫的意味。劉何躍的《洞》以「重慶大轟炸」為背景，在洞這一特殊場景之下，安排了「異世界」的書寫。如此種種，都是現實主義書寫中的非現實的一面。

敘事的反模仿性是從多個層面展開的，音樂充當了敘事反模仿性重要的因素，憑聽覺感知神意是中外共同的傳統。王鴻生曾將晚期海德格爾特別鍾愛的「天地人神四重奏」主題和中國的「大象無形、大音希聲」並置在一起論述，將聲音作為感知神意的途徑。他用張瑋的《刺蝟歌》這部小說為例，將其描述為「歌體」小說，指出小說是一場聲音的盛宴聲音，進而接近了大地的「神性」。〔註 13〕《刺蝟歌》是一部關於聲音的小說，作品富有奇幻色彩。

〔註 13〕王鴻生，《為大自然復魅——關於〈刺蝟歌〉及其大地文學路向》，《文藝爭鳴》2008 年第 5 期。

小說以寥麥、美蒂男女主人公四十餘年的愛恨情仇、聚散離合為經，以濱海鄉鎮及荒原莽林的百年歷史為緯，編織出一個個光怪陸離、耐人尋味的傳奇故事。其中既有濃烈的寓言色彩，又凸顯出尖銳的現實衝突。寫奇人畸愛，寫野地生靈，將二者水乳交融地繪製成一幅幅具有生命張揚和野性精神的多彩畫卷。從古老的欲望追逐到當下利益集團間的風雲詭譎，將百年的歷史變遷冶煉鎔鑄為這部具有獨特品格的作品。作品注重聲音敘事，在文本中使用了「魚戲」這一地方劇種，並在文中大段引用了唱詞，與文本整個的基調形成共振。

聲音往往是最接近神靈的藝術，於是文學中大量的具有「神性」意味的非自然書寫往往都是借助聲音來表達的，其中很多聲音是音樂。羅偉章的《大河之舞》被稱為「洞悉神性」〔註 14〕的作品，其中很多都是借助音樂來表達，羅傑因姐姐去世受刺激之後，將半島的喪歌領悟到家，對唱歌接近瘋狂。遲子建的《額爾古納河右岸》通過音樂來凸顯一個民族的神性，這種神性書寫就是典型的反模仿性，神歌段落在小說中多次出現。何平評價遲子建的創作時是說：「在人的頌歌時代，遲子建把最瑰麗的頌歌獻給了神靈。」〔註 15〕，這一句話為全論文獨立的最後一段，可見其分量，而這種對神靈的祭獻很大程度上是依賴神歌實現的。英布草心的《歸山圖》書寫畢摩這一神秘的文化，音樂也是一種神性的凸顯，小說引用了不少歌詞來表達。關仁山的《白之門》等作品也書寫了一種民間的神秘事物，蘊藏著一種民間的信仰，而音樂在其中所起到的作用不容忽視。

劉慶的《唇典》也是如此。小說開始的時候引用了滿族神話《西林安班瑪發》之「頭歌」，「請靜靜聽吧／這是古老的長歌／薩滿神堂上唱的歌」，預示著整部作品就是一首神歌，在正文裏面，作家不時插入一段段的歌詞，音樂始終在作品中迴蕩。小說中的故事時間段橫跨 20 世紀，描寫烏拉雅族人如何在動亂的世界中掙扎求存，呈現中蘇邊界烏拉雅人村鎮多元種族的混合，包括滿人、漢人、俄國人、日本人之間的互動和交流。「唇典」意為口口相傳的民族史、民間史。相傳，每一個逝去的薩滿都會成為「回家來的人」，有機會附體於後代的薩滿，被附體的薩滿會通宵歌唱，能用木、石敲擊出各種節拍的動聽音節，學叫各種山雀的啼囀，能站在豬身上做舞，豬不驚跑。魂附的薩滿傳講

〔註 14〕羅偉章，《大河之舞》，推薦語，四川文藝出版社 2010 年版。

〔註 15〕何平，《重提作為「風俗史」的小說——對遲子建小說的抽樣分析》，《當代作家評論》2009 年第 4 期。

家族和自己的故事，這些故事將成為「昏典」，小說中的滿斗是一個命定的薩滿，但他卻要用一生來拒絕成為一個薩滿的命運。命運的流轉，一次次在滿斗所吟唱的神歌中體現出來。

文學表達神性最有效的手段或許就是音樂。一方面是音樂本身的神秘性，有著說不清道明的東西，同時也和傳統的接通天人的文化有關。盲人說書正是一種利用音樂對神性的強化。從選題上來看，這些小說並沒有太出格，但是通過一種超現實元素的介入，讓作品的藝術性得以昇華，而音樂，則扮演了重要的角色。

第二節　音樂媒介進入文學的獨特原因

在文字中聆聽聲音，對接受者是一個挑戰。音樂媒介能夠進入文學且不影響聲音的表達，文學能夠呈現出音樂的「聲音」態，除了上述藝術編碼的跨媒介共通性方面的原因，還有一些獨特的原因。包括「聲音下潛」、藝術演進規律、中國特定文學傳統、聽覺轉向等。

論述文學中的音樂，首先要區分作為現象的音樂和作為事件的音樂。在此之前，也有研究者注意到文學「音樂化」的合理性問題，曾鋒就曾以幾位音樂家的文學創作為例，通過分析其作品中的「音樂化」因素，以論證文學「音樂化」的合理性〔註 16〕。不過，這種模式太過侷限，幾位音樂人的情況也多少有些孤例難證的意味。真正的合理性，需要從更加宏觀和全面的角度出發來進行論證。最大的前提，就是作為聽覺渠道感知的音樂和通過視覺渠道感知的文字呈現的無聲音樂如何能夠通聯起來。

韋勒克和沃倫的《文學理論》指出，「每一件文學作品首先是一個聲音的系列，從這個聲音的系列再生出意義。」他們還提出「要把聲音的表演與聲音的模式加以區別」。〔註 17〕正是這兩種區分，把動態的聲音和靜止的文字關聯了起來，文學中的音樂就是如此，聲音的表演指向有聲的音樂，而聲音的模式則是觀念化的音樂。從物理角度而言，音樂是通過聽覺渠道感知的一種特殊聲音，一般而言，音樂具有三種形態，一是聲音態的音樂，就是物理的音樂；二

〔註 16〕曾鋒，《文學「音樂化」的合理性論證——以幾位現代中國音樂家的著作為例》，《文藝爭鳴》2010 年第 2 期。

〔註 17〕（美）雷·韋勒克、奧·沃倫，《文學理論》，劉象愚等譯，浙江人民出版社 2017 年版，第 146 頁。

是文本態的音樂，印刷在紙上的曲譜和歌詞，如大量的中國古代音樂，聲音無法保存，但文本態的音樂得以流傳；三是想像態、觀念化的音樂，也即是諸多文藝理論家所概括的「音樂藝術形象」，這是音樂記憶作用於受眾形成的一種音樂氛圍，通過平時的音樂積累，在文本閱讀過程中憑記憶建構的音樂形態。文學中的音樂是一種聲音的模擬與事件的傳達，「擬聲」可以是對原聲的模仿，也可以是用描摹性的聲音傳達對某些事件的感覺與印象，而這些事件本身不一定都有聲音發出。〔註18〕

音樂說到底是音樂形象，「音樂形象是通過聲音的運動，作用於人們的聽覺，使人們在這個過程中產生聯想，從而在頭腦中形成的藝術形象。」〔註19〕文學中的音樂元素和音樂意象作用於人的大腦，能夠進一步激發藝術聯想，可謂「聯想之聯想」，從而形成文本中的音樂藝術形象。在文學中，文本態的音樂極為普遍，想像態的音樂場景設置與解讀較多，在有聲讀物等新樣態文本中，聲音態的音樂也存在，這是音樂介入文學的基本前提。英伽登將文學分為幾大層次，音樂的樣態也是如此。總之，不能把音樂僅僅當做對象和文本，而是場域中的符號和意義的結構。

一、聲音下潛

為什麼文學作品中的音樂並不存在接受障礙，被廣大作家反覆採用？這就涉及「聲音下潛」的問題。從深層的原因來講，作者利用我們熟知的音樂與讀者進行交流溝通，就是聲音下潛的問題。從心理學上來講，這是聲音潛入人們的無意識之體現。人的心理也是一種符號，弗洛伊德、胡塞爾等即把心理客體當做符號看待。所謂心理客體，是指純心理顯像，如思想或情感本身。皮爾斯指出，「每當我們思想時，都為意識提供某些情感、形象、概念或其他表象，它們均可作為記號」「每一在先的思想都對在後的思想具有一定的意義，即它對我們來說是某物的記號」。〔註20〕最終受眾接受的都是一種心靈媒介，心靈媒介是一種符合的媒介，無論是哪一種渠道的感知，最終都只能通過心理媒介得以實現。藝術形象讓「心靈發聲」，藝術想像才是藝術解碼的最終利器。

〔註18〕傅修延，《聽覺敘事研究》，北京大學出版社2021年版，第19頁。

〔註19〕周蔭昌，《音樂形象的美學特徵》，載《美學演講集》，北京師範大學出版社1981年版，第351頁。

〔註20〕Peirce, Collected Papers of Charles Sanders Peirce, V.3～4, Harvard Uper, 1960, 284.

音樂雖然直接作用於人的耳朵，但是要使受眾發生反應並聯繫情感卻是在心理層面。例如，當一首歌開始在大眾中流傳，歌眾的每個成員開始傳唱，或獨自哼唱，此時歌就越來越脫離意識領域，開始向無意識靠近。在小說中大量使用我們所熟悉的歌詞就是源於此。當受眾看到歌詞，便會在潛意識中發出聲音。這種來自潛意識裏的自然聯想會加深音樂的印象。

曹征路的《那兒》中《國際歌》的使用就是利用聲音已經刻在受眾心靈之上的原理，這樣熟悉的旋律，無論是正常使用還是戲仿挪用，都是熟悉的。張檸《春山謠》描寫知青故事，依然使用了《知青之歌》，對知青題材而言，這是再熟悉不過的旋律了。這些都是利用熟悉的旋律讓「聲音下潛」了。蔣韻的《想像一個歌手》書寫了一個自黃土高原腹地的歌者和他浪漫的一生，這是一個真正用歌聲思考的人，而所有的故事和人物刻畫，都直接依靠音樂，小說有大量的篇幅是歌詞的直接引用。《黃土地》也是一個鑲嵌在歌詞中的長篇小說文本，為什麼這些歌詞並不妨礙小說的閱讀？首先當然是信天遊本身的敘事特性，與小說並不完全游離。此外就是這些文本的旋律化，自動切換為聲音，而不僅僅是文字。成為「有聲」讀物。這些有聲讀物就是「聲音下潛」才有的結果。林白的《北流》書寫了不少過去的時光，回憶性文字較多，使用了一些經典的音樂段落，如《白毛女》《紅色娘子軍》等，不少經典唱詞反覆出現，這些人們熟知的音樂在文本中自然有了聲音的效果。

人們對自己熟悉的旋律感興趣，大量的文本中使用的音樂都是具有典型性和代表性的作品，通過文學的描述能夠較為容易地轉化為「聲音」，調動多個器官聯合接受。在作品中，為了配合作品發出聲音，會採用營造聲音場景、使用廣為流傳的音樂選段、直接羅列歌詞等多種手段。營造聲音場景就是利用文字手段，將音樂元素描繪出來，所謂「繪聲繪色」，鋪陳好之後，聲音的發出就顯得水到渠成。

在很多知青題材作品中，音樂也經常出現，對知青而言，音樂可能是他們枯燥生活中的一點安慰劑，音樂也經常出現在作品中。梁曉聲的作品中有不少知青們熟知的音樂段落。張檸的《春山謠》中也有不少知青們熟知的音樂，特別是《知青之歌》，這些音樂只要被提及，就已經有了聲音的在場感。

對中國人而言，戲曲是最重要的音樂藝術，人們對其十分熟稔，在文學中也就有更廣泛的採用，文字向聲音轉化也就更為容易。路遙、賈平凹、陳彥等陝西作家群的書寫，多圍繞「秦腔」展開，也是如此。陳彥的《主角》圍繞秦腔藝術展開，秦腔是小說的「核心文學／文化意象」。作品中反覆出現舞臺上表演的場景和內容，不時有戲文的插入，引用的秦腔有《逼上梁山》《打焦贊》《白蛇傳》《遊西湖》《鬼怨》《殺生》《狐仙劫》……這些選段都是秦腔中的經典段落，在文中有了「聲音」的效果。劉震雲的《一日三秋》以地方劇團為故事空間，將地方傳說「花二娘」揉進小說，同時不少地方使用了豫劇《白蛇傳》，充滿了濃鬱的音樂性，而這些音樂元素則是受眾較為熟悉的東西。劉心武的《鍾鼓樓》出現了許多京劇唱詞，莫言的《檀香刑》大量引用了貓腔的唱詞與結構，這些都使小說呈現出擬戲劇化特徵。

在更為年輕的作家哪裏也是如此。畢飛宇的《青衣》講述的是一名女性戲劇演員的故事，整部小說充滿了戲劇味道。哲貴的《仙境》繼承了《青衣》的衣缽，余展飛和燕秋是同一類型的人。小說圍繞越劇《盜仙草》展開，這齣戲劇既構成了小說的主要內容，也是主題表達的重要意象。《盜仙草》是一種理想與現實之間的隱秘通道。作家在創作談中指出這個小說與一位愛好鼓詞藝術的企業家有關，音樂性十足。〔註 21〕葛安榮的《紅魚歌》書寫 20 世紀中學宣傳隊裏的一群年輕人排演江南小戲的一段故事，展現他們的渴望、情感和生活，書寫了一曲過去之歌。小說中引用大量的戲曲曲目、段落唱詞，豐富了小說的表達。越劇、豫劇、川劇、京劇、粵劇等各種戲劇在文學中都有用武之地。凡此種種，都是利用熟悉旋律形成的「聲音下潛」，讓文字得以發出聲音。

王璐琪的《坤生》以兩代崑曲伶人的經歷來聯結歷史和當下，展現廣闊的時空和複雜的人生。戲曲是《坤生》這部小說的重要元素，不僅給故事增加藝術氣息，而且還構成故事的一個本體，探討了戲曲的生存之道這一當下的文化命題。此書涉及了京劇和崑曲，分別以北平的勁草社和蘇州的錦裳崑曲傳習所為代表，串起了幾代人的藝術追求和人生歷程。小說以兩條敘事線索交叉行進，呈現兩種時空：現在時空是以女孩美凡視角，講述她先後跟隨吳選之和喜嬌學習崑曲的經歷；過去時空則是從童年和少年喜嬌的視角，講述老一代伶人顛沛流離的藝術生涯。二者此起彼伏地平行敘述，喜嬌視角的故事因為承載了歷史內容而更為厚重。喜嬌見證了戲曲在不同時期的生存與發展，也認識了戲曲藝人的精神品格。在艱難的戰爭時期，北平勁草社從事的是京劇表演，於社長堅決不為日寇表演，這一行為與梅蘭芳拒絕登臺為日本人演出的事蹟相應，反映了一代藝人的民族氣節。崑曲是小說中的落墨重點，作為雅部的崑曲格調

〔註 21〕哲貴，《現實與理想之間應該有條隱秘通道》，《小說選刊》2020 年第 7 期。

柔曼婉轉，但其緩慢的板腔體節奏和嚴格的程式化表演可能無法滿足大眾的審美需求，喜嬌的小靳師兄為此改變了崑曲的唱腔和身段，但是白師父堅決反對這種面目全非的改動，以至於不能原諒改動崑曲的弟子。師徒之間的矛盾反映了傳統戲曲是存真還是求變的道路之爭，作者沒有對此作出非黑即白、孰是孰非的判斷，而是以充滿感情的細膩筆致寫出角色的紛爭和命運，讓讀者去領會和思考其選擇。傳承與變革，不單單是崑曲發展面臨的分歧，也是所有傳統文化的共有問題，因此這部小說的文化主旨引發的思考有其普遍性。戲曲進入文學除了音樂性上的考慮，也多和文化傳承、傳統反思相關。說到底，戲曲在當代文學中的大規模援引，已經指向了文學傳統的強大影響力。

二、文學傳統

從文學發展歷史來看，文學的跨媒介現象一直存在。跨體裁實際上是跨媒介的。從中國的實際出發，中國文學的發展還有其特殊的淵源。中國文學誕生於渾濁交融的文化氛圍中，尤其是一直以來的禮樂文明和詩教傳統形成的抒情傳統，讓中國文學的音樂性極為凸顯，在文學歷來的發展過程中，音樂媒介一直未曾缺席過。

特別是從藝術起源的角度考察，很多問題直接落腳於聲音的傳遞上。文學與音樂若即若離的關係在中華文明中更為明顯，幾乎從藝術誕生之時就已開始。「中國古代文化以禮樂為主，但在甲骨文中只有樂而沒有禮說明樂得起源更早……『樂』所起的效用也要早很多，原始宗教儀式以及情感的表達都必須借助音樂這一形式，同時音樂也含有和禮一樣重要的規範意義。『樂』的正常的本質，可以用一個『和』字作總結。這正和仁的價值觀相通重合」。〔註 22〕原始的藝術詩（文學）樂（音樂）舞（舞蹈）三位一體，隨著時代的發展三者的界限似乎明顯了許多，但是相互之間還是分不了家，割裂不斷。

文學的跨媒介敘事與文學傳統有關，特別是中國傳統文學起步階段是一種詩、樂、舞、巫、政相交融的狀態，之後慢慢形成了禮樂文明以及抒情的文學傳統，文學與音樂的關聯也一直延續了下來。比如唐宋時期，教坊音樂興盛，文學和音樂的結合較為緊密，一些歌姬既是音樂表演者，也是文學（主要是詞）的創作者，與音樂的結合加速了純文學在民間的流行。〔註 23〕之後的元曲、明

〔註 22〕徐復觀，《中國藝術精神》，遼寧人民出版社 2019 年版，第 16 頁。

〔註 23〕參見龍建國，《唐宋音樂管理與唐宋詞發展研究》，南開大學出版社 2012 年版。

代山歌，音樂與文學的相融也很常見，這些都是文學音樂化的傳統。

中國的戲曲藝術源遠流長，這種文化傳統也深深影響到文學。中國當代小說受戲劇影響也不可忽視，而既是音樂又是文學的戲劇正是古老文傳統的代表。這樣看來，借鑒音樂或戲劇方法使作品呈現跨媒介效果和擬喻化特徵是中國當代小說的一貫寫法。實際上，跨媒介影響或跨文體寫作在古代小說中就已經出現，浦安迪在《中國敘事學》中認為「把詩詞韻文插入於故事正文敘述中的寫法」是奇書文體的重要特徵，比如《金瓶梅》大量引錄的戲曲、歌調「大有隱義」，《西遊記》引錄的歌詞和戲曲唱段表現了「高度的創造力」，《紅樓夢》中的插詩和引用戲文「產生了雙重性的修辭效果」。〔註 24〕

在中國，小說的起源也比較特殊，從本質上來講，小說是由一種聽覺的藝術轉化而來，話本小說在中國存在歷史久遠，說書人的角色很多時候就是小說作者。李健系統梳理了古典文學中文學與音樂等其他藝術的互文書寫，他指出，「只要翻開中國古代的文化歷史典籍，隨處都能夠發現文學、藝術同根同源的證據。……詩與音樂相伴而生……在戲曲中，文學與藝術的聯繫是最為全面、也是最為複雜的……在中國古典小說中，存在著非常豐富的詩、詞、曲、賦。這些其他文學形式存在，強化了文學各文體之間的聯繫，同時，也密切了小說與音樂等藝術門類之間的關係。」〔註 25〕古典小說與音樂的互文書寫，我們只需要翻開《紅樓夢》就足以說明問題。《紅樓夢》運用了大量的詩詞唱段，在文字敘述中時時切入聽覺模式，涉及了幾乎所有的古典小說與音樂相關的內容。

正是這種特定的文學傳統，使得中國文學的書寫一直伴隨著音樂的滋養。

朱謙之在其專著《中國音樂文學史》中所說：「中國從古以來的詩，音樂的含有性是很大的，差不多中國文學的定義，就成了中國音樂的定義。因此，中國的文學的特徵，就是所謂『音樂文學』。」〔註 26〕而到了現代詩歌，依舊如此，陳煜斕在其專著《現代音樂文學導論》中說：「新文化運動開始之後，歌詞與新詩同質同構，像胡適、劉大白、劉半農、郭沫若、徐志摩等都在不同程度上應和了初期藝術歌詞創作的浪潮。」〔註 27〕可以說，白話新詩就是「中

〔註 24〕（美）浦安迪，《中國敘事學》，北京大學出版社 2018 年版，第 136～145 頁。
〔註 25〕李健，《中國古典文藝學研究的學理陳思》，《文藝報》2008 年 7 月 10 日，第 7 版。
〔註 26〕朱謙之，《中國音樂文學史》，上海人民出版社 2006 年版，第 32 頁。
〔註 27〕陳煜斕，《現代音樂文學導論》，河南人民出版社 2006 年版，第 1 頁。

國新音樂文學」，1937 年全面抗戰爆發後，由於中國新音樂走向了以「救亡」為主題的發展路向，使得中國現代歌曲創作向著民族化、大眾化方向演進，中國新音樂文學的發展轉向以「民俗化」為特色的方向。以此可見中國的詩歌傳統都和音樂的密切關係。

小說中尤其是當代小說中大量出現音樂與音樂的敘述轉向有關，特別是大量的歌詞文本進入文學，一同承擔敘事的功能。「隨著當代歌詞創作的多元化發展，中國音樂中，原先被抒情主導所遮蔽的敘述成分越來越顯露，敘述性的各種特徵都逐漸凸顯。……它構成了中國歌詞的『敘述轉向』，使中國歌詞向一個全新的階段演變。」〔註 28〕歌詞的敘述轉向保證了音樂能作為一種敘事手段出現在小說中。即使部分抒情占主導的音樂，一旦作為插曲出現在文中，便具有了敘述的意味，因為這時候音樂作為故事的一部分存在，甚至可以這麼說，小說中所有的插曲都有「一段故事」，而從廣義敘述的角度來看，所有可以用來「講故事」的文本都具有敘述性。小說本質上是敘事的，而當代音樂敘述轉向正好暗合了這一特徵。

中國的文學發展歷來有抒情和敘事的區分，兩種書寫模式不斷交鋒，不同的歷史階段交替著佔據上風。當下文學敘事性更為明顯，這是敘事文化的語境使然，但是抒情傳統並沒有完全消失。在傳媒時代，抒情話語仍有存在的空間，大眾文化產品充當了抒情話語。特別是音樂，是一種極為重要的抒情話語。在文學中引入音樂，就是在行使抒情的功能。小說肩負起抒情的功能。

20 世紀的中國文學因為參與了社會變革的歷史進程，敘述成分佔據了重要的位置，小說也成為最主要的文體，但是敘事文學作品中抒情傳統卻一直沒有消失，王德威的判斷有其合理性。這種抒情傳統通過多種策略得以實現，文學的音樂性就是一種表現。文學要與時代共振，書寫時代的史詩，而這種抒情性，則寄寓在那些音樂片段和場景中。《苦菜花》是紅色經典，主要書寫戰爭，但是小說卻多次使用了音樂，尤其是在災難到來之前，用歡快的音樂作品烘托，將音樂的抒情性和生活的苦難、戰爭的殘酷性並置在了一起。小說中出現的音樂既有歡快的民歌小調，也有當時較為主流的革命歌曲。革命主題的作品中多有音樂出現，是「革命浪漫主義」的彰顯。

總的來講，抒情和敘事是兩條並行不悖的敘事線，承擔著不同的功能，而文學和音樂的互動，將這兩種功能很好地嵌合在一起。這種傳統其實也是整個

〔註 28〕陸正蘭，《當代歌詞的敘述轉向與新倫理建構》，《社會科學戰線》2012 年第 10 期。

文學的傳統，西方也是如此，由此也可看成是藝術演進的基本規律。

三、藝術演進

藝術自其誕生之後有著自己的演進規律，每每轉型之時，都是不同門類或體裁的主導地位的更迭。同時，這也與藝術演進有關。藝術終結論不絕於耳，但是藝術一直未曾真正地終結，而是自身發生演變。但是藝術演進有一定的規律，藝術、宗教、哲學是黑格爾推演的軌跡，而音樂是最接近哲學的藝術，因此文學的音樂敘事從內在來講與這種哲學追求密切相關。幾乎所有的理論家以及大量的文學家都承認音樂是藝術的最高形式，其他藝術向最高藝術無限接近是藝術演進的自然規律。

而關於藝術的研究——美學，則是萌芽於音樂中的和諧，「美就是和諧」的觀點經久不衰。畢達哥拉斯學派把音樂中的和諧推廣到建築、雕刻等其他藝術，甚至還應用於天文學的研究，形成了「諸天音樂」或「宇宙和諧」的概念。〔註 29〕以此也可以看出從藝術萌芽之始，就和音樂有密切的關聯。文學中音樂現象的介入與此有莫大的關係。

不少文藝理論家、文藝史家都有相關的論述，音樂作為藝術之母或者說「元藝術」被多人注意到了，音樂作為藝術之母之基的觀點被認同，克羅齊指出，「一切藝術都是音樂」；佩特認為，「一切藝術都以逼近音樂為旨歸」。蘇珊．朗格也提出，「對於各類藝術，人們遲早要進行大量的思考，遇到大量的疑惑，而所有這些都將在與音樂的關係上找到最為明確的表現，所以它們最明確的形式存在於與音樂的關係上。」〔註 30〕

這些觀點的提出與盛行，與藝術的基礎哲學有關。類似的觀點在藝術哲學家們那裡得到了系統的論述。黑格爾的《美學》在研究藝術時有明顯的排序，正如周憲所提出的：

> 在黑格爾的體系中，詩歌是最高境界，所以其美學用了大量篇幅來討論詩歌（廣義上的文學）。黑格爾之後情況有所轉變，音樂似乎超越文學成為了各門藝術追求的至高藝術境界。這一趨勢在浪漫主義批評家佩特那裡表述得最為透徹，他有一句流傳久遠的名言：

〔註 29〕參見朱光潛，《西方美學史》，人民文學出版社 1983 年版，第 33 頁。

〔註 30〕（美）蘇珊．朗格，《情感與形式》，劉大基、傅志強、周發群譯，中國社會科學出版社 1986 年版，第 X 頁。

「一切藝術都不斷地追求趨向於音樂狀態。」這段話初看起來不合邏輯，因為每門藝術都有自己的特性，為何都會趨向於音樂狀態呢？如果我們把詩畫樂視為跨媒介藝術研究的「三冠王」，那麼，在三者中，音樂似乎又處在一個更加優越的地位。不同於黑格爾的邏輯結構中詩歌是最高的王冠，佩特則把音樂視為王冠上的明珠。道理何在？從佩特的論述邏輯來看，他通過對喬爾喬內畫派的研究提出，美學批評的對象是最完美的藝術，最完美的藝術是內容與形式融為一體的狀態，音樂是這種狀態最典型的體現。所以，一切藝術如果要達到完美，就必然追求「音樂狀態」。晚近，隨著對現代主義藝術研究的深入，藝術的純粹性被視作現代主義藝術的重要指向，用純粹性來解釋佩特的如上表述成為一種普遍傾向，而藝術的強烈表現性則被作為一個論證依據。由此，藝術的抽象性便被視為一種藝術的理想境界，而音樂是各門藝術中最具抽象性特徵的藝術門類，於是音樂性成為各門藝術努力追求的理想境界。「正是音樂藝術最完美地實現了這一藝術理想，這一質料與形式的完美同一。……在音樂而非詩歌中才會發現完美藝術的真正典範或尺度。」前面我們提到的雅各布森所謂浪漫主義以音樂為理想的文學追求即如是。〔註31〕

和黑格爾一樣，叔本華的《作為意指和表象的世界》研究了多種藝術門類，他的研究順序其實暗含著一種藝術門類的重要性問題，直到最後音樂才出場，可見音樂藝術的分量。他提出，「音樂完全孤立於其他一切藝術之外」，「因為它跳過了理念，也完全是不依賴現象世界的，簡直是無視現象世界；在某種意義上說即令這世界全不存在，音樂卻還是存在；然而對於其他藝術卻不能這樣說。音樂乃是全部意志的直接客體化和寫照，猶如世界自身……所以音樂不同於其他藝術，絕不是理念的寫照，而是意志自身的寫照，儘管這理念也是意志的客體性。因此音樂的效果比其他藝術的效果要強烈得多，深入得多；因其他藝術所說的只是陰影，而音樂所說的卻是本質。」〔註32〕叔本華將音樂的地位排在所有藝術門類之上，並強調音樂是意志自身的寫照，是本質。足見音樂在其哲學體系中的地。

〔註31〕周憲，《藝術跨媒介性與藝術統一性——藝術理論學科知識建構的方法論》，《文藝研究》2019年第12期。

〔註32〕（德）叔本華，《作為意志和表象的世界》，石沖白譯，商務印書館2014年版，第352、355頁。

在尼采那裡，也十分看重音樂，尼采的文學、哲學名作《悲劇的誕生》探究的其實是音樂的主題，其全稱為《悲劇從音樂精神中的誕生》。悲劇如何從音樂中誕生？在尼采那裡，悲劇性的力量正是來自音樂。「音樂具有產生神話即最意味深長的例證的能力，尤其是產生悲劇神話的能力。只有從音樂精神出發，我們才能理解對於個體毀滅所產生的快感。」〔註 33〕《悲劇的誕生》中，尼采還把「蘇格拉底」這個符號做修辭改造，改為「作為音樂家的蘇格拉底」，以此代表他所期待的歷史性轉折。僅此一點，足見尼采的智慧。尼采在關於蘇格拉底的傳說中找到一個故事，說明蘇格拉底的人格中也有酒神音樂的傾向。據說，蘇格拉底對自己專橫的邏輯思想，時時感覺一種欠缺。他在獄中告訴朋友，說夜裏常夢見一個神靈向他講同一句話：「做音樂家吧，蘇格拉底！」於是，蘇格拉底在生命最後的日子裏，創作了一首阿波羅頌歌，還將一些伊索寓言寫成詩體。〔註 34〕尼采不光自己看重音樂，也在努力將蘇格拉底塑造為一個音樂家，而不僅僅是哲學家和文藝理論家，以此也可看出音樂在他的知識體系裏所佔據的核心位置。

在國內持這樣的觀點的學者也比較多，傅雷指出：「一切藝術都是向音樂要求一種形式與理想了。」余華說，「沒有任何藝術形式能和音樂相比。」〔註 35〕上文提及的周憲在研究在黑格爾的藝術體系時還和中國的禮樂文明聯繫起來了，考察禮樂文明中「樂」的地位，能夠發現在中國也是音樂居於藝術的最高地位。他提出，這裡就碰到一個跨媒介藝術研究的難題：如果說詩畫樂是三種最重要的藝術門類，那麼三者中誰是「王中王」呢？換言之，詩畫樂中哪一種藝術最能代表藝術的特徵和價值呢？在中國古典文化中，詩歌是當然的「王中王」，因為「興、觀、群、怨」的功能使之成為最重要的藝術門類。在西方，不同時代亦有不同的藝術擔任「王中王」，如古希臘時期的雕塑和悲劇，文藝復興時期的繪畫和建築，浪漫主義時代的詩歌和音樂等。古代所言的詩，其實很大程度上指向的是音樂，本來就是和著音樂演唱的。根據禮樂文明中「樂」的地位，能夠發現在中國也是音樂居於藝術的最高地位。〔註 36〕

〔註 33〕（德）尼采，《悲劇的誕生》，周國平譯，譯林出版社 2011 年版，第 78 頁。

〔註 34〕參見童明，《別忘了音樂、蘇格拉底：尼采式轉折下篇》，《外國文學》2008 年第 2 期。

〔註 35〕余華，《重讀柴可夫斯基——與〈愛樂〉雜誌記者的談話》，載余華，《音樂影響了我的寫作》，作家出版社 2018 年版，第 87 頁。

〔註 36〕周憲，《藝術跨媒介性與藝術統一性——藝術理論學科知識建構的方法論》，《文藝研究》2019 年第 12 期。

這些文藝哲學理論家都將音樂定位為一種「元藝術」「最高藝術」，其他藝術門類努力向此靠攏、吸收音樂的技法、彰顯一種音樂性也是情理之中的事情。蘇珊·朗格在《情感與形式》中說：「我們叫做『音樂』的音調結構，與人類的情感形式——增強與減弱，流動與休止，衝突與解決，以及加速、抑制、極度興奮、平緩和微妙的激發，夢的消失等等形式——在邏輯上有著驚人的一致。」〔註 37〕音樂與人的情感形式的一致，可能也是讓音樂得以成為藝術之母的一個原因。

最後，也是最重要的，音樂介入文學是一種藝術性的堅守，是藝術品格的追求，音樂一向被稱為純藝術，生命形式的藝術，冠以這麼多的名號，理應得到重視。尤其是其神秘性，更是被無數的人癡迷。藝術的根本屬性是具有超脫品格。〔註 38〕步入媒介時代，文學的世俗化愈發明顯，尤其是影視聯姻之後，市場文學、網絡文學，商品化也帶來了很大的困擾，音樂性的介入是一種藝術品格的保持，或是純文學最後的堅守。詩歌的世俗化，口語詩、下半身詩歌、日常生活敘事流等層出不窮。詩歌的音樂性是去「世俗化」的努力，指向的是其藝術品格——詩性。音樂性對詩歌寫作提出了更高的要求。音樂往往與哲學、形而上的層面聯繫在一起。此外，詩歌、小說出版面臨各種政審問題，而音樂在主題上表達較為隱秘，所以被作家廣泛採用。藝術是超脫的，而音樂，無論是其儀式感還是內容，都還保持著審美超脫的一面。當前一些作品已經在藝術品和非藝術品之間滑動，文學尤其是小說，追求故事性、趣味性、影視校本化，藝術的光環靈韻漸漸消失。但是絕大多數仍是部分滑動，而保留的那一部分，就是藝術性的堅守，很多時候是靠著音樂來完成的。音樂具有獨特的文化功能，可以補充文學敘事的部分短板。

藝術個性表達的需要。當下藝術生產同質化程度較高，藝術家的獨特性、個性化需要特定的寄託物，而音樂正是這樣一種敘事對象，因為每位作家的音樂選擇都有其自身的特性，魯迅的「目連戲」、阿來的藏區音樂、莫言的高密地方戲曲「貓腔」、李洱的「花腔」，馬平的「高腔」，各不相同，各有特性，展現出了作家們的藝術獨特性。

從藝術的演進規律來看，最早的文學理論幾乎是偏向詩歌的，而詩歌具有

〔註 37〕（美）蘇珊·朗格，《情感與形式》，劉大基、傅志強、周發群譯，中國社會科學出版社 1986 年版，第 175 頁。

〔註 38〕趙毅衡，《從符號學定義藝術：重返功能主義》，《當代文壇》2018 年第 1 期。

的普遍音樂性固定下來，後來的各文學體裁也會繼續沿革並一直保留文學的音樂性。當下的聽覺轉向，也印證著藝術的發展始終循環往復，不斷回到藝術最高級的形式上去。

四、聽覺轉向

音樂媒介在文學等其他藝術門類中的流行與這一研究課題的提出，更多地還與聽覺轉向有關。聽覺轉向和前文提及的各感官渠道所蘊含的隱形意識形態色彩有關。長期以來，書面文化佔據絕對的地位，壓抑了聽覺文化傳統。拿小說洓水，當代小說中音樂媒介更為普遍化，與這種大的文化語境相關。當代小說中音樂更加突出與泛化與整個文化轉型有關。首先是視覺文化對傳統紙媒的衝擊。小說傾向於為影視服務，甚而達到為迎合影視改編而進行小說創作。為了迎合視覺轉型，越來越多的小說具有極強的畫面感，並追求視聽效果。隨著視覺統治地位的建立，部分人開始不適應，文化逐漸向聽覺轉型。

聲音具有多重性質，社會中的聲音包括政治化的聲音、歷史化的聲音、文化化的聲音、娛樂化的聲音等。對聲音的研究可以從政治、歷史、文化、藝術等維度展開。聲音的研究是典型的跨學科研究，涉及社會學、心理學、人類學、文學、藝術學、傳播學、音樂學、符號學等多個學科門類。聲音場域中富含了各種權利、利益的糾葛，眾聲喧嘩引出一幕幕話語的廝殺。當代文化只是聽覺文化的復興，一種「聽覺回歸」〔註39〕，是對一直以來重聽傳統的延續，而不是所謂的轉向。聽覺的復興也是對感性審美的回歸，對情感缺失的補償，「圖像至上」導致了「聾人文化」，對文化具有潛在的破壞性，而聽覺互動對文化建構所起的作用十分重大。具體建構包括兩個方面，一是聽覺互動是諸多社會規範得以形成、固化、完善和發展的重要基礎和先決條件，二是聽覺互動對社會文化情感結構的構建和發展起著重要作用。〔註40〕

聽覺復興在學術界漸成風氣，關於聲音的學術研究也在全世界範圍內興起，有關聽覺研究的文獻不斷湧現。如影視音樂研究〔註41〕、影視劇的聲音場

〔註39〕蔣晶，《聲音文化與聽覺回歸——從音樂角度看》，《聽覺與文化學術研討會論文集》，2015年。

〔註40〕王馥芳，《聽覺互動之於文化的建構性——基於「圖像至上主義」潛在的文化破壞性》，《江西師範大學學報》（哲學社會科學版）2016年第2期。

〔註41〕中國電影從一開始就與聲音有關，伴隨著聲音消費。學界對電影聲音也十分關注，早在1987年就召開了「電影中的聲音研討會」，新時期以來，在創作觀念、聲音理論、藝術教育等方面電影聲音都取得不凡的成績。參見張晉輝、姚

景設計以及與之相配套的影院的聲音系統設計與開發研究、文化研究中的聲音研究、廣告背景聲音研究、文學中的聲景研究、遊戲聲音設計研究、城市（園林）聲景研究等等，不斷興起的聲音研究凸顯了學科建設的必要以及聲音自身所具有的極大影響力。在具體研究方面。諸多學者涉及相關研究。彭海濤以央視春晚主持人的聲音為分析對象，列舉了有代表性的主持人的聲音特質，探討了話語權力在聲音中的搖擺與糾葛，指出了「聲音是一個關乎權利的場域，是關乎國家、社會和個體的場域，同樣也是也是一個葛蘭西意義上的爭霸場域」〔註 42〕。張閎分析聲音媒介對主流政治的影響時指出，「媒體的現代性革命，首先來自聲音形態的革命。現代國家都通過現代媒體來傳播其國家意志。早期的廣播傳播以不可逆和不對等的方式，阻斷了聲源與受眾之間的平等交流。」〔註 43〕

隨著技術的變遷，書寫人類的文明由書面文字演進到了圖像文明階段，人類進入「讀圖時代」，書籍中的各種插圖、即時通訊中的各種表情、方興未艾的影視產業、藝術的視覺化呈現等等都是以視覺為基點展開的，視聽文明開始被視覺所壟斷。康代指出了西方文明中聽覺能力下降的問題，在古代社會，音樂是最高的智慧，而西方文明的發展是視覺逐漸取代聽覺佔據重要地位的過程。西方人變成「非音樂」者，教育本身也注重對孩子的視覺教育，在工業社會中，聽覺能力的下降更為突出。西方文明中非音樂的趨勢加重，音樂家的地位普遍變得低微。〔註 44〕在東方文明中亦是如此。

聽覺文化主要是從接受信息的渠道而言的，聽覺文化針對的視覺文化並不是影視、漫畫、廣告在內的圖像文化，而是印刷文化。電影有對白、有音樂，廣告有廣告詞、有背景音樂，動漫有配音，有音樂，就連時裝走秀都需要歌星伴唱（維多利亞的秘密發布會每年都是歌星雲集）。這是一種對精英文化的反對，對書面文化的挑戰。結合中國具體的國情，由於一直以來積貧積弱，戰爭不斷，國民教育水平落後，識字的人並不多。聽覺文化在中國的流行主要是這個層面的原因，文化要推廣，不識字總可以聽聲音。聽廣播、評書、戲曲乃至

國強，《傳承與創新——新時期中國電影聲音發展剖析》，《唐都學刊》2016 年第 1 期。

〔註 42〕彭海濤，《聲音系統的權力實踐——春晚主持人分析》，《媒介批評》第 2 輯。

〔註 43〕張閎，《現代國家聲音系統的生產和消費》，《媒介批評》第 1 輯。

〔註 44〕（法）羅蘭・德・康代，《世界音樂通史》，王瑞華、曹勝超譯，中國人民大學出版社 2014 年版，第 7 頁。

聽電影成為中國社會的常態。麥克盧漢指出，讀寫文化和口頭文化交匯時釋放出巨大的能量，讀寫文化賦予人的，是視覺文化代替聽覺文化。書面文化造就的人，較之普通的部落和口頭文化社會造就的人，要簡單得多。〔註45〕他表示了對視覺文化的擔憂，他所謂的媒介交融時的危險關係更多指向的是視覺代替聽覺的危險。電力技術使得人類患上麻木性自戀。他推崇的口頭文化大都是民眾喜聞樂見的俗文化。從某種意上說，聽覺的復興是口頭俗文化的復興。

隨著文化轉向，與聽覺文化相關的研究也逐步興起。聽覺文化研究也成了文化研究的新領域。聽覺文化研究旨在考察人們生活在怎樣的歷史和現實的聲音環境裏，以怎樣的方式和心態去聽，體現了怎樣的社會關係。〔註46〕正是在聽覺文化轉型的背景之下，當代小說尤其是新近小說創作比較重視聲音，尤其是音樂。探討聽覺文化，實則在思索文化轉型中人類面臨的新境遇。在聽覺文化轉型的過程中對音樂的重視還源於音樂作為大眾文化這一根本特性。在物質極大滿足的同時，人們開始探尋精神世界。文學也逐漸由金字塔尖的高雅藝術變得親民，開始向更多的人傾斜，音樂的使用讓這種親民色彩更加凸顯。當讀者閱讀小說時突然聽到（實際是感知到而已）一段很熟悉的旋律，便會有遇到知己的感覺。隨著時代的變遷，眼睛接受的東西已經繁蕪到讓我們無法適從。耳朵的功用逐漸被喚起。學術研究也開始由圖像轉向到聽覺轉向演變。「從『圖像轉向』到『聽覺轉向』、從『圖像敘事』到『聽覺敘事』，並非簡單的此消彼長，在這一現象的背後，是人類所面臨的表意焦慮和符號危機。事實說明，『圖像時代』的受眾既不希望『失明』，也不希望『失聰』；既希望睜大眼睛『看』，也希望豎起耳朵『聽』。『看』和『聽』都是不可偏廢的身體器官。」〔註47〕書面文學也不是靜止的文本，而是一個富含聲色的動態文本。連中學語文教學也開始注重聲音在文字表達中的魅力，提出在作文寫作中要注重聲音的刻畫，注重作文的「音樂美」〔註48〕。

聽覺轉向引發了不少學科研究的變革，「在中國又開闢出一種新的聽覺敘

〔註45〕（加拿大）馬歇爾．麥克盧漢，《理解媒介：論人的延伸》，何道寬譯，譯林出版社2011年版，第69頁。

〔註46〕王敦，《聽覺文化研究：為文化研究添加「音軌」》，《學術研究》2012年第1期。

〔註47〕趙憲章，《語圖敘事的在場與不在場》，《中國社會科學》2013年第8期。

〔註48〕張坤，《如何讓作文充滿音樂的美感》，《招生考試報．中考週刊》2016年5月31日。

事學的文學研究領域」〔註49〕。文學中的聲音問題一直都存在，隨著這種範式的轉型，越來越多地被發掘出來。音樂媒介介入文學既是原因，也是結果。文學中使用音樂符合藝術表情達意的原則。藝術根本上是表達人類的情感，故事性凸顯的小說似乎忽視情感的維度，但音樂則可彌補這一缺陷。歌聲幾乎和人的誕生同步，伴隨著人們直到今天。歌聲是人類表達自己最獨特的手段。小說也是人類表達自己的途徑，充滿歌聲的小說能更好地表達我們的情感，言說我們的世界。

總的來講，藝術跨媒介編碼能夠實現是因為其本身就具有跨媒介的特質，這是普遍的「出位之思」的結果；此外，從接受者角度而言，感官通達和聲音下潛是「閱讀」聲音的可能性。同時，這也與藝術演進規律有關。當下的泛藝術化時代，藝術終結論不絕於耳，但是藝術並不是真的終結，而是自身發生演變。藝術演進有一定的規律，藝術、宗教、哲學是哲學家們推演的演進軌跡，而音樂是最接近哲學的藝術，因此文學的音樂敘事從內在來講與這種哲學追求密切相關。在中國，還與自身的文學傳統密切相關。文學的跨媒介敘事與中國文學傳統有關，特別是中國傳統文學起步階段巫、文、史、哲、樂互相交融、密不可分，中國文學深受禮樂文明的影響。最後，與藝術的超脫品格有關。文學的世俗化不絕於耳，音樂性的介入是一種藝術品格的保持，或是純文學最後的堅守。在聽覺轉向的新語境下，音樂介入文學變得更加常見。

〔註49〕張聰，《「聽覺」抑或「聲音」——聲音文化研究中的「技術」及「文化」問題》，《文化研究》第36輯。

第二章　文學跨媒介編碼中的音樂呈現

文學跨媒介編碼中的音樂呈現紛繁複雜。文學發展的不同階段，都有音樂媒介的介入。大體上來說，音樂介入文學呈現出以下幾個方面的特性：一是音樂從根本上影響了作家的創作，音樂思維頻頻出現在文學創作中；二是文學文本中蘊含著諸多的音樂元素，文本呈現出「多媒介」的特點；三是作品呈現出「音樂性」的品格，這種音樂性已經不僅僅是作為外顯的元素存在，而是音樂昇華了文學的主題，比如一些作品通篇圍繞音樂展開，一些作品有自己的音樂主題曲、一些作品局部使用了音樂。

在不同的文學發展階段、不同的文學體裁中，都有音樂元素的介入；音樂介入文學既包括顯性的音樂元素直接插入，也有隱形的音樂結構的借用，顯性的音樂元素是作為文學編碼的一種介質材料，隱性的音樂技法則是一種藝術「形式」的媒介；對作家而言，音樂影響了大部分作家的寫作；此外，音樂在文學中的表現還與文學的地域性有關。總而言之，文學中的音樂問題涉及面很廣，呈現出來的面貌也是千姿百態，需要分條縷析，逐一討論。

第一節　文學發展的不同歷史階段的音樂媒介呈現

隨著媒介滲入的深廣，藝術媒介學逐漸興起，從媒介的角度研究文本變得流行。這並不是說只有媒介時代才存在這樣的現象，文學發展的不同階段，都有文學的音樂介入現象，都有文學的音樂化。現代文學時期作家深受音樂的影響，文學作品出現了濃鬱的音樂性。比如曾鋒、李雪梅等對現代小說的音樂性進行了探討。中華人民共和國成立之後，文學的發展走著一條通俗化的道路，而與說唱藝術的結合是較為重要的途徑。新時期以來的文學更是與音樂密不可分，余華、格非、莫言這些文壇主力軍，都曾受到音樂的影響。時至當下，媒介發展更為迅猛，多媒介藝術不斷發展，跨界書寫成為常態，加之聽覺文化的勃興，音樂與文學的關聯也更加緊密。電子媒介不僅促成新型的審美經驗，而且驅使印刷媒介等傳統媒介形成某些新的特質，共同進入全媒體的文化氛圍之中。

一、現代文學

在現代文學史上，那些在文學領域取得了巨大成就的作家們，往往都是涉獵多個領域的，對其他藝術門類多有接觸。比如魯迅對版畫的興趣、郭沫若的學術研究、鄭振鐸的古典文學研究，鍾敬文的民俗研究等，都對他們的文學創作產生了深遠影響。

在中國白話文學的初始階段，音樂和文學的關係十分密切。在新文化運動初期，美國的國歌就被翻譯過來，並刊登在《新青年》上。詩歌與音樂的關係最為明顯。白話新詩最重要的來源就是歌謠。在中國新詩發展的不同歷史階段，均有向民間歌謠汲取、借鑒的倡導和實踐。歌謠一開始就參與了新詩尋求文類合法性、探索風格多樣化和更新文本與文化形態的過程。〔註 1〕學堂樂歌的流行對新詩也產生了一定的影響。地方文學的發展更是如此。在 1920 年代初的成都，有一個名為「草堂—孤吟」詩的群。詩群代表人物葉伯和其《詩歌集》，在音樂的關照下見出和以《嘗試集》為代表的中國主流白話詩集不一樣的詩美質素，背後則凝結著作者出入蜀地的別樣人生體驗；《孤吟》上兒童詩歌的趣味在一定程度上凸顯出成都中小學音樂教育所塑造的白話語感。總體而言，「草堂—孤吟」詩群在「學堂樂歌」和「白話新詩」的出入中，在成都新舊「在地性」因素的交匯下，呈現出中國新詩別樣的發展面貌。〔註 2〕這種白話新詩的另一種發展路徑正是借助了音樂的力量。這在詩歌方面較為明顯，徐志摩、聞一多等人關於新詩的探索基本都是基於音樂的。白話詩人們的創作習慣運用山歌、民謠、地方曲藝等與音樂有關的形式來進行新詩創作，譬如劉半農的《擬兒歌》《秧歌》、劉大白的《賣布謠》等。這一階段的幾乎所有詩人都將詩歌和音樂聯繫起來。卞之琳把詩歌分為了「說話型節奏」和「哼唱型節

〔註 1〕張桃洲，《論歌謠作為新詩自我建構的資源：譜系、形態與難題》，《文學評論》2010 年第 5 期。

〔註 2〕謝君蘭，《在學堂樂歌與白話新詩之間——成都「草堂—孤吟」詩群的「在地性」研究》，《當代文壇》2020 年第 6 期。

奏」兩種基調，即「頌調」和「吟調」。〔註3〕哼唱型詩歌與音樂形式相近，而說話型節奏雖然音樂性不明顯，但也是在音樂的對照中區別開來。

白話詩歌與音樂的關聯或與艾略特的《詩歌的音樂性》〔註4〕有關，艾略特對中國新詩的多個流派都有影響，他在詩論中提出的詩歌的音樂性也被廣泛吸納。他提出的「在音樂的種種特點中和詩人關係最為密切的是節奏感和結構感。我想詩人可能會與音樂過分接近而寫出類似音樂的東西：結果可能是造成矯揉造作」〔註5〕「詩的音樂性必須是一種隱含在它那個時代的普通用語中的音樂性」〔註6〕等觀點對當時的詩人們可能產生了深遠影響。特別是後來，艾略特來中國講學，卞之琳等詩人都聆聽過他的教誨，他在同代人的批評中也有相關表達，卞之琳評價徐志摩的詩歌就是「富於音樂性」「又不同於音樂（歌）而基於活的語言」〔註7〕。

新文學運動的主將魯迅與音樂的關係也很密切，考察魯迅日記，會發現魯迅的閱讀面和涉獵面很廣，這些非文學領域也或多或少會影響他的創作。具體到魯迅與音樂的關係，已經有眾多的成果。張箭飛的《魯迅小說的音樂式分析》（《中國現代文學研究叢刊》2001 年第 1 期）、曾鋒的《魯迅的文學創作與音樂》（《中國現代文學研究叢刊》2014 年第 1 期）、許祖華的《魯迅小說的人物與音樂——魯迅小說的跨藝術研究》，（《山西大學學報》（哲社版）2010 年第 3 期）等成果都是考察魯迅小說受到音樂的影響。魯迅故鄉的地方戲劇對他的創作有深遠的影響。「魯迅的審美活動，在一定意義上說是起源於目連戲又終於目連戲」〔註8〕，由此可見地方戲劇對魯迅產生的深遠影響。魯迅的經典之作《社戲》，就是取材於此。

海派文學也有大量的作品與音樂相關。穆世英的作品中音樂性十分明顯，在他的小說中，西方音樂比較常見，如各種舞曲、爵士樂、流行音樂等。《被當做消遣品的男子》中，出現了不少樂器，人物時不時哼唱著音樂，各種音樂

〔註3〕卞之琳，《人與詩：憶舊說新》，北京三聯書店 1984 年版，第 141 頁。

〔註4〕（英）艾略特，《詩歌的音樂性》，載潞潞編，《準則與尺度：外國著名詩人文論》，北京出版社 2003 年版。

〔註5〕（英）艾略特，《詩歌的音樂性》，載潞潞編，《準則與尺度：外國著名詩人文論》，北京出版社 2003 年版，第 229 頁。

〔註6〕（英）艾略特，《詩歌的音樂性》，載潞潞編，《準則與尺度：外國著名詩人文論》，北京出版社 2003 年版，第 229 頁。

〔註7〕卞之琳，《人與詩：憶舊說新》，北京三聯書店 1984 年版，第 33 頁。

〔註8〕劉家思，《論紹興目連戲對魯迅藝術審美的影響》，《文學評論》2007 年第 4 期。

意識頻頻閃現，作品在當時的語境中體現出的資產階級情調而受到左翼文壇的猛烈批判，可以說音樂是這部作品風格的定調媒介。《夜總會裏的五個人》《生活在海上的人們》等作品也使用了不少音樂元素。

張愛玲的作品也與音樂有不少的關聯，尤其是受到了當時流行音樂的影響。1944 年 7 月，胡蘭成在《淮海月刊》七月號上發表了《記南京》一文，文中透露，張愛玲曾經將《毛毛雨》的歌詞，翻譯成了英文，還特意為這首歌寫了一篇簡要的介紹說明：

> 我喜歡《毛毛雨》，因為它的簡單的力量近於民歌，卻又不是民歌——現代都市裏的人來唱民歌是不自然，不對的。這裡的一種特殊的空氣是弄堂裏的愛：下著雨，灰色水門汀的弄堂房子，小玻璃窗，微微發出氣味的什物；女孩從小襟裏撕下印花綢布條來紮頭髮，代替緞帶，走到弄堂口的小吃食店去買根冰棒來吮著……加在這陰鬱齷齪的一切之上，有一種傳統的，扭捏的東方美。多看兩眼，你會覺得它像一塊玉一般地完整的。

這短短的、還不到兩百字的介紹，卻把張愛玲對《毛毛雨》的喜歡，以及「毛毛雨」中的上海灘如何令人動容，都表達得清清楚楚，描述得也栩栩如生。可能是「意猶未意」，也可能還想進一步表達，自己對《毛毛雨》這類流行歌曲的喜愛，究竟源於什麼樣的心理與理由，不久，張愛玲又撰發了《談音樂》一文。1944 年 11 月，此文刊發在了胡蘭成主編的《苦竹》雜誌創刊號上，算是鄭重其事的一篇帶有專業研究範兒的「準論文」。文中專門提到了中國的流行歌曲，專門解釋了那「絞死貓兒似的」女聲唱腔，究竟從何而來，如今又怎樣了。文中這樣寫道：

> 中國的流行歌曲，從前因為大家有「小妹妹」狂，歌星都把喉嚨逼得尖而扁，無線電擴音機裏的《桃花江》聽上去只是「價啊價，嘰價價嘰家啊價……」外國人常常駭異地問中國女人的聲音怎麼是這樣的。現在好多了，然而中國的流行歌到底還是沒有底子，彷彿是決定了新時代應當有的新的歌，硬給湊了出來的。所以聽到一兩個悅耳的調子像《薔薇處處開》，我就忍不住要疑心是從西洋或日本抄了來的。〔註 9〕

〔註 9〕肖伊緋，《一曲「毛毛雨」，魯迅煩死，張愛玲愛死》，《北京青年報》2022 年 4 月 20 日。

傅雷在評論張愛玲的書寫時就注意到其作品的音樂性。傅雷本人自然也和音樂有很深的淵源。作為音樂評論家，其文學作品吸收了不少音樂元素。

現代文學時期的通俗文學和音樂也有著不解之緣。如周瘦鵑發表於 1921 年的小說《留聲機片》，小說講述的是簡單的愛情故事，文中多次出現歌曲，故事發展都與唱機中的歌聲相關，最後，小說也在歌聲中收場。其他的不好少通俗文學也是如此。為了追求市場份額的最大化，通俗文學的傳播就開始向其他大眾藝術蔓延，依賴其他的媒介，其中影響較大的一類是音樂，一類是電影。對音樂媒介的依靠主要是與彈詞的結合，不少通俗文學都被改編成彈詞在電臺播音，走進了千家萬戶，同時在改編的過程中還實現了美學內涵的互補。〔註 10〕有意思的是，還有通俗文學作家本身就是說唱藝人。

在現代文學和當代文學交替時期，出現了趙樹理等作家，他們與音樂的聯繫也十分緊密。趙樹理的文學創作具有代表性，趙樹理曾擔任過劇團團長，山西的說唱藝術對他有重要的影響，音樂自然而然進入他的作品，說唱藝術對他的創作有直接的影響。正如文學史家描述的那樣，「趙樹理深受我國傳統小說和民間說唱藝術的影響，並將其創造性地加以改造，創造了一種新評書體的小說樣式。」〔註 11〕《李有才板話》是一部較為典型的作品，大量的唱詞安排進文本，唱詞部分有數十段之多，作家用一種喜聞樂見的方式進行小說的敘述。其他文本也多如此，十分貼合當時一般受眾的審美品位和接受方式。而趙樹理這樣的作家，從現代過渡到了當代，成為十七年時期重要的作家。

二、十七年文學

十七年文學是文學與音樂結合最為緊密的時段。文學中的音樂在這一時段表現十分突出。小說、詩歌、戲劇、散文中都有音樂的直接嵌入。中華人民共和國成立不久，大量的普通民眾尤其是農民成為國家的主人，但在藝術層面不可能迅速提升，通俗的、大眾的文化形式流行起來。以「新民歌」為代表的有聲文學大為流行，「民歌大躍進」都是基於通俗音樂的形式。「改造」成為這一時期音樂和文學相結合最為常見的方式。賀敬之力推的《劉三姐》就是較為成功的樣本。《劉三姐》再造新山歌的根本目的是把不識字者的口語文化轉化

〔註 10〕朱棟霖、吳義勤、朱曉進，《中國現代文學史 1915～2016（上）》，北京大學出版社 2018 年版，第 193～194 頁。

〔註 11〕朱棟霖、吳義勤、朱曉進，《中國現代文學史 1915～2016（上）》，北京大學出版社 2018 年版，第 324 頁。

為以「勞動群眾」為主體的書面文化。最終所得的以語音形式呈現的書面文化，既脫胎於口頭傳統，又與口頭傳統不同，應當算作是一種次生性的口頭文化。它一方面能夠憑藉書面文化的本性吸收融合新的政治文化符碼，另一方面又憑藉不同於一般性的書面文化的傳統形式標識了「群眾化」「民族化」的方向。綜上所述，山歌入戲的創意是《劉三姐》經典性的基座。它不僅順應了當時向民間文藝學習，將群眾文藝推向高潮的號召，而且對新歌劇的「民族化」探索提供了別出心裁的方案。《劉三姐》的經典化包含將詩性語言轉化為戲劇語言，以及重塑關於地方山歌文化的認識兩個方面的探索與實踐，從內外兩個層面展開：一方面通過對山歌文化和劉三姐傳說進行雙向的再造，使之深度融合，將山歌塑造為劉三姐式的文化鬥爭的工具。〔註 12〕

「八個樣板戲」是十七年文學時期重要的文學成果，而這些作品都是文學與音樂結合得較好的案例。比如《白毛女》這一十七年文藝時期乃至整個當代文學時期的重要作品，是一部經過眾多作家參與創作的樣板戲，汪曾祺也是執筆人之一，有著較高的文學性，同時，它也是音樂性很強的作品。其他的還有《王貴和李香香》《漳河水》等或借鑒信天遊，或借鑒地方戲，都有音樂的影響。《王貴和李香香》使用的信天遊多達四百餘首，《漳河水》運用了數十種民歌曲調形式，如「開花調」「四大恨」「刮野鬼」「繡荷包」「割韭菜」「梧桐樹」「打寒蟲」「牧羊小曲」等。〔註 13〕

詩歌與音樂的關係在這一時段愈發緊密，我們看看那時候的詩歌，幾乎都是歌唱的形式，《放聲歌唱》《十年頌歌》《林區三唱》《祝酒歌》《青松歌》《吐魯番情歌》《果子溝山謠》……那個年代的詩人也被稱為「歌者」〔註 14〕。

小說方面，歌謠嵌入小說的現象在現在中華人民共和國成立初期極為常見。幾乎所有的小說都有歌謠嵌入，形成了「十七年小說」有聲的風景這一鮮明的特性。很多刊物進行了改版，成為有聲讀物，通俗化程度很高。正因為這種民歌的普及，文學的「聽覺化」普及，因此這一時段的文學中有很多的音樂介入現象。馮德英的《苦菜花》是一部描寫戰爭的小說，小說中也有音樂的使用，是關於愛情的幾段歌詞，這種書寫在殘酷的戰爭書寫之外，有了一絲溫情。

〔註 12〕牛婷婷，《山歌傳統的再造與群眾文藝經典的生成——以 20 世紀五六十年代彩調、歌舞劇〈劉三姐〉為中心》，《南方文壇》2021 年第 1 期。

〔註 13〕參見李掖平，《現代感知詩美品格的建構與衍革》，《理論學刊》2007 年第 5 期。

〔註 14〕朱棟霖、吳義勤、朱曉進，《中國現代文學史 1915～2016（下）》，北京大學出版社 2018 年版，第 69 頁。

很多的地方都有歌詞的嵌入，以此類豐富小說的表達，呼應精英文化的大眾化努力。

三、新時期文學

新時期文學中的音樂媒介使用更加頻繁和多樣。新時期的音樂「撥亂反正」開始較早，新時期文學是音樂性更為凸顯的時代。不少作品具有「解凍」色彩，巧合的是，幾乎都從音樂性出發。音樂具有先導性，每一次變革的開始階段，音樂總是最先捕捉到氣息。劉索拉的《你別無選擇》是新時期文學起始階段重要的文本之一，作家是學音樂出身，在作品中也是通過對先鋒音樂的提倡和來論來反映當時藝術變革的蠢蠢欲動。劉索拉的《你別無選擇》主要故事發生在音樂學院，大量的音樂術語充斥在作品之中，作家描述了試圖建構自己風格而打破傳統音樂形式的一些音樂學院學生形象，這種音樂情懷理想其實暗指對時代的反抗。這部小說是中國現代派小說的濫觴之作，而這種先鋒意識很大程度上來自音樂。小說多次將專業的音樂知識描述出來：

> 三和弦的共振是消失在時空裏只引起一個微妙的和絃幻想，假如你鬆開踏板你就找不到中斷的思維與音程延續象生命斷裂，假如開平方你得出一系列錯誤的音程平方根並以主觀的形象使平方根無止境地演化，試想序列音樂中的邏輯是否可以把你的生命延續到理性機械化階段與你日常思維產生抗衡與緩解並產生新的並非高度的高度並且你永遠忘卻了死亡與生存的邏輯還保持了幻想把思維牢牢困在一個無限與有限的機合中你永遠也要追求並弄清你並且弄不清與追不到的還是要追求與弄清。

徐星的《無主題變奏》與之較為相似，標題也是借用了音樂的術語。而這兩個文本被文學史家看作是中國現代派文學的發軔之作。這一流派的其他代表性作品還有王蒙的《春之聲》等。《春之聲》是新時期文學極為重要的一個文本，而其中無論是主題還是技法，抑或是文本本身的材料，都和音樂密切相關。

古華的《芙蓉鎮》是一部很有韻味的小說，小說發表於 1980 年，可以說是那個時候的一個異類文本，「不中不西、不土不洋」。整部小說有一種詩情畫意之美，而音樂在其中起到關鍵作用。《芙蓉鎮》使用的音樂是極具地方風味的《喜歌堂》，作家不斷地大段引用歌詞，配合敘事。《喜歌堂》的特殊性也讓其命運輾轉，胡玉音的命運也和這一音樂僅僅扭在了一起。小說結尾，秦書田又回到芙蓉鎮搜集民歌，繼續凸顯著音樂的重要性。

張潔的《從森林裏走來孩子》也與音樂主題相關。《從森林裏走來孩子》是一部濃鬱的抒情小說，講述了音樂家的遭遇與音樂的傳承，小說的主人公是一名伐木工的兒子孫長寧。他從小在林區長大，熱愛自然，具有靈性。森林是他的樂園。在這裡他快樂地長大。偶然的機遇他遇到了從北京來到這森林裏的梁老師。他被梁老師的笛聲吸引了。梁老師發現了長寧的音樂天賦。此後，長寧師從梁老師學習音樂。在笛聲中他們勞動，從勞動中他們尋找創作的靈感。最終梁老師因疾病離開人世。長寧帶著梁老師的願望離開森林去北京開始他的音樂夢想。遲到的考試似乎是最大的懸念，但是也在意料之中，長寧的演出引起了教授的共鳴。最終從森林裏走來孩子通過樂曲看到了自己曾經的朋友，也實現了自己的音樂理想。而這種書寫，背後仍是思想解放帶給藝術的活力。

新時期的作家深受音樂的影響，作品呈現出濃鬱的音樂性，文學與影視等其他藝術的聯姻，讓音樂性越發明顯。現代派文學和現代派音樂的關係值得注意。名噪一時的先鋒文學，其先導就與音樂密切相關。可以列出徐星、劉索拉、徐坤、王蒙、熊正良等一串名字及《先鋒》《無主題變奏》《樂聲》等以音樂為題的作品。接下來的先鋒文學更是與音樂有密切的關聯。格非、余華、馬原、蘇童、孫甘露、北村等人都與音樂有或多或少的聯繫。先鋒小說家都吸收了不少古典音樂元素。余華雖然接觸到古典音樂要比他開始創作要晚，但是當他發現自己的創作與音樂如此相通之時，那種靈感來源一下子打通了，據他自己回憶，很早就有一種音樂的衝動。

其他作家那裡也不遑多讓。少數民族地區一般都能歌善舞，在阿來藏區的作品中，多有音樂的使用。《塵埃落定》《機村史詩》等作品中有不少古老歌謠的歌詞引用；《格薩爾王傳》是根據吟唱體的史詩改編的作品。在後期的《雲中記》《尋金記》等作品中也間或有民族音樂的使用，這明顯是音樂根植於作家的。高旭帆的很多小說都寫到山民們唱山歌。「唱山歌也是崩嶺山的一大民俗，他們用山歌表現粗獷豪放不拘的性格。趕馬是崩嶺山人謀生的一個手段，趕馬的日子極其單調乏味，充滿危險。山歌唱道三塊石頭支鍋莊喲，單人獨馬闖四方……」，唱出了義無反顧的豪氣，也唱出了一絲無奈。因而趕馬漢常常在大山中爆發出一串串吼嘯，為的是證明自身的存在。這種吼聲從古流傳到今，成了山里人綿延不絕的生命激情和衝動，是生命的悲壯的永恆吶喊，這種吼聲已深深溶入血液中，成了山里人生命力的一種勃發方式。」〔註 15〕高旭帆《三月的陽光》通過音樂的變遷來書寫時代的轉換，敲了半輩子川戲鑼鼓的老頭們開始練習爵士鼓，甩慣了水袖的青衣花旦們在練的士高，從傳統戲曲到世界流行音樂的轉換，也是現代與傳統之間的較量。

這些音樂元素的使用，既是技法上的，更是主題上的。「音樂性包含了有意識地模仿或借鑒音樂，和無意識地由於契合了生命節奏而具有的音樂特徵。」〔註 16〕小說的音樂性，既包括顯性的音樂元素的植入、技術層面上模仿音樂的技法，也包括隱性的音樂結構、主題的借鑒與使用。音樂進入小說，並不簡單是一種敘事元素的角色，很多時候起到了主題上的作用。特別是音樂因其隱秘性或者說神秘性，會對主題有很好的彰顯作用，這種作用隱秘且深刻。歌謠之於歷史記憶，流行音樂之於社會轉型、古典音樂之於現代性批判等，都是如此。

四、新世紀文學

新世紀文學是一個全新的階段，雖然是上一階段文學的延續，但是具有自己的獨特性。關於新世紀文學的種種討論持續了數年，這裡沿用既有的表達。新世紀以來的當代文學中，很多作家都流露出音樂對其創作的影響，在其作品中也有所表現。徐遲、格非、余華、莫言、阿來、石一楓、顏歌等作家都在多個場合論及音樂與創作的關係。畢飛宇的《青衣》、李洱的《花腔》、林白的《萬物花開》、蘇煒的《米調》、賈平凹的《秦腔》、葉廣芩的《青木川》、格非的《春盡江南》、魯敏的《離歌》、方方的《琴斷口》、葉兆言的《玫瑰的歲月》等都出色地運用了音樂化敘事手法，使作品更富於藝術感，擁有打動人心的力量。作家對音樂本身也更為關注，徐遲、馮驥才、王蒙、格非等人都在訪談、演講中提到音樂對自己的啟發，余華還直接出版了《音樂影響了我的寫作》一書，探討了東西方音樂及音樂美學對其寫作的影響。

紅柯的小說中有大量的音樂元素。《生命樹》主要用歌曲推進敘事。整部小說具有蒙古史詩《江格爾》的風味。小說穿插著兩種歌曲，一是蒙古古歌，二是都市流行歌曲。蒙古古歌是關於靈魂的音樂。蒙古奶歌在文中多次出現，

〔註 15〕郭建勳，《忠於生活的原則與藝術個性的初成——高旭帆小說創作簡論》，《康定學刊》1993 年第 1 期。

〔註 16〕李雪梅，《中國現代小說的音樂性研究》，華東師範大學 2011 年博士論文，第 18 頁。

牛祿喜和馬來新的友誼中有奶歌，馬燕紅在擠奶的過程中悟出了佛性，其間也多次響起奶歌。其他蒙古族歌曲不停在文中閃現。另一種歌曲是時代流行曲。這些歌曲是現代文明在大草原的印跡，也是王藍藍、陳輝等人生活的側影。《故鄉》的情節主要也是歌曲推動。歌曲《我的母親》《大月氏歌》在文中反覆出現。紅柯的《故鄉》中使用了《我的母親》《大月氏歌》等歌曲，不斷引用歌詞，將歌曲的歷史也進行了深入挖掘，並和整個小說的主題統一了起來。歌曲成為理解小說的題眼。《我的母親》不同的人用不同的心境去理解傳唱，與作品中的「在故鄉尋找家園」這樣難受的事情聯繫起來。《天鵝之死》也出現了，與金花嬸嬸無奈的歎息聯繫了起來，深邃而又悠遠的類比。作者對民間音樂情有獨鍾，他搜集大量的民間歌手專輯，這種音樂情懷延伸到創作中，音樂被廣泛用在小說中。《黑眼睛》成為《烏爾禾》的主題歌，《黑眼睛》是一首失戀者之歌，很符合書中多個人物的不完美的愛情。《喀拉布風暴》中的插曲《燕子》反覆出現，這也是一首失戀之歌，與故事底色相吻合。除此而外，這篇小說還有大量的古典音樂、民間音樂以及流行音樂出現，音樂也體現出作者的立場。

房偉的《血色莫扎特》也多次安排音樂元素。從題目開始，到文章中鋼琴老師的角色，再到隨處可見的音樂曲目。小說中的音樂安排並不僅僅是個案，而是一種普遍的現象。除了這些具體的音樂挪用，音樂結構也影響到小說的書寫。陳彥的「舞臺三部曲」圍繞秦腔藝術展開。《裝臺》書寫舞臺幕後工作者的生活，《主角》書寫秦腔皇后的故事，《喜劇》書寫民間戲班的故事。多年的劇團工作使得陳彥對戲曲極為書寫，在文本中也有直接的呈現。外在的和內在的音樂性都十分明顯。

很多傳統的作家在新世紀仍爆發出了極其旺盛的創作力。大體上是新時期以來的延續。有很多文本有新的形態。金宇澄的《繁花》是一部網絡文學作品，最後以純文學形式出版紙質版，並獲得茅盾文學獎。《繁花》中的音樂敘事佔有很重要的地位。開篇用「和你一起去巴黎呀」這樣的歌詞為整個上海書寫奠定了一種基調，因為這樣的音樂極具上海風情，在小說的結尾，作者直接以黃安《新鴛鴦蝴蝶夢》的歌詞收束全篇，用歌曲的主題來進一步強化作品的主題。不能忽視的是，作品的封三上還有一首童謠，這也是小說闡釋繞不開的。

在《囚徒》這部作品裏，李銳在技法上更加嫻熟，很多細枝末節處理得極為到位。小說開篇描述，天母河兩岸經歷大洪水之後，迎來了豐收，而此時的人們，卻迎來一場屠殺，在某種程度上形成了一種反差。景物有一種特殊的見證的作用，小說多次寫到風景，並對其有精緻的刻畫，豐饒的原野、平靜的天母河、屹立不倒的天石等等、被反覆渲染，作為見證者一直沒有隨著局勢的動盪而改變。這種景物的刻畫彰顯了一種歷史的悲涼之感，滄海桑田，飽經風霜。另外，李銳在《囚徒》安排了大量的音樂元素，從引子的北方童謠《荒唐歌》，到正文中的《主尋亡羊歌》及「大鼓詞」等，不時有大段的吟唱，這種寫法凸顯了音樂的力量，通過這一絲的抒情性和溫馨反襯出一種殘暴和悲涼，增加一種命運的抒懷，具有多種功能，或許也和晚年的一種寫作姿態有關，任何敘事，都是抒發作家的情感，小說也不例外，音樂讓原本冰冷的歷史有了溫情。這種帶有溫度的歷史，是作家的寄託和信仰，也是其一直苦苦追求的。

在一些新近文本中，音樂媒介使用更為廣泛。劉致福的《山歌》用充滿血性的文字呈現了一段柔情悲歌，恩怨與謎題消散在一九五二年的陽光裏。山歌婉轉淒美，大山在歌唱的，是情義、成全與赤誠摯愛。在有限的篇幅中，直接使用了不少歌詞段落。阿正的《D大調元敘事》書寫音樂人的故事。小說講述一九七幾年的時候，松林路不知哪兒來的一陣風刮出來不少搞藝術的人。那時演出《黃河》是這些人的節日。每當到了音樂的激昂之處，全體樂隊一塊兒晃，晃得指揮也不好不晃。晃得《黃河》波濤洶湧，晃得觀眾心潮澎湃，晃得星海樂團名噪一時。晃得對手受不了了，他們晃著頭說：你那指揮的是《黃河》還是《晃河》？薛再生說：演奏演奏，就是要表演著奏。晃是水平。尤其D大調那段必須晃，不晃哪兒還叫最強音！

楊映川的《向海》中的琴聲反覆出現，成為重要的意象。獨弦琴既是一種文化遺產，吸引民族學專家的拜訪，也是當地漁民的一種精神寄託，用來祈福禳災、保佑平安。從祖上到劉蘇氏，再到孫輩劉海藍，撫琴是她們重要的事件。到最後，劉海藍患病，念念不忘的是龍女琴，小說也在琴聲中結束：

> 劉海藍想，既然能隨心而動，心想事成，就把龍女琴送來吧，她要好好彈一曲。龍女琴轉眼就到她手裏。她輕輕撥動琴弦，海水在她周圍湧動，捲起如雪一樣的浪花，她抱著琴便如一艘小船飄在海中，琴聲如帆，如舵，如燈，如塔，船兒永不沉沒。〔註17〕

林棹的《潮汐圖》使用了很多粵地民歌、民諺，從整體敘事格調上營造了一種南方水汽氤氳的氛圍。這些描寫，如果不是借助這些民歌民謠，很可能達不到這樣的敘述效果。這裡引用部分以此感受小說的風格：爛癱榮從來不阻靈

〔註17〕楊映川，《向海》，《中國作家．文學版》2021年第12期。

蟾大仙的旗。爛癱榮流露笑意唱：唔好咁易死，死要死得心甜。這是粵民歌《唔好死》唱詞；安南婆打坐船頭唱《弔秋喜》，這是粵地歌謠，相傳為招子庸（1793年～1846年）所作。

> 江坪佬笑笑口摸我腳骨。兩公婆船上長期擺二隴花木：香櫞、佛手、九里香，此一對瘋癲夫妻和他們柑橘香的瘋船，就是寡母巷巷頭信標。風嘯叫了。你看一條細徑由大竹升岔出，向南深入，越行越窄，那就是寡母巷，中流沙所有男子剋星流放地，亦是契家姐認定的她和我的歸宿。照契家姐講法，寡母巷不朽是陰是邪：「多你一個不多，少你一個不少」。我說：「我是男人哩！」契家姐笑眯眯：「你不是男人，亦不是女人。你根本不是人！」
>
> 《弔秋喜》和南無咒狹路相逢，不但毫無退意，反而越戰越勇。
>
> 安南婆唱：你名叫作秋喜，只望等到秋來還有喜意，做乜才過冬至後，就被雪霜欺。
>
> 巫女哭：稽首皈依，無極大道！
>
> 風亂撥桅杆，船碾船，浪碾浪，中流沙轟聲大作。
>
> 安南婆唱：泉路茫茫，你雙腳又咁細。黃泉無客店，問你向乜誰棲。青山白骨，唔知憑誰祭。衰楊殘月，空聽個只杜鵑啼。
>
> 醒婆打手磬，雨弧向江面狂掃，大浪潮的白色利爪撓岸，飛蟲、飛鳥、水上人發盲發震啊，在酥脆的容器裏。
>
> 風吹散桅杆，似吹散一撮鴨絨。〔註18〕

20、21 世紀之交，流行音樂的全面盛行，大眾音樂對文學產生了深刻的影響。棉棉的等人的寫作引發了不小的爭議，也預示著文壇在 20、21 世紀之交的轉型，而流行音樂，則對她的創作從主題到表達全方位的滲透和影響。在她的作品，經常出現大段歌詞的引用，人物的身份也和音樂從業者相關。在《一個矯揉造作的晚上》中，敘述者正是一位 DJ，歌曲《我願意》也不斷在小說中重複。在《香港情人》中，則將整首的《晚安，北京》的歌詞嵌入進去，這是一首搖滾歌曲。在《每個好孩子都有糖吃》中，棉棉使用的是月蝕樂隊的音樂，月蝕樂隊是一個金屬樂隊，融合了旋律死亡、黑金屬、維京金屬等多種元素，體現了歐式金屬樂的力量。這些音樂的使用，和其文風有較多的相似，音樂不只是局部的、細節上出現在作品中，而是從根本上影響了他們的

〔註18〕林棹，《潮汐圖》，《收穫》2021 年第 5 期。

文學書寫。

青年作家們對音樂的使用更多。顏歌的《聲音樂團》有著素質教育背景下對一技之長的熱衷，讓音樂成為某些人的理想與追求。《超級女聲》《中國好聲音》等依託現代傳媒的音樂選秀，讓草根的音樂夢想更加高漲。所有這些新的媒介現象，都會進入到文學中去。李唐的《身外之海》書寫了一個特殊的群體，他們聚在一起是演奏爵士音樂。不停地討論音樂，音樂元素不時出現在小說中。小說的青春氣息十分濃鬱，例子隨手拈來，故事的場景多在酒吧，音樂也不是一般的流行音樂或門德爾松、巴赫的古典音樂，而是一些小眾歌手。辛夷塢的《致我們終將逝去的青春》中出現了很多年輕人偏愛的流行音樂，音樂風格與青春文學十分搭調。小說被改編成電影後影響進一步擴大，在音樂的處理上雖然提煉出三首不同的歌曲，但是總體上也是小說本身音樂性的延展。在路內的《霧行者》中，幾次出現了音樂的場景，具體的流行曲目、去搖滾音樂現場的情節，以及以歌手為職業理想的人物形象等。這部有關時代記憶與個體青春的小說，在音樂方面的提示已經昭然若揭了。雙雪濤《不間斷的人》不斷出現鋼琴曲，Puff The Magic Dragon，還有 pill。文珍的《開端與終結》中人物幾乎和流行音樂融為一體，而愛情這一主題和流行音樂相得益彰。

青年作家們習慣在作品中國使用搖滾音樂、爵士音樂、流行音樂等形態。韓寒的《1988：我想和這個世界談談》在不少細節上通過音樂記憶來書寫一代人的成長，張學友、王菲、辛曉琪、小虎隊這些流行歌手與歌曲深入他們生活，組樂隊、出唱片也成為不少人的理想。這與他們遭遇的時代語境和文化性格心態有關，「生活的無聊是主要原因」，「排遣孤獨與寂寞，也是搖滾樂（也可以說是所有音樂樣式）帶來的短暫安慰」〔註 19〕。春樹的《北京娃娃》熱衷於搖滾音樂，孫睿的《花樣年華》中，借人物楊陽之口唱出了《怎麼了》，將年輕一代的困惑與無望表達出來。郭敬明、韓寒、張悅然等人的寫作中也有很多音樂的使用。在一些影視作品中，也有這一主題的表達，《頭髮亂了》《北京樂與路》等都與音樂主題有關。當然，青年作家們的音樂使用更為多元化，幾乎無所不包。肖江虹的《儺面》可以看作是一部擬戲劇的小說，肖江虹的《懸棺》和《犯罪嫌疑人》等作品也都引用了歌曲以增加小說的擬喻化效果。夏嵐的《朱袖》也是引用了大量的傳統戲曲音樂。

〔註 19〕季紅真，《從反叛到皈依——論「80 後」寫作的成人禮模式》，《文藝爭鳴》2010 年第 15 期。

新世紀文學中的音樂性更為凸顯，主要源於新技術與新閱讀方式的流行。老年作家的一段感受：「手機裏的讀書節目，不僅聲情並茂，抑揚頓挫，還配有悅耳的音樂。聽一段書，既享用了知識與故事的豐盈，又欣賞了美妙動人的音樂，可謂一舉兩得。……又重聽了沈從文的《邊城》、汪曾祺的《受戒》、路遙的《平凡的世界》等經典書籍，再次感到了文學藝術帶來的美的享受和震撼心靈的力量。還有外國文學裏的《罪與罰》《呼嘯山莊》《悲慘世界》《飄》等，聽完後不僅領略了異國風情，還開闊了眼界胸懷。」〔註20〕聽書軟件的流行讓作品一開始記就考慮了轉化為聽覺藝術，而音樂不只是伴奏，需要正文的提醒。這一階段大眾媒介蓬勃發展，文學的媒介意識更為濃鬱。隨著音樂演出業、影視產業等文化產業的蓬勃發展，音樂更加無孔不入進入日常生活，音樂場景不斷在文學作品中出現。傅宗洪提出了大眾傳媒導致了抒情話語的復活，這在敘事性明顯的小說中也得到了體現，小說「抒情」變得流行，音樂就是重要的抒情手段。

從文學的音樂品格也可以看到百年中國文學的內在一致性。中國百年文學的歷史分期問題一直是個熱點話題，也是一段歷史公案。各種分期模式層出不窮，分期論者堅定地將其分為不同的歷史階段，而打通者則將其看成一個延續不斷的過程，稱其為「百年中國文學」「20 世紀中國文學」。其實考察文學與音樂的關係就會發現，百年中國文學有著內在的一致性。不同的時期，音樂使用也無本質上的差別。

第二節　文學音樂性的顯性與隱性表達

音樂對作家們的影響如此之深，小說文本自然也就呈現出濃鬱的音樂性，文學文本就不單單是文字構成的。「閱讀文學時讀到的是作品，有時是一組作品，有時是作品的一部分，很少單純是語言。文學秩序並不主要存在於語言之中，話語秩序形成於語言，文學秩序則形成於作品。」〔註21〕除開文字媒介，音樂也是作品中重要的「秩序」元素。大量的音樂構成了小說的重要組成部分，小說也可以用「用耳朵閱讀」。具體而言，小說中的音樂可細分為音樂元素的直接使用和音樂結構的借鑒等間接使用。

〔註20〕陳魯民，《「聽書」之樂》，《天津日報》2021 年 11 月 22 日。

〔註21〕（英）阿拉斯泰爾·福勒，《文學的類別：文類和模態理論導論》，楊建國譯，南京大學出版社 2018 年版，第 6 頁。

一、顯性的音樂元素

顯性的音樂元素，就是在文學中直接出現的音樂內容。包括各種樂器、各種音樂的標題、歌詞段落、曲譜以及音樂氛圍等。在國外小說作品中有大量的音樂介入，這是人類的表情達意的共性。〔註 22〕文學中經常出現三種音樂樣態。

一、中國傳統音樂。這包括民歌、民謠，戲曲音樂等。民謠是作家們熱衷的音樂。即便作品沒有太強烈的音樂性，也會有民謠的使用。葉舟的《敦煌本紀》煌煌四大卷，百萬字，而開篇則是一首民謠。張檸的《春山謠》題記也是用了新舊兩段民謠，且具有一種比較性。金宇澄的《繁花》則將一首民謠印在封三上，葛亮的《瓦貓》題記是一段滇區民謠。石舒清的《地動》中也嵌入了一些民謠。這些民謠看起來只有簡單的幾句，其實已經高度概括了小說的主題走向，揭示了作家的靈感來源，強化了一種情感和精神的寄託，其功能不容小覷。

紅柯對民間音樂情有獨鍾，他搜集大量的民間歌手專輯，這種音樂情懷延伸到創作中，民間音樂被廣泛用在小說中。《黑眼睛》成為《烏爾禾》的主題歌，《黑眼睛》是一首失戀者之歌，很符合書中多個人物的不完美的愛情。《喀

〔註 22〕在高爾基的不少短篇小說中，都有音樂的嵌入。蘇格蘭作家戈登·萊格的小說《鞋》是一部描寫流行音樂迷的小說。「人們手裏有了唱片誰還會在乎親戚和汽車呢？」唱片與歌曲成了小說的關鍵部分，而在作者看來，這也是人生的關鍵部分。帕斯捷爾納克的《日瓦戈醫生》用歌曲作為敘事的補充，開篇是送葬歌曲《永誌不忘》和《義人之魂》，文中還有民間小調、壯士歌、下流小曲、庫巴里哈的歌聲。喬伊斯的小說《一個青年藝術家的畫像》以歌聲開始；羅曼·羅蘭的小說《約翰·克里斯托夫》在德國民歌中結束。以色列作家阿·奧茲的短篇小說《歌唱》中，達莉婭靠著舉辦各種晚會，複印歌本指導大家唱歌來緩解失去孩子的痛苦。安息日大家唱起《再也看不到樹梢的太陽》《安息日降臨吉薩諾爾山谷》《和平天使，和平與你同在》等歌曲。之後陸續有人唱起《笑吧，笑我所有的夢想吧》《很久以前有兩隻玫瑰，兩隻玫瑰》等歌曲。這些歌曲是這個民族表達自己真摯情感的武器，在歌聲中，我們理解這個民族的生老病死、愛恨憂樂。另外，歌曲還是深化主題的工具，這些中年人經常聚集在一起的人們唱起的大都是希伯來語和俄羅斯歌曲，深刻傳達了猶太復國主義理念在老一代人們中的深遠影響，透過歌聲我們看到了代際衝突，看到了人與人之間無法逾越的鴻溝。托馬斯·品欽的《萬有引力之虹》就深受音樂的影響，尤其是中文翻譯版，將與音樂相關的段落用楷體排版，全書的音樂感就很強了，也正是在一種多元文化混雜的特殊語境中，才有如此繁複的文本。村上村樹的作品廣受歡迎，也與其音樂思維有一定關係。研究者經過系統梳理，發現他作品中涉及到的重要音樂，就超過兩百種。也正是這種音樂性的凸顯，讓他在全球範圍內都有著龐大的受眾群體，因為影響他的音樂很多時候是無國界的。

拉布風暴》中的插曲《燕子》反覆出現，這也是一首失戀之歌，與故事底色相吻合。除此而外，這篇小說還有大量的古典音樂、民間音樂以及流行音樂出現，音樂也體現出作者的立場。音樂的在場有助於作者抒發滿腔的情感，凸顯浪漫情愫。紅柯被冠以浪漫主義者，其作品也流露出一種濃鬱的情感，音樂起到重要的氛圍營造作用。作者對秦腔也有獨特的情感，悲涼的音樂更能抒發紅柯作品中悲涼的底色與悲天憫人的情懷。紅柯遊走在西域與關中，勾連起來的是對生生不息的上天恩賜的人間萬物的頌讚。作家都是具有母本的，有根的，紅柯的根深植於大漠，大量的事物、人物、傳說、故事、情節、情感等等都已經書寫過，反覆呈現，小說結構、敘述手法等技法層面也有諸多的延續，後期創作除了筆力的進步，融進了更多的人文思考，審美救贖。總體而言，紅柯的小說是對生命的敬畏，對生命力的謳歌，對苦難的隱忍，對人性的歌頌，對西域大漠的獨特情懷。西北地區歌謠文化源遠流長，反映樂當地的民俗文化與百姓日常，突顯出一種蒼涼與悲苦的意味。西北風歌曲吸收了相關元素。流露出一種蒼涼美。神性中也有人性的呈現，是神性與人性交織的生命讚歌。

在小說中經常出現戲劇音樂元素。陳彥《主角》以作者熟悉的戲劇界為題材，講述了一代秦腔傳奇人物的故事。作品的中心延續作者一貫以小人物為中心，為底層人物立傳的寫作模式，刻畫了一代秦腔金皇后憶秦娥這一形象。雖然後來憶秦娥成為戲劇舞臺上的主角，但是開始她還是真正意義上的底層人物，從剛進劇院從事幫廚喂豬的最底層工作，住在灶門口，到拜師引爭議等等描寫都是這樣。除了這一主要人物，對其他人物也有精彩刻畫。小說涉及上百個人物，這些人物很多都是處在底層的，嚴格意義上的底層書寫。《主角》，顧名思義，就是寫舞臺上的主角，這是圍繞著一個叫憶秦娥的秦腔主演，從 11 歲到 51 歲的生命歷程和舞臺生涯，來構築的一部小說。時間跨度四十多年，由 1976 年寫到 2016 年，企圖想通過舞臺生活的一角，窺探一個時代的生命湧流與脈動，場景也在儘量拉開，鄉村、都市；國內、國際；情場、市場；演藝、經濟；人間、地獄……我是儘量想用更加豐富的形式，來表現這個萬花筒般豐富多彩的時代。小說時間跨度 40 餘年，從改革開放一直寫到當下，對近半個世紀的時代風雲變化也有較多的著墨之處，個體命運沉浮附著在時代的劇變之上。整個小說有兩條線，一條是憶秦娥一步步成為秦腔名伶的打拼故事；另一條線是憶秦娥被迫捲進紛爭的故事。憶秦娥彷彿從一開始就被牽著鼻子走，相繼被師父挖掘，被選進縣委領導層，被省級劇團引進等等。她自己本身更多的還是一個悲劇性的人物。小時候險些被性侵的經歷以及目睹舅舅的行為讓她對愛情和異性有著天然的牴觸心理，這些不幸的經歷籠罩影響了她的一生。從女性主義角度來理解，《主角》也是一部探尋女性命運的作品，無論是主人公憶秦娥還是胡蔡翔、米蘭，抑或是楚嘉禾、惠芳齡等年輕一代，都被時代捲進來，演繹了各自悲情的一生。

方如的《空城計》將京劇經典曲目融進小說敘事，小說的情節通過戲劇來暗示隱喻，形成互文。地方劇種在小說中更為常見。陳彥的「舞臺三部曲」主要書寫戲劇圈的故事，有大量的戲劇音樂的使用。葉廣岑的《狀元媒》則是一部關於京劇的小說。題目「狀元媒」就是源於京劇經典選段《狀元媒》。整部小說都是由京劇串起來的，每一章節的開頭，都引用了相關唱段，《狀元媒》《大登殿》《三岔口》《拾玉鐲》《玉堂春》《鳳還巢》……李天岑的《唱大戲》將地方劇「鼓兒哼」（地崩子）作為串聯小說的元素，用唱戲的方式尋求解決問題的辦法，《荒唐縣令》是另一個文本，在很小篇幅中，作家不惜引用多段唱詞，可見其重要性。李天岑的很多作品都有地方戲劇的影子，《人精》改編成影視劇之後，就更名為《小鼓大戲》了。民謠以及各種地方音樂、儀式音樂、戲劇戲曲在張翎的小說中十分常見，這是海外華文作家對故鄉深切的紀念。《勞燕》中，大段引用了《哭喪歌》，這是地方文化的記憶，也是小說一種悲情的基調。此後，隨著小說一步步推進，各種音樂還不斷出現。這些獨特的聲音文字，豐富了小說敘事。天津作家王松受到相聲的影響，《煙火》最為明顯，結構上採用了相聲的結構。

二、西方古典音樂。比如對格非影響最大的還是西方古典音樂。莫扎特、門德爾松、貝多芬、馬勒、斯特拉文斯基、維瓦爾第等古典樂大師的名字時時出現在他的散文隨筆、學術文章及小說中。雖然他一再強調他自己「聽音樂不過是在走神……無法進入真正的音樂聖殿」〔註23〕等，但是對音樂的癡迷無疑深深影響了他的小說創作，而且隨著時間的累積，他對音樂也有了特殊的感悟。無論是顯性的音樂元素，還是潛意識裏對音樂技法的借鑒，在他的作品中都有明顯的體現。長篇作品中，《邊緣》《敵人》中，有零星的音樂元素出現。《春盡江南》中主人公是一個音樂發燒友，並且與家玉相關的情節也多次出現音樂。如鮑羅丁的《第二絃樂四重奏》深深地感動了家玉。小提琴纏綿傷感的

〔註23〕格非，《我與音樂》，載《朝雲欲寄——格非文學作品精選》，華東師範大學出版社2009年版，第181頁。

聲音觸動了她的記憶，她不知不覺中置身於那個迷人的花家舍小島，想起多年以前她曾經在島上徘徊的三個小時。但之後這樣的音樂再次出現的時候，家玉的心境和體驗完全不同了，同時，莫扎特的《豎琴協奏曲》也和家玉的欲望世界形成對位。《欲望的旗幟中》，賈教授對音樂有著獨特的體悟，張末也沉浸在古典音樂中，這甚至成為她生存下去的理由。格非也在文中借鋼琴教師之口，提出自己對音樂的看法:「只要音樂還在繼續，我們就永遠不能說，沒有希望。」〔註24〕到《隱身衣》的發表，作品已然成了音樂大聯展，KT88、《彼爾·金特》、媽媽碟、短波收音機、《天路》、AUTOGRAPH、蓮 12、薩蒂，玄秘曲、紅色黎明、萊恩·哈特、300B 等等小標題都與音樂相關。

除此，其他的音樂元素也貫穿在格非的作品中。有些作品有著音樂的旋律、節奏，有的作品是受音樂的啟發而作。如《背景》和《邊緣》是受古典音樂啟發而作，「許多年前的一天黃昏，我在聽蕭邦的《即興幻想曲》時，突然感到一種莫名其妙的激動，我隱約記起了幼年時代的一段往事……我在《背景》和《邊緣》兩部作品中試圖解釋這種感覺，但僅僅是一種解釋而言。」〔註25〕早在先鋒創作時期，格非就已經顯現出音樂的端倪。作品的意義很大一部分由音樂衍生出來。格非早期的小說帶有很強的實驗性，這與先鋒音樂不無關係，先鋒音樂作為一種音樂潮流對古典音樂帶來很強衝擊。弔詭的是，作者後來以古典發燒友自居，這也為作者的轉型埋下了伏筆（雖然這種轉型是部分人為了研究方便而硬生生給予作者的）。因此在早期創作的先鋒小說受到先鋒音樂的影響以及隱藏在其中的音樂性是十分隱晦的，或許作者並沒有意識到。藝術趨向音樂是追尋藝術的自主性，先鋒小說作為一種純文學實驗，本身就極具自主性，因此先鋒小說追求的是一種音樂性，也即追求一種文學的自主性。例如在《欲望的旗幟》中，明著出現了大量的與音樂相關的場景，蘊藏在背後的是音樂對社會的反抗，音樂是拯救社會墮落的良方。

這樣的理想主義延續到《春盡江南》三部曲，在這三部曲中，文本特徵雖然發生的改變，由先鋒歸為平靜，在平淡的敘事中書寫世事的變遷，人生的悲歡離合，但其中的音樂性表現得更強了。由於身份的轉變讓格非對古典音樂的

〔註24〕這句話是格非推崇的作家博爾赫斯晚年在接受記者所說，並且博爾赫斯在不久之後發表了那首主題相同的詩歌《只要音樂還在繼續》，格非對音樂的特殊喜好源頭之廣也由此可見，又比如他自己喜歡的導演伯格曼也是音樂發燒友，這些或多或少都影響了格非對音樂的態度以及在小說中對音樂的刻意安排與使用。

〔註25〕格非，《寫作和記憶》，載《迷舟》，花城出版社 2013 年版，第 186 頁。

產生了濃厚的興趣，甚至已經成為保持一個知識分子情操的唯一砝碼。這種音樂情懷一直延續到《隱身衣》，到後者發表，古典音樂已成為拯救時代的一劑藥。作者直言，這是一部為古典音樂發燒友而寫的作品。

三、流行音樂。音樂是一種文化認同的表達和選擇，選擇什麼樣的音樂背後折射出的是文化心理結構。流行音樂是年輕的專屬，被年輕作家大量使用。路內的作品中經常出現流行音樂，《雲中人》具有典型的青年特質，通過文學青年的塑造，用了元小說的技法，一種隨性的書寫，在路上的漂泊，無所指向的一種青年躁動，而這些都和那些引用的音樂具有內在的一致性。搖滾音樂、流行情歌、外國民謠等構成了青年世界的音樂風景。青年作家徐東的《敞開心扉》引用了《光輝歲月》的歌詞「年月把擁有變作失去……」，整篇小說是對歲月流逝的一種追憶，作者借人物提出「好歌能把人帶回從前的時光」，音樂的引用和小說的整個敘述基調完美融合。安慶的微型小說集《流浪樂手》所寫故事也有與音樂相關的。包括《流浪樂手》《等待一個人的演奏》《珍藏的聲音》《重逢笛聲》《秀秀的歌聲》《懷念老秋的歌聲》等。

音樂元素構成了小說極為重要的風景，大量的音樂元素充斥在文本之中。有論者僅僅從獲得過茅盾文學獎的作家作品切入，就發現了這樣的規律。〔註 26〕在莫言的作品中，紅色革命歌曲、「貓腔」隨處可見。有論者系統考察，發現在莫言的小說創作中存在著大量的音樂元素，有民間音樂、說唱音樂、戲曲、現代流行音樂、外來音樂、器樂、舞蹈音樂等類型。〔註 27〕格非小說中充斥了大量的音樂元素，音樂的影子在小說中經常出現。格非是音樂的雜食者，對多種音樂門類都有所接觸，這些音樂包括中國流行歌曲、民間音樂，西方流行音樂等。雖然他一再強調他自己「聽音樂不過是在走神……無法進入真正的音樂聖殿」〔註 28〕等，但是對音樂的癡迷無疑深深影響了他的小說創作，而且隨著時間的累積，他對音樂也有了特殊的感悟。無論是顯性的音樂元素，還是潛意識裏對音樂技法的借鑒，在他的作品中都有明顯地體現。格非小說中充斥了大量的音樂元素，音樂的影子在小說中經常出現。格非是音樂的雜食者，對

〔註 26〕顏水生，《史詩時代的抒情話語——歷屆茅盾文學獎獲獎作品中的詩詞、歌曲與風景》，《文學評論》2020 年第 4 期。

〔註 27〕王萬順，《莫言小說中的「紅歌」書寫及其敘事功能》，《中國政法大學學報》2020 年第 3 期。

〔註 28〕格非，《我與音樂》，載《朝雲欲寄——格非文學作品精選》，華東師範大學出版社 2009 年版，第 181 頁。

多種音樂門類都有所接觸，這些音樂包括中國流行歌曲、民間音樂，西方流行音樂等。《洪湖水浪打浪》《杜鵑山》《東方紅》等在中國歷史上有特殊記憶的音樂也深深刻在他的記憶中。

有時候從作品的題目開始就已經借鑒音樂了，如《民謠》《春山謠》《狀元媒》《交響樂》《三個三重奏》等等。尤其是在詩歌中，經常直接冠以音樂的標題。在不少文本中音樂元素更是隨處可見。

格非的小說中，音樂元素信手拈來，隨處可見。《打秋韆》中出現了《閃亮的日子》，《夜郎之行》中出現了威猛樂隊的《走前喚醒我》。《沉默》中朱旌哼的是舒伯特的《搖籃曲》，同時再次出現《閃亮的日子》。《戒指花》中出現幾次童聲稚拙演唱的歌曲《戒指花》，小說以歌聲結尾。《月亮花》中歹徒抓起吉他彈起舒伯特的《小夜曲》，而主人公程文聯喜歡的是月亮花和巴赫的音樂。《讓他去》的靈感是來自列儂的一首歌《讓他去》，在文末直接引了這首歌的歌詞。《雨季的感覺》描繪了無趣的、百無聊賴的、陰雨綿綿的生活，一切都是濕漉漉的。文中反覆出現的《二月裏來》十分有意思，幾乎成為文眼。《風琴》將風琴這一音樂意象融進小說，在戰火紛飛的年代，殘破的風琴，淒涼的琴聲別有一番況味。在一些作品中，音樂出場次數很少，但是音樂起到的敘述作用卻很重要，《邊緣》中，只有幾次提及音樂，但是已經涉及靈魂的歌聲了。

紅柯的小說中有大量的音樂元素，不少小說主要用歌曲推進敘事。《故鄉》的情節主要是歌曲推動。小說故事極為簡單，而情感極其濃鬱。情感發展歷程構成了小說的主要情節。故事主要講述回故鄉之路、看望母親之路，小說的情感主要通過歌曲來抒發。歌曲《我的母親》在文中反覆出現，濃縮了太多的情感在其中，作者把母親的愛和泉水相提並論，既洗滌了作者的衣裳、雙手，更洗滌了作者的靈魂。歌聲第二次響起是大學生周健在周原老家的時候，《大月氏歌》之後就是《我的母親》。當他默默記下這首古歌的時候，也勾起了他對家鄉的無限思念。第三次響起的時候，天空中的白雲消失，留下了孤零零的鷹。這時的情感又具有了另一層色彩。《大月氏歌》是草原的歷史，是人們心中最隱秘的傷痛。

二、隱性的音樂技法

除了直接融入音樂元素，小說創作還在隱性層面模仿音樂的結構、節奏、速度、旋律、曲式、調式、對位、複調、多部曲奏鳴等表現手法。余華是典型的在作品中使用隱性音樂技法的作家。余華有多部音樂隨筆集，自己也公開承認音樂影響了他的寫作，但是在他的作品中，很少見到直接的音樂元素，余華的音樂性是隱性的。與一般受到音樂影響的作家不同，余華的小說中很少有顯性的音樂元素，他只是將音樂的敘述技法和主題表達手段隱含其中，因此理解余華小說的音樂表達需要結合他的這些音樂隨筆。音樂性指向的是一種藝術的純粹性、一種形而上的哲思、一種生命或命運的神秘性。透過這些隨筆文字，能夠感知到一個整體的余華。而余華的作品，都有一種隱性的音樂技法。

余華的小說，始於《十八歲出門遠行》，真正讓余華聲名鵲起的，是《活著》等幾部長篇小說。而每一部作品，都在通俗故事之外，有著更多的思考。《活著》故事線極為清晰，就是一個普通人的一生，講述一個人淒苦的人生，親人一個個離開，唯有他活著，而親人的一次次離開彷彿在重複著某一個動作，最終成為一個生活的「儀式」。《許三觀賣血記》是余華於 1995 年創作的一部長篇小說，小說講述了許三觀靠著賣血渡過了人生的一個個難關，戰勝了命運強加給他的驚濤駭浪，而當他老了，知道自己的血再也沒有人要時，精神卻崩潰了。它以博大的溫情描繪了磨難中的人生，以激烈的故事形式表達了人在面對厄運時求生的欲望。《兄弟》以荒誕手法再現歷史，是為表現對六七十年代強權的批判，以及對改革開放初期民眾精神生活匱乏的擔憂和些許的人性關懷。《第七天》是睽違七年的作品。雖然有著非自然敘述的意味，依舊是現實生活的關切，只不過將生前的無棲居之所置換為了生後的「死無葬身之地」。《第七天》選擇一個剛剛去世的死者楊飛作為第一人稱敘事者，由他講述死後七天裏的所見之事與往事，雖然故事的場景在死後的世界，但是與真實的生活基本一致。余華的小說大都是以死亡為中心的殘酷敘事，《在細雨中呼喊》對此有集中的呈現。死亡在作品中出現得十分隨意，在毫無徵兆中不斷有人死亡。死亡意味著什麼？是人性隔膜的集中呈現、是生活和命運艱辛的極端化呈現。作品在絕望的氣息中，遍布對死亡的描述。難道真的如此？余華曾說過：「事實上我只能成為現在這樣的作家，我始終為內心的需要而寫作，理智代替不了我的寫作，正因為此，我在很長一段時間裏是一個憤怒和冷漠的作家。」（余華，《活著》前言，載《余華作品集》第 2 卷，中國社會科學出版社 1989 年版）死亡，就是憤怒的集中表達和冷漠的集中呈現。

《文城》又是一部可讀性極強的作品，上海的周立民教授接受採訪時告訴記者，他一口氣讀完了《文城》，花了七個小時（《如何看待余華的新書和他去教高考作文這件事？兩位文學專家這樣說……》，《周到上海》2021 年 3 月 13

日）。《文城》有 20 餘萬字，幾個小時能夠讀完，可見其可讀性有多麼強。但《文城》是耗費了作家八年心血的作品，經過這麼多年的打磨，必定會有很多東西需要細讀，才能品出滋味來。作品從不同視角講述了鎮上的居民林祥福、紀小美以及與他們相連的各色人物的愛恨悲歡，顛沛起伏的人生故事牽引出軍閥混戰、匪禍泛濫的時代之殤，似乎時代背景更為複雜了，但時代背景往往退後，說到底，仍是一部關於普通個體命運的「史詩」。

故事背景設定在余華之前的作品少有著墨的清末民初，上溯至《活著》之前那個更荒蠻殘酷的時代，也展現了從北至南更廣闊的地理空間。綿延的時空、紛雜的人物群像，跌宕起伏、引人入勝的故事情節，共同構成了一幅盪氣迴腸的時代畫卷。余華在《文城》嘗試一些新寫法，將殘酷收斂，有評論稱，余華對天災人禍的描寫，不再是冰冷到骨髓後心如死灰般麻木的敘述，而是給苦難塗抹上了一層淺淺的暖色。林祥福在遭遇龍捲風後，嬰兒奇蹟般毫髮無傷，「日出的光芒將破敗的萬畝蕩照耀出一片通紅的景象。」「災難之後的溪鎮，人們的生活一如既往，雖然林祥福會聽到女人們的低泣和男人的歎息，可是他們的憂傷如同微風般地安詳」。在普通讀者那裡，這是一種大團圓，一種命運的眷顧。悲憫情懷由此體現出來，絕望、荒誕、死亡之後，提供了另一種心靈雞湯，可就此可以斷定這是命運的眷顧嗎？「活著」就是幸福的嗎？從作品本身來看，似乎有著更深的意味，作家筆鋒一轉，文城並不存在，一個建立在欺騙虛構之上的「文城」，所有的東西被解構掉了。文城是每位個體的生養之地和棲居之所，但同時，文城似乎是另一種虛空。余華的小說始終有個體從不向命運低頭的主題，卻沒有直說文字後面的東西，人生就是如此無奈，在不經意間，早已屈服於命運，向它低頭認輸了。

而這些，都有音樂的動機可以找尋。「對位法」「形式的重複」「主題動機」「作品的詩意性」「敘述技法」等等，都借鑒了音樂的形式。《在細雨中呼喊》，故事從「南門」始，終於「回到南門」，完成「終止」。「死去」與「出生」形成對位，「和家人永遠無法消除的隔膜」是主題動機，形式的重複更是隨處可見。《兄弟》中父親和兒子命運的重複性。

小說結構是小說作品的形式要素，是指小說各部分之間的內部組織構造和外在表現形態。「一部好的長篇必須有一個好的有機結構，以求在相對精小的空間中貯藏起較大的思想容量和藝術容量。」〔註 29〕對結構的探尋成為許多

〔註 29〕陳思和，《關於長篇小說結構模式的通信》，《當代作家評論》1988 年第 3 期。

小說家不懈的追求，而從其他藝術門類尤其是音樂中借用結構模式也是常見的手法。小說的音樂化很大程度上是指結構方面的。最為經典的三部曲成為小說的慣用結構。

三部曲結構來自古典音樂中的奏鳴曲式，這一曲式十分複雜，一般而言分三個部分：呈示部、展開部和再現部。小說三部曲雖然沒有嚴格遵循這三個部分之間的邏輯關係，但是基本上吻合。「江南三部曲」之間的內在線索就是如此，三部曲主要描摹了中國近百年的歷史變遷，鑲嵌了大小人物在歷史夾縫中的生存境遇。《人面桃花》的時間點是民國，革命剛剛發生，是呈示部；《山河入夢》中革命如火如荼展開，作者截取了一個縣的革命風暴呈現了整個時代的風雲，是展開部；在《春盡江南》中，革命已經結束，人們走進新的世界，但在新的世界裏面依然矛盾重重、危機四伏，這便是再現部。三部曲往往還有一個尾聲部，《隱身衣》從某種程度上便是尾聲。由此構成了一個完整的曲式，對歷史暫時畫上了一個休止符。格非在中期創作的三部作品《敵人》《邊緣》和《欲望的旗幟》其實也暗含著類似的呈示、展開、再現三部曲曲式。

除了三部曲的結構，音樂的調式、曲式、旋律、節奏、和聲、複調等技法都對格非的作品有或隱或現的影響。在單部作品中，《春盡江南》以詩歌開始，以詩歌結束，在形式這樣形成了一個完整的調式。從主旨上來講，詩歌與音樂的交融是中國文學的傳統模式，這樣做也凸顯了作品的音樂性。

格非的《邊緣》《敵人》等作品中，顯性音樂元素出現得較少，只有幾次提到「水上的歌聲」、琴聲、靈歌等，但是作品在隱形層面，卻是和音樂有著極大關聯的。作品幾乎是音樂的流動，而且這些音樂也會不斷出現在後期的作品中，考察格非的文學歷程，音樂一直伴隨著他。

音樂的對位法則在小說中也常用。最大的對位法則在於古典音樂的聖潔性與世俗社會的骯髒不堪。整個世界陷入一種盲目混沌的狀態，除了無限膨脹的欲望這個世界似乎什麼也不存在。在《欲望的旗幟中》，賈教授和紡織女工不安分地約會時，聽到貝多芬的《英雄交響曲》卻流下了眼淚，這既是人性複雜的刻畫，也是小說結構上的對位。在《春盡江南》中，家玉被鮑羅丁的《第二絃樂四重奏》深深地感動了。小提琴纏綿傷感的聲音觸動了她的記憶，她不知不覺中置身於那個迷人的花家舍小島，想起多年以前她曾經在島上徘徊的三個小時。但之後這樣的音樂再次出現的時候，家玉的心境和體驗完全不同了，莫扎特的《豎琴協奏曲》正好和家玉的欲望世界形成對位。在《隱身衣》中，人們對音樂的態度也出現了明顯的對位，有人喜歡貝多芬，而有人喜歡劉德華，「耳朵時尚的變遷史與心靈史密謀般合一。由此，對位敘事在小說語境中如『玉生煙』般持續發散出串味的膽味，大片的器材專業術語和音樂發燒名詞，在現實生活的動詞移位軸上，猶疑、挪動、沉浮，構成倒影交錯的現象史。」〔註 30〕

對位往往形成複調。小說的節奏和韻律感也和結構相關。昆德拉在《小說的藝術》論述了小說結構和音樂之間的關係，特別強調小說節奏感和通過結構的重複而產生的旋律感。「實際上，偉大的複調音樂家的基本原則之一就是聲部的平等：沒有任何一個聲部可以占主導地位，沒有任何一個聲部可以只起簡單的陪襯作用……小說對位法的必要條件是：一、各條『線索』的平等性，二、整體的不可分性。」〔註 31〕格非所推崇的《紅樓夢》即是如此，它本身是一個有意義的結構，其結構模式首先就是一個複調音樂，一部是寶林愛情悲劇，一部是家族由盛轉衰歷史，兩個聲部圍繞一個主題展開，那就是世事終究是一場夢幻，人生就是充滿一個悲劇。格非自己的創作也是如此，江南三部曲是個人命運與宏達歷史進程的雙線模式；《隱身衣》是音樂發燒友的生活和無頭懸疑案的交織；《邊緣》更是多線主題的行進。

「在長篇小說創作中，結構藝術本該有著獨立的文體意義。長篇小說的特殊長度導致龐大的藝術空間，空間營造也必然提出結構藝術要求……長篇小說的結構倘若沒有節奏統貫，很容易疊床架屋。結構與長度構成緊張，歸根結底是因為漠視結構本身應有的藝術追求——節奏美。」〔註 32〕格非的小說十分注重呈現出一種節奏之美。早期的實驗性質作品節奏急促，而後來的長篇小說節奏慢下來，十分舒緩，在舒緩中營造了緊張。其他的音樂技法在格非的小說中也多有嘗試，如速度、曲式、主導動機、變奏等。除了上述音樂技法的借鑒，在小說主題方面，小說也和音樂相仿，有著固定的主題，在穩固中又有變奏。在上文中已經看到大量的小說中安排了諸多的音樂元素，使用了音樂的技法、結構等，這些都可謂是表層的。在更深的層次，可以理解為小說的內在音樂性，這種音樂性不僅僅是一種音樂結構，而是一種「音樂對位法」〔註 33〕，是與小

〔註 30〕歐陽江河，《格非〈隱身衣〉裏的對位法則》，《作品與爭鳴》2012 年第 9 期。

〔註 31〕（捷）米蘭·昆德拉，《關於小說解構藝術的談話》，載《小說的藝術》，董強譯，上海譯文出版社 2004 年版。

〔註 32〕傅修海，《小說結構節奏論的興起及其他》，《文藝評論》2011 年第 1 期。

〔註 33〕（捷）米蘭·昆德拉，《關於小說解構藝術的談話》，載《小說的藝術》，董強譯，上海譯文出版社 2004 年版。

說的主題相關的。作家們對現實的關注與擔憂很多時候僅僅是隱藏在文字的背後。音樂除了帶給文學作品技術層面的結構優化、審美提升之外，更多的還在於透過音樂更生動更完整凸顯作品主題。

這些音樂元素的使用，既是技法上的，更是主題上的。「音樂性包含了有意識地模仿或借鑒音樂，和無意識的由於契合了生命節奏而具有的音樂特徵。」〔註34〕小說的音樂性，既包括顯性的音樂元素的植入、技術層面上模仿音樂的技法，也包括隱性的音樂結構、主題的借鑒與使用。音樂進入小說，並不簡單是一種敘事元素的角色，很多時候起到了主題上的作用。特別是音樂因其隱秘性或者說神秘性，會對主題有很好的彰顯作用，這種作用隱秘且深刻。歌謠之於歷史記憶，流行音樂之於社會轉型、古典音樂之於現代性批判等，都是如此。

第三節　音樂如何影響了作家的寫作

通過細緻考察，可以發現幾乎每位作家或多或少都會受到音樂的影響。絕大部分的作家的創作都與音樂有千絲萬縷的聯繫。現當代文學史料學的興起，對作家進行了全方位的考察，其實就是在探尋作家創作資源，凡是能夠對其創作產生影響的元素，都被不斷發掘出來。小說中音樂的使用與安排與作家本身的音樂體驗有直接的關係。人是使用符號的動物，符號的發送傳播與接受都需要一個身份。一個人可以有多重身份，多重身份可以並存，在不同的場合和時間，身份相互轉變交替。身份不同發送的符號意指也不一樣，個人身份與作家的創作有很大的關係。「文本體裁中的作者與文本的關係有兩種，一種是『結合式』，一種是『疏離式』。『疏離式』符號文本的作者與文本脫節，而結合式則是和作者的身份密不可分。」〔註35〕作家們的文學書寫與其所受文化薰陶不無關係，特定的文化滋養了作家特殊的品格。不少作家接受了大量的音樂滋養，自然也會將音樂投射到文學作品中去。余華多次提及「音樂影響了我的寫作」〔註36〕，格非小說最大的主題就是「這個時代的聽力壞了」〔註37〕，

〔註34〕李雪梅，《中國現代小說的音樂性研究》，華東師範大學2011年博士論文，第18頁。

〔註35〕陸正蘭，《歌曲文本的性別符號傳播》，《江海學刊》2011年第5期。

〔註36〕余華，《音樂影響了我的寫作》，載《音樂影響了我的寫作》，作家出版社2008年版。

〔註37〕石劍峰，《古典發燒友經歷揭示「這個時代聽力壞了」》，《東方早報》2012年7月4日。

阿來在創作《雲中記》的時候，「心中總迴響著《安魂曲》莊重而悲憫的吟唱」〔註38〕……其他的還有沈從文、王蒙、張承志、張潔、莫言、賈平凹、紅柯、李洱、房偉等諸多作家，都受到了音樂的影響。

一、余華：「音樂影響了我的寫作」

余華的小說與音樂關係密切。在寫作和閱讀之餘，余華還是個資深古典音樂發燒友，他的創作深受音樂的影響，他自己在多個場合表達了這樣的一種觀點，並且撰寫了很多與此相關的隨筆來闡釋這樣一層關係，並結集出版，包括《音樂影響了我的寫作》〔註39〕《音樂或者文學》〔註40〕等，在這些有關音樂的隨筆中，我們能看到音樂對小說書寫的影響，也能更加清晰地看到作家的創作脈絡。余華回憶了從小開始的音樂興趣，有過創作的音樂的衝動，直到後來發現，「音樂開始影響我的寫作了，確切說法是我注意到了音樂的敘述，我開始思考巴托克和梅西安的方法，在他們的作品裏，我可以更為直接地去理解藝術的民間性和現代性，接著一路向前，抵達時間的深處，路過貝多芬和莫扎特，路過亨德爾和蒙特威爾第，來到了巴赫的門口……」〔註41〕從中我們能看到余華受到音樂影響之深之廣。

余華的《活著》敘述者是一名民間歌謠採集者。小說中的幾段歌謠也是點睛之筆，對人物命運的渲染，對主題的昇華都有很大的作用。出現了酸曲《十月懷胎》以及歌謠：皇帝招我做女婿，路遠迢迢我不去。特別是小說結尾部分的歌謠：少年去游蕩，中年想掘藏，老年做和尚。將悲劇昇華到極致。顧彬的文學史中也特別提及了這一段歌謠，他指出，「什麼是徐福貴在80年代初的希望呢？它完全是傳統性地體現在了他的歌曲或終曲中。」〔註42〕這幾句歌謠，正是徐福貴命運的總結。到了電影《活著》的時候，音樂就扮演了很重要的角色，導演特別設置了皮影戲的出場，福貴有很多的時間在唱皮影戲，而戲裏戲形成了互文。《許三觀賣血記》等敘事濃鬱的小說，也有音樂化的表達。〔註43〕

〔註38〕阿來，《雲中記．題記》，《十月》2019年第1期。

〔註39〕余華，《音樂影響了我的寫作》，作家出版社2008年版。

〔註40〕余華，《音樂或文學》，作家出版社2017年版。

〔註41〕余華，《音樂影響了我的寫作》，載《音樂影響了我的寫作》，作家出版社2008年版，第6頁。

〔註42〕（德）顧彬，《二十世紀中國文學史》，范勁等譯，華東師範大學出版社2008年版，第353頁。

〔註43〕萬傑，《當敘述乘上音樂的翅膀——論余華小說〈許三觀賣血記〉的音樂性》，

二、莫言：「用耳朵閱讀」

還有一些作家雖然沒有經過系統的音樂學習或者也不具有濃厚的音樂興趣，但是無處不在的已經融進生活的各種音樂，多多少少都會對他們產生一定的影響。比如莫言認為自己對音樂沒有系統研究，但音樂也會影響到他的創作。〔註44〕在獲得諾貝爾文學獎之後，莫言發表了題為《講故事的人》的獲獎演說，他在演講中也提及音樂等其他藝術門類對他的影響：「在我的早期作品中，我作為一個現代的說書人，是隱藏在文本背後的，但從《檀香刑》這部小說開始，我終於從後臺跳到了前臺。如果說我早期的作品是自言自語，目無讀者，從這本書開始，我感覺到自己是站在一個廣場上，面對著許多聽眾，繪聲繪色地講述。這是世界小說的傳統，更是中國小說的傳統。我也曾積極地向西方的現代派小說學習，也曾經玩弄過形形色色的敘事花樣，但我最終回歸了傳統。當然，這種回歸，不是一成不變的回歸。《檀香刑》和之後的小說，是繼承了中國古典小說傳統又借鑒了西方小說技術的混合文本。小說領域的所謂創新，基本上都是這種混合的產物。不僅僅是本國文學傳統與外國小說技巧的混合，也是小說與其他的藝術門類的混合，就像《檀香刑》是與民間戲曲的混合，就像我早期的一些小說從美術、音樂、甚至雜技中汲取了營養一樣。」〔註45〕

莫言著重強調的是小說是一種混合文本，而其他藝術形式必然會影響到小說書寫。莫言曾在多個場合表達了自己的音樂觀，在《我的高密》中，莫言專門談論音樂：「音樂實際上是要喚起人心中的情，柔情、癡情，或是激情，音樂就是能讓人心之湖波瀾蕩漾的聲音……聲音是世界的存在形式，是人類靈魂寄居的一個甲殼。聲音也是人類與上帝溝通的一種手段，有許多人借著它的力量飛上了天國，飛向了相對的永恆。」〔註46〕

高密東北鄉是莫言文學的出發點和歸宿地，而其中的地方音樂「貓腔」，對其影響更大。莫言提出過「用耳朵閱讀」的觀點，他指出，在我用耳朵閱讀的漫長生涯中，民間戲曲尤其是我的故鄉那個名叫「貓腔」的小劇種給了我深刻的影響。「貓腔」唱腔委婉淒切，表演獨特，簡直就是高密東北鄉人民苦難生活的寫照。「貓腔」的旋律伴隨著我度過了青少年時期，在農閒的季節裏，

《喀什師範學院學報》2009年第1期。

〔註44〕莫言，《我與音樂》，《快樂作文》2018年第Z3期。

〔註45〕莫言，《講故事的人》，《文學報》2012年12月13日。

〔註46〕莫言，《我的高密》，載莫言，《我的高密》，中國青年出版社2011年版。

村子裏搭班子唱戲時，我也曾經登臺演出，當然我扮演的都是那些插科打諢的丑角，連化裝都不用。「貓腔」是高密東北鄉人民的開放的學校，是民間的狂歡節，也是感情宣洩的渠道。民間戲曲通俗曉暢、充滿了濃鬱生活氣息的戲文，有可能使已經貴族化的小說語言獲得一種新質，我新近完成的長篇小說《檀香刑》就是借助於「貓腔」的戲文對小說語言的一次變革嘗試。當然，除了聆聽從人的嘴巴裏發出的聲音，我還聆聽了大自然的聲音，譬如洪水泛濫的聲音，植物生長的聲音，動物鳴叫的聲音……在動物鳴叫的聲音裏，最讓我難忘的是成千上萬隻青蛙聚集在一起鳴叫的聲音，那是真正的大合唱，聲音洪亮，震耳欲聾，青蛙綠色的脊背和腮邊時收時縮的氣囊，把水面都遮沒了。那情景讓人不寒而慄，浮想聯翩。〔註 47〕除了作家提及的《檀香刑》，莫言後來的作品《蛙》，就與這種聽覺體驗有關。到了《晚熟的人》中，依然還有茂腔（貓腔）的影子及其他的音樂介入，足見音樂對莫言的影響之深。正是這樣獨特的音樂體驗與音樂記憶，深深影響了莫言的創作，也使得莫言的文學書寫從高密東北鄉走向了世界。

關於莫言與音樂的關聯，王安憶很早就注意到了，在一篇文章中，王安憶在分析莫言的幾個短篇小說時，特別將其中引用的幾段歌詞拿出來分析，短篇小說《大風》中的這幾乎是史詩，漁樵閒話裏的歷史，於是，這早起行路的曠野就散發出亙古的意境，地老天荒：

一匹馬踏破了鐵甲連環
一杆槍殺敗了天下好漢
一碗酒消解了三代的冤情
一文錢難住了蓋世的英雄
一聲笑顛倒了滿朝文武
一句話失去了半壁江山

《姑媽的寶刀》中的：

娘啊娘，娘
把我嫁給什麼人都行
千萬別把我嫁給鐵匠
他的指甲縫裏有灰
他的眼裏淚汪汪

〔註 47〕莫言，《用耳朵閱讀》，載莫言，《用耳朵閱讀》，作家出版社 2012 年版。

王安憶分析道：為什麼會淚汪汪？因為這碗飯總是離鄉背井？爐火烤得發燙，火星子四濺傷了眼？還因為學手藝的難處，師傅責打，師兄弟傾軋，出頭之日遙遙無期？這一首歌謠十分淒涼，唱的是鐵匠，卻懷有廣漠的悲哀，是莫言那個輝煌世界的底色。所以，莫言的世界雖然如此離奇，但絕不是臆造的，它是將人世折射成另外一個形式。〔註48〕莫言一直以來都十分強調文學的「個性化」〔註49〕，而音樂在文學中的使用，正是一種藝術個性化的體現，尤其是莫言慣用的地方音樂，獨樹一幟，為文學增色不少。

三、格非：「這個時代的聽力壞了」

格非是文壇極負盛名的「音樂發燒友」，自然也會影響其小說創作。格非的創作深受音樂的影響，在他看來，很多小說家的創作或多或少都受到音樂這一藝術的影響，也即是說大家都能與音樂扯上點關係。如陀思妥耶夫斯基、卡夫卡、托爾斯泰、昆德拉等〔註50〕，他自己當然也不例外。格非用自己的創作實踐為這一理論做了很好的注腳。他在小說創作中吸收音樂藝術的特質，將文學與音樂進行聯姻，在作品中將哲學敘述和夢幻聯成同一種音樂，使得作品逼近音樂的風格，具有濃鬱的音樂性。他的整個作品構成了一個「塞壬歌聲」般的巨大隱喻。格非與其作品的關係是也是結合式的，很多作品從自身的經歷體驗出發。格非小說中的音樂與他成長期間所接觸到的音樂資源有關。小說的音樂主題與其自身對音樂的興趣有直接的關係，同時與他自己的經歷相關。格非在隨筆中提到，影響到他未來的是一個犯了政治錯誤的大學生班主任，而這個人懂音樂，給了他音樂啟蒙。畢業分配時認識的中學女教師也給他了音樂啟蒙。〔註51〕同時，他自己本身就是一個古典音樂發燒友，這種興趣持續了幾十年，在《隱身衣》發表後接受採訪時他說：「這部作品是對我聽音樂做發燒友的一個交代。」〔註52〕正是這種對音樂的獨有的體悟以及幾十年形成了音樂情懷使得他的作品具有濃鬱的音樂性，格非與其作品的關係是結合式的，很多

〔註48〕王安憶，《喧嘩與靜默》，《當代作家評論》2011年第4期。

〔註49〕莫言，《文學個性化芻議》，《文藝研究》2004年第4期。

〔註50〕參見格非《尼采與音樂》，載格非，《博爾赫斯的面孔》，譯林出版社2014年版，第10頁。

〔註51〕格非，《我與音樂》，載格非，《朝雲欲寄——格非文學作品精選》，華東師範大學出版社2009年版，第181頁。

〔註52〕石劍峰，《古典發燒友經歷揭示「這個時代聽力壞了」》，《東方早報》2012年7月4日。

作品中的人物有他自己的影子。他的作品帶有強烈的個人經歷與體驗，而我們對其作品的解讀也需要從這種個人體驗出發，從音樂和文學的互文這一角度出發。

四、賈平凹：「對塤樂幾乎著了魔」

音樂也影響了賈平凹的寫作，秦腔是賈平凹創作的重要資源。秦腔在賈平凹的生命中佔有極其重要的位置。「秦腔之於賈平凹，好比是洋芋糊湯，好比是油潑辣子，好比是那位明目皓齒的妻子。他鍾情於這門藝術，從很小的時候就在心裏有了薰陶。三歲記事，就騎在大伯的脖頸上看戲；六歲懂事，自己趴到臺角上，聽那花旦青旦唱悲戚戚的調子，不覺得就淚流滿面，常常挨了舞臺監督的腳踹還不動彈。正月十五，三月三，端午中秋寒食節，是秦腔牽著他由春而夏而秋而冬。從秦腔裏，他知道了奸臣害忠良，知道了小姐思相公，知道了楊家將的英武，知道了白娘子祝英臺的癡情……秦腔故事是他道德啟蒙的第一課，也在他感慨世事時引用得最多。」〔註 53〕在長篇小說《秦腔》中，秦腔被引一百餘處，更為重要的是，「秦腔是《秦腔》的魂脈。」秦腔音樂和鑼鼓節奏來渲染人物的心理活動，用來營造氣氛，用來表達線性的文字敘述，有時難以表達的團塊狀或云霧的情緒、感受和意會。……在整部作品中，秦腔彌漫為一種氣場，秦韻流貫為一種魂脈而無處不在。它構成小說、小說中的生活、小說中的人物所共有的一種文化和精神的質地。〔註 54〕

除了秦腔，賈平凹的文學書寫與古樂有很大的關係，在《廢都》中古樂經常出現，特別是「塤」這一古樂器是一個重要意象。古樂對賈平凹的創作有很重要的影響，「在整個的小說寫作中，塤樂一直縈繞在心頭，也貫穿於行為的節奏裏。」〔註 55〕塤樂縈繞心頭，自然就會使得小說音樂性濃鬱。賈平凹對古樂著了魔，在《廢都》寫作完成交給出版社之後，賈平凹和朋友出版了塤樂《廢都》。〔註 56〕正是對音樂的癡迷，才有了《秦腔》這樣以音樂為主角的作品。而賈平凹作品中的傳統氣質也可以從音樂的角度得到進一步的印證。程光煒認為，賈平凹的文學之外資源的借鑒和使用是魯迅、沈從文、張愛玲、汪曾祺等作家的接續，足以說明，這樣的傳統一直薪火不斷。

〔註 53〕孫見喜，《鬼才賈平凹．第 1 部》，北嶽文藝出版社 1992 年版，第 159 頁。
〔註 54〕肖雲儒，《〈秦腔〉：賈平凹的新變》，《小說評論》2005 年第 4 期。
〔註 55〕賈平凹，《聽金偉演奏二胡》，載《朋友》，重慶出版社 2005 年版，第 159 頁。
〔註 56〕程光煒，《賈平凹的琴棋書畫》，《當代文壇》2012 年第 1 期。

五、阿來：「我從音樂上得到的啟發較多」

阿來自己曾總結，「如果探究我在小說結構或節奏上有什麼特點，我想提供一點參考，就是我從音樂上得到的啟發較多。我非常心醉於貝多芬們，阿赫瑪尼諾夫們那樣的展開，那樣的迴旋，那樣的呈現，那樣的詠歎，那樣的完成。那是一種非常莊重典雅的精神與情感建築，在我的理解中，小說也應該是這樣一種莊重優雅的精神建築。」〔註 57〕在他的作品中也使用了不少音樂。《瞻對》中就有兩首《遊俠歌》：

（一）

哎，人說世間有三種門，
第一種是進佛堂供佛爺，供佛門，
我遊俠不進，不進這種門，
沒供品他們不開門，他們不開門。
哎，這三種門的第二種門，
是官家的法力門，法力門，
我遊俠不進，不進這扇門，
沒有哈達他們不讓進，他們不讓進。
哎，這三種門的第三種門，
是美好歌舞歡快的門，
我遊俠不進，不進這道門，
沒有好酒人家不開門，不開門。

（二）

風翅馬騎在我的胯下，
穿越大草原我需要它。
背挎上五霹靂五冰雹，
刺穿仇敵頭顱需要它。
不沾露水的腰刀掛腰間，
割取仇敵頭顱需要它。

《遊俠歌》還出現在長篇小說《尋金記》中。小說引用古歌謠來表現遊俠

〔註 57〕阿來、梁海，《「小說是這樣一種莊重典雅的精神建築」——作家阿來訪談錄》，《當代文壇》2010 年第 2 期。

的氣勢與個性，體現了作者對遊俠及遊俠精神的讚美之情，同時歌謠本身的押韻與迴環也促進了小說文本的敘事節奏。類似的古歌謠寫入小說還有很多，如《空山：機村傳說》中多吉引火時的歌頌、協拉頓珠腦中迴響的古歌及六玄琴伴奏下他的吟唱等等。

除了古歌，阿來也將當下的新歌融入自己的小說作品，如在新作《三隻蟲草》中，男孩桑吉去見失戀的娜姆老師這一情節，只見娜姆老師坐在窗下表情嚴肅，錄音機放著倉央嘉措的情歌：如果沒有相見，人們就不會相戀，如果沒有相戀，怎會受這相思的煎熬。〔註 58〕不必多言，僅僅一句歌詞便將娜姆老師此刻失戀的心情與惆悵之感表現得淋漓盡致，小說描繪的音樂正在播放的狀態也在告訴讀者，這是一件正在發生著的事，並且她就坐在那裡。很多時候，阿來在歌詞、歌謠外著重描寫了音樂演奏或歌曲演唱的場景與環境，這就將語言文字描繪的聽覺、視覺等結合在一起，構成閱讀的多感官體驗，如在《空山：機村傳說》中阿來對當地人通電前幹農活的動作描寫，其實就是一種音樂行為場景的描寫：

> 男女們排成相對的兩行，在有節奏的打麥歌聲中揮舞起連枷：
> 啪！啪！啪啪！
> 「水邊的孔雀好美喙呀！」
> 啪！啪啪！
> 「光滑美羽似琉璃呀！」
> 啪！啪啪！
> 連枷是看得見的，孔雀也是看得見的。但是現在看不見的電出現了。〔註 59〕

這樣具有在場性的音樂性描寫不僅寫出了人們在無電時代的農作之樂，而且也表達了通電之後機械化的無情與枯燥，通過勞動中歌唱這一音樂場景的描寫抒發了當地居民對原有生活方式與生活狀態的留戀。此外，最典型的是《格薩爾王》，通篇對史詩吟唱相關的人物、淵源、場景及音樂等詳盡的描寫，體現了作者對民族文化與歷史傳統的敬仰與關懷。這種對於音樂相關場景的描繪，將聽覺的感官體驗描繪與視覺的人物描繪結合在一起，塑造了動態立體的隱形圖像。在阿來的小說作品中，那種真摯情感的抒發、情感結構與節奏的

〔註 58〕阿來，《蘑菇圈》，長江文藝出版社 2015 年版，第 171 頁。

〔註 59〕阿來，《空山：機村傳說》（下）人民文學出版社 2009 年版，第 599～600 頁。

把握，在很大程度上表現為一種潛在音樂性律動，即情感抒發與情感發展像音樂一樣展開、詠歎與迴環流轉。

六、其他作家：「從音樂中汲取養分」

在其他作家那裡，音樂的影響也較為深遠。沈從文是一位古典音樂迷，他談到自己創作靈感時說過，「大部分故事，總是當成一個曲子去寫的，是從一個音樂的組成上，得到啟示來完成的。」〔註 60〕在沈從文的小說裏，處處見到音樂，或者說他的每一個作品都是一首悠遠的歌。《邊城》裏的翠翠，愛聽爺爺坐在船頭唱《娘送女》的曲兒，過渡人走後，翠翠會在船上唱起《巫師迎神》的歌玩，聽到有人喊渡船，見到站在岸邊的是二老儺送時，反而轉身一趟子跑進了竹林子裏。王蒙的寫作也深受音樂的影響，作品音樂性也較為明顯，有論者對其創作從音樂性的角度進行了系統論述。〔註 61〕王蒙提出過，「像唱歌一樣地寫短篇小說」〔註 62〕，他有不少作品的靈感直接源於音樂。他曾記錄了《如歌的行板》創作過程，一九八一年的初夏，他搞到一些中央樂團複製的音樂資料錄音磁帶，其中有《如歌的行板》，聽完後就立即計劃創作一個同名小說。〔註 63〕在晚年接受參訪的時候，王蒙系統回顧了音樂對他創作所產生的影響，西方古典音樂、河北梆子、京劇、新疆少數民族歌舞、流行歌曲等等音樂都是王蒙所喜愛的，也切實在他的創作中佔據著重要位置。他的經典作品《青春之歌》也是音樂給了他靈感。〔註 64〕

張承志 1980 年代在日本訪學一年，結識了岡林信康，從此開始了綿延至今的友誼。岡林信康的人格氣質和音樂美學對張承志產生了很大影響。從 1984 年關於岡林信康的論文《絕望的前衛》開始，在三十餘年裏張承志留下了大量關於岡林信康的回憶性文字，或追憶二人交往，或評述其人其歌。岡林信康在張承志文學的音樂化特色和「究及現代」過程中是一個不可忽視的藝術家。他

〔註 60〕沈從文，《沈從文全集》第 19 卷，北嶽文藝出版社 2002 年版，第 305 頁。

〔註 61〕劉欣玥、趙天成，《從「革命凱歌」到「改革新聲」——「新時期」與王蒙小說中的聲音政治》，《揚子江評論》2017 年第 1 期。

〔註 62〕王蒙，《短篇小說雜議》，載王蒙，《論文學與創作（上）》，人民文學出版社 2020 年版。

〔註 63〕王蒙，《談觸發》，載王蒙，《論文學與創作（上）》，人民文學出版社 2020 年版。

〔註 64〕參見電視節目《我的藝術清單·王蒙：桑榆不晚，青春萬歲》，https://tv.cctv.com/2020/10/23/VIDEBHfoQCzlDuIFnXH4kzBz201023.shtml

自己回憶道：「到了一九七八年，我開始寫小說了，聽著岡林的歌，心裏出現了一種不可思議的感覺。我覺得我從考古學和民族史轉向全力從事文學，這裡似乎與岡林有著什麼相似。也就是說，我企圖作為一個小說家，從岡林的歌曲中汲取養分。」〔註65〕

紅柯也認為是新疆等地的音樂影響了他的寫作，他認為，「西域還保持著聞一多讚美《詩經》時所說的『歌唱的年代』，即人類古老樸素的抒情傳統。維吾爾族的歌舞，哈薩克斯坦蒙古族的民歌，中心就是男女之間的愛情，簡直就是情歌的海洋，包括悲慘的愛情，自有一股健康的青春氣息。」〔註66〕在他的小說中就加入了大量的音樂元素，研究者統計，紅柯的小說《喀拉布風暴》和《少女薩吾爾登》中歌謠就出現了 50 多次，《大河》中一共出現的音樂歌詞有 21 次之多。〔註67〕熊育群在《連爾居》的結尾寫道：我想起了一首童謠：月亮巴巴，裏面坐個爹爹……我心裏一熱，往事漂浮，故人音容笑貌猶在眼前，不用他們的亡魂來迷神，我也記得每個人的一言一行。我急忙打開電腦，敲下了「連爾居」三個字……《連爾居》是作家關於故鄉的一支歌，音樂在小說中佔據了很大的比重，通過最後幾段話也可以看出音樂帶給作家的靈感，幾十萬字的篇幅，就是因為幾段歌謠而直接激發，以此也可以看出音樂對作家影響的深遠。

劉孝存的《地久天長》以音樂界的故事為題材，自然使用了大量的音樂進行敘事，在音樂的啟示下對小說結構方面進行的有益探索，因為他一直比較注重小說的形式探索，他的《小說結構學》等學術著作的出版就是一個側面的印證。姜貽斌的《火鯉魚》在結構上使用了中國傳統的二十四節氣，每一節都引用民歌、民謠等音樂，形成了一種獨特的迴環往復的結構，表達一種或「四季輪換、人生輪轉」的主題，音樂的介入也產生了特別的審美效果。嚴歌苓的創作和音樂也有較為深厚的淵源，「早年的舞蹈生涯是音樂內化於嚴歌苓的生命中，並反映在她的小說裏」。在走上文學道路之前，嚴歌苓工作生活於軍區文工團，有多年的舞蹈演員經歷。她的不少小說都是以文工團為背景，自然就有眾多的音樂元素蘊含其中。《扶桑》中有《蘇武牧羊》的簫樂，《人寰》《寄居

〔註65〕沈杏培，《張承志與岡林信康的文學關係考論》，《文藝研究》2019 年第 9 期。

〔註66〕紅柯，《絢爛與寧靜：西部各民族文化文學研究及黃河中上游各民族民間藝術考察》，北京十月文藝出版社 2016 年版，第 97 頁。

〔註67〕米佳麗，《論紅柯小說的音樂性》，陝西理工大學碩士論文，2020 年。

者》中多有西方古典音樂。《灰舞鞋》中的各種樂器的奏鳴，舞臺上的《紅色娘子軍》《國際歌》等都對她的寫作產生了影響。歐陽黔森特別愛好音樂，他在作品集《有目光看久》結尾為樂曲作詞，他能夠演唱很多首中外歌曲。他喜歡俄羅斯歌曲，曾在訪問俄羅斯期間唱過幾十首俄羅斯歌曲，深受俄羅斯友人的好感。他認為音樂是民族精神的體現，音樂也能為文學創作提供靈感和思路。這種音樂愛好為他進行小說音樂化探索提供條件。〔註68〕

劉醒龍的《鳳凰琴》以及其後在此基礎上擴充而成的長篇小說《天行者》直至現實問題，他關注著最為現實的問題，但在現實書寫中始終有著藝術天然的浪漫色彩。小說設置了鳳凰琴這一重要的道具，小說的主人公幾乎每天都彈鳳凰琴，讓音樂始終彌漫在作品中。音樂媒介作為一種修辭手段出現在作品中，能豐富文本含義、擴充語義張力、加深文本主題、延長文本審美距離等。小說開篇，毫無鋪敘地就擺出了問題，隨著故事展開，問題越來越多，讓人壓抑，甚至感到絕望。但在如此艱辛的環境中，人們並沒有放棄對音樂、對藝術的追求，實際上也是在書寫一種希望。最大的希望，當然是讓孩子們走出大山，去更廣闊的天地。到作品的結尾，希望已成為現實。鳳凰琴是一個極為簡單的樂器，卻是大山孩子們的精神食糧與靈魂慰藉，琴聲成為他們生活的一分子，與音樂相伴隨的，是人性的純真、質樸、善良，是愛和責任。這部作品進行了影視改編，音樂在影視劇中仍然起到了極為重要的作用。在電影的開幕是兩個老師拿著簡單的樂器吹奏著國歌，一群孩子站在國旗下，看著緩緩國旗升起，這音樂聲，在空曠而荒涼的大山裏顯得格外悅耳。劉醒龍曾在一次訪談中提及，他小時候有個從武漢下來的教師，對他的影響很深。他永遠記得村子裏放電影《地道戰》，在放電影之前，這位老師叫他們唱主題曲《太陽照四方》，放完電影之後，孩子們一起唱這首歌，大人們再說孩子們會唱那首歌。他永遠記得大人的殷切的目光。這種音樂記憶影響了作品的音樂性表達。〔註69〕劉醒龍的其他作品雖然並不完全強化一種音樂音樂性，但是也在追求一種浪漫色彩。這使得他的現實主義堅守有了別樣的意味。

吳克敬的《乾坤道》描寫了陝北大地上三代知識青年的奮鬥史。「信天遊」

〔註68〕顏水生，《抒情傳統與小說的文體實驗——歐陽黔森創作論》，《南方文壇》2020年第5期。

〔註69〕《〈鳳凰琴〉：大山學校的「望遠鏡」飛出來的鳳凰》，https://www.163.com/dy/article/FG9STP110541HKY2.html

是小說重要的元素，作者本人十分喜歡這一音樂形式，因此在文中多有表達。李雲雷在解讀這部作品就十分注重其中的「信天遊」：在藝術風格上，這部小說也頗具特色，最令人難忘的是無處不在的「信天遊」，似乎人人都會唱信天遊，隨時隨地都在唱信天遊，尤其是最後一章勞九歲與羅衣扣在西雅圖先鋒廣場唱響信天遊的場面，既讓人驚訝，也蘊含著作者的苦心。「信天遊」的出現雖嫌略多，影響了敘述節奏，但也彰顯了陝北地方風情，讓小說具有一種抒情性。我曾經見過吳克敬先生唱信天遊的情景，真是如醉如癡，停不下來。〔註70〕「信天遊」的出現雖嫌略多，影響了敘述節奏，也從一個側面印證了音樂對作家的影響有多深。吳克敬的《鳳溪鎮》是一處介於現實與想像之間的城鎮，其中聚集了歷史煙雲中的傳奇與傳說以及想像情境中的人情與物象。它們作為處所和方式，共同展開一段人類歷史進程。有形的身體無名，無形的時間實存。它們都是人類歷史進程中的隱匿者，但從未缺席。小說中「時間」和「身體」幻化成人形，作為小說人物參與到小說的敘事進程中，虛實之間可以看到作者奇詭的想像力和出色的敘事能力。而小說的題記部分，就是引用了一大段歌謠。張怡微的《四合如意》以曲牌為書名，其中每篇小說名亦源自曲牌名，雅致、連貫，別具深意。書中在 12 個故事中刻畫了一系列當代青年形象，深入、細膩地書寫了他們的生活、情感、心理狀態。這些小說延續著作者既往寫作中擅長於表現人物言行與內心幽微之處的特質，每每在輕描淡寫中潛藏波瀾，對當今時代諸多典型的社交平臺、網絡表達方式等亦有涉及。而這些，都與音樂性不無關係。王維勝的《花兒》講述了柳丹花、麻古柏和尕豆妹、麻仵兩代人的愛情悲劇，他們被權勢逼迫拆散，過著痛苦的生活，最終被迫害致死。全書結構緊湊，語言樸實，具有濃厚的地方色彩；花兒唱詞的運用，使小說形象生動，如泣如訴。阿寅創作的同名小說《花兒》靈感同樣源於「花兒」這一音樂形式，正如批評家所言：「話說回來，書名既然叫《花兒》，作者名副其實地在其中選擇引用了大量的花兒歌詞，各種格式、各類題材的都有。為了把這些花兒自然地嵌入到情節之中，而不顯得牽強、突兀，作者費了不少心思，有時安排用念詞代替歌唱。總共有多少首，我不曾計算，但可謂洋洋大觀，足夠供人欣賞。」〔註71〕

房偉也是受音樂影響較大的作家，《血色莫扎特》中大量的音樂出場可以

〔註70〕李雲雷，《大道乾坤與「信天遊」》，《小說選刊》2021 年第 5 期。

〔註71〕高平，《令人難忘的〈花兒〉》，《文藝報》2022 年 9 月 13 日。

看出來，從開場《五環之歌》，到《G小調第四十交響曲》《你們可知道什麼是愛情——凱魯比諾的詠歎調》等古典音樂，再到鋼琴教師這樣的人物形象，甚至包括小說題目，無不展現出了作者的音樂思維。在小說創作的時候，他一直聽著莫扎特《G小調第四十交響曲》和老黑人的布魯斯音樂，〔註72〕這樣的寫作經歷自然會把音樂帶進作品。房偉的很多小說都受到音樂的影響，《鳳凰於飛》的題目就是一首古樂曲，小說基本圍繞古樂展開。楊怡芬在《離殤》的後記中提及：「寫作，很當回事情那樣去寫作，就是『Against the present』——這是『電臺司令』樂隊的搖滾樂曲的歌詞，差不多可以拿來解釋我寫作的動力。」〔註73〕用搖滾歌詞來解釋寫作的動力，也可一窺音樂對作家的影響。青年作家陳凱說的一段話也是一種佐證：幾乎寫每篇小說都會有個背景音樂。要麼先有音樂再寫，要麼寫個開頭去找合適的音樂，總之沒有音樂寸步難行。新寫的《羅曼或史》，艱難爬行四千字，終於偶遇這首完美的主題曲。接下來開啟暴走模式。〔註74〕

黑孩的《上野不忍池》音樂性也十分濃鬱。敘述者談及自己的文學之路與鄧麗君的音樂有關：

> 我一直有一個奇怪的毛病，就是吃飯的時候不敢聽音樂，會引起胃痛，還會傷感流淚。今天我一邊聽鄧麗君的歌聲一邊吃飯，胃竟然沒痛。這也讓我長長地鬆了一口氣。
>
> ……

說到鄧麗君，在我的記憶中，應該是八七年左右走紅的。從小聽慣了進行曲的我，第一次從她那淒婉、哀怨的歌聲中感知了內心的悲傷。然後是張行的《遲到》，張薔的《東京之夜》。這些有顏色有味道的聲音，精靈般在城市以及城市的空氣裏散發著女人、疾病乃至花草等氣息。打一些比喻來說的話，我的心病了，城市病了，海突然靜了，海水突然涼了，神經支離破碎。現在想一想，喜歡上文學，也許跟鄧麗君有一點點兒關係：通過文字來表達心聲。

《上野不忍池》或多或少帶有自敘傳的性質，由此也可以看出作家的文學之路與鄧麗君音樂之間的一絲關聯。作品中音樂不斷出場：華語流行音樂《再回首》《90戀曲》《愛拼才會贏》、俄羅斯民歌《一條小路》、莫扎特的音樂、幾

〔註72〕房偉，《時代記憶的「雪花」或「憂傷」》，《長篇小說選刊》2020年第3期。
〔註73〕楊怡芬，《離殤》，北京十月文藝出版社2021年版，第368頁。
〔註74〕此段文字摘錄自他所發的微信朋友圈動態。

位老者演奏的尺八、作為禮物的濱崎步的 CD《BEST》。小說也多次表達了敘述者對音樂的理解：

> 音樂對於我來說，跟一種被撫摸的感覺差不多。音樂似物質，以各種各樣的形狀來擊打我。音樂有多少個形狀我就會產生多少個心情。心痛了，哀傷了，興奮了，快樂了。我不懂音樂但是會喜歡音樂。我不懂音樂但是會迷失在音樂裏。〔註 75〕

正是對音樂的獨特感悟，讓小說充滿了一種特別的韻致。

林白的《北流》是一部較為繁複的作品，小說中不少地方使用了具有歷史印跡的音樂，而作家在文中插入的一段關於敘述者所接受的音樂，對文本形態有一定的暗示性：

> （曾經光芒四射的女人）她坐在四十年前的舊椅上。天一直陰，眼望要落雨。忽聞窗外有人大聲唱，「太陽出來了，太陽出來了，太陽出來了，喔呵依嘿喲，太陽光芒萬丈，萬丈光芒，上下幾千年受苦又受難，今天終於見到太陽，太陽就是毛澤東，太陽就是共產黨」。《白毛女》裏的歌，喜兒在山洞裏被大春找到，他們行向洞口，一束紅光自洞口射入。
>
> 時代的強音那時候是真覺得好聽。據講人的音樂欣賞在十四五歲定型之後終生不變。我認可這個據說，直到 2020 年，每朝起床後我總要先聽一遍毛阿敏的《我愛祖國的藍天》，不久我換成了《敕勒川》，聽得內心蒼茫才開始寫作。現在我聽什麼呢？2021 年 3 月，我聽木推瓜樂隊《後營瀝青路上漫步的孔雀》，五條人的《問題出現我再告訴大家》，萬能青年旅店的《大石碎胸口》，時代的強勁旋律，激發我寫作的欲望。然後我聽譚維維的《小娟》《趙桂靈》《譚燕梅》《魚玄機》。但過了一個月，我變成每天聽薩瑟蘭和曹秀美。看來一切都是流動的，有時並無固定方向。〔註 76〕

從這些看似跑題的文字中，能夠看出音樂對作家和文本的塑型。特別是文學的靈感來源，有時候就是音樂給的。王堯的《民謠》彰顯了作家精雕細琢的功力，對細節處理極為用心。小說批評家詹姆斯·伍德援引山多爾·馬勞伊的

〔註 75〕這些關於音樂的描寫均來自小說原文，見黑孩，《上野不忍池》，四川文藝出版社 2021 年版。

〔註 76〕林白，《北流》，《十月》2021 年第 10 期。

話指出：「只能如此：只有通過細節我們才能理解本質……」伍德的小說批評也多從文本的細節處著手。大部頭的作品在閱讀和闡釋的其實很容易忽視細節，但作家不會無緣無故插入一些東西。當某些細節在作品中重複出現的時候，作家就寄寓了特殊的使命。比如被作家多次安排進作品的音樂就值得注意。《民謠》具有音樂化敘事的格調，這是值得注意的細節。王堯在創作談中詳細交代了小說的題目及其靈感的來源，而很多內容，都和音樂密不可分，正是在街頭偶然聽見二胡藝人的音樂，才確定了這部所謂小說應該叫《民謠》：

> 去年底在南方一座城市參會，閒逛時聽到前面十字路口的東南側傳來二胡的聲音。青少年時期，我最親近的樂器就是二胡，我最早聽到的最好的音樂幾乎都是二胡拉出來的。許多人在十字路口等候紅綠燈，一撥行人走過後，我看到地上坐著一個和我年紀相仿的男人。他不是盲人，他的氣息讓我覺得他是我鄉親中的一位。我站在他的邊上，先聽他拉了《傳奇》。接著他拉了《茉莉花》，由《鮮花調》而來的《茉莉花》。我在他的旋律中想起我母親說她曾經在萬人大會上演唱《茉莉花》，她還說她那時紮著一根長辮子。在搖籃曲之外，我熟悉的民間小調和歌詞就是《茉莉花》《拔根蘆柴花》和《夫妻觀燈》。曲子終了，這個男人起身，和我反向而行。我過了十字路口再回頭時，他已經消失在人群中。在熙熙攘攘嘈雜喧囂的市井聲中，《茉莉花》的旋律猶在耳畔。——那個黃昏我從碼頭返回空空蕩蕩的路上，想起了十字街頭的情景。也許，我的這部所謂小說應該叫《民謠》。〔註 77〕

由此觀之，音樂對小說文本影響較大。小說也如同一首二胡拉出來的曲調，低沉、悠揚、婉轉，帶著幾分傷感，幾分疲倦，與那段舊時光相得益彰。《民謠》就是一首地地道道的「民謠」，和音樂種類之一的民謠曲風極其相似。在一段段既說又唱的文字中，娓娓道來一個時代，一個少年的成長歲月，一段無法抹去的靈魂記憶。

羅偉章在創作談中也多次提到音樂的感覺：

我寫《饑餓百年》時，用過幾首古歌，古歌裏除了說「一寸土地一寸金，田土才是命根根」，還說：「我父親的墳頭長著這裡的荒草，我父親的屍骨肥著

〔註 77〕王堯，《創作談：〈民謠〉的聲音》，《收穫》微信公號 2020 年 11 月 22 日，https://www.sohu.com/a/433606383_222496。

這裡的土地，親親兒啊，這裡就是我的家！」歌聲裏的曠世深情，已成為埋在時光深處的蒼涼迴響。〔註 78〕《誰在敲門》的後記中，也記錄了音樂在無意中帶給他小說書寫的靈感：

> 當我從蘆山回到成都，有天剛在餐桌邊坐下，準備吃午飯，電視裏響起歌聲，歌詞是什麼不知道，畫面上活動著幾個穿民族服裝的男女，什麼民族也不知道。他們荷鋤走在田間，邊走邊唱。我身上一陣抽搐，繼之淚水滂沱。兒子不明所以，困窘而好笑地望著他媽媽。咋回事？前一秒鐘還高高興興，怎麼突然就哭起來？妻子先不言聲，過一陣對兒子說：「你爸爸想他老家了。」其實不是。就是歌聲打人，情不自禁。唱的人臉上帶笑，應該是歡快的，但我覺得那不是他們在唱。那是他們祖先的聲音。他們的祖先挽著褲腿，把愛情繫在頭髮上，躬腰爬背，在大地上勞作。天空蒼黃，如同逝去的時光，人，就這樣穿越時光的帷幕，一步步走到今天。人是多麼堅韌而孤獨，又是多麼孤獨而堅韌。回想離開蘆山那天，陽光明麗，路旁的蘆山河，靜靜流淌，河岸的蘆葦和灌木，在風中輕顫，倒影彷彿也有了力量，把河水撥出微細的波紋。四野安靜，安靜得連車輪滾動的聲音也顯得突兀。當時，我心裏或許就響起過那種寂寥的歡歌。〔註 79〕

報紙在刊登這個後記的時候，重新擬了一個標題，《每個時代下的人們，骨髓裏都敲打著古歌》〔註 80〕，將這種靈感來源概括得更為準確。

音樂幾乎影響了每一作家的寫作，劉慶邦在一次訪談中提道：「我有意識地向其他藝術門類學習。所有的藝術門類都是相通的，所有文學藝術門類中處在最頂端的是詩，寫小說的一定要向詩歌學習。為什麼這麼說呢？因為詩是最虛的東西，越虛的東西越難寫。要想讓小說飛翔、詩意化，就要向詩學習，比如學習詩歌語言的錘鍊、詩歌的審美境界。向詩學習，我們寫短篇小說比較多的作家都知道，我們也應該意識到，向音樂學習、向繪畫學習的重要性。向音樂學習是因為音樂的傳播是無國界的，一個旋律就可以感動很多人，我們能不能用文字去捕捉音樂呢？其實多年前我寫的《響器》就是一個嘗試，《掛在牆

〔註 78〕羅偉章，《鄉土文學的歷史觀（創作談）》，《阿來研究》2022 年第 2 期。

〔註 79〕羅偉章，《誰在敲門》後記，廣西師範大學出版社 2021 年版。

〔註 80〕羅偉章，《每個時代下的人們，骨髓裏都敲打著古歌》，《文學報》2021 年 4 月 15 日。

上的弦子》也是。」〔註 81〕趙德發在一次採訪中被問及除了寫作，還希望自己有什麼才華，他回答道：「音樂才華。我年輕時當民辦教師教音樂課，曾在縣師範文藝班受過半年培訓，一心想去臨沂師範音樂班學習，因為我先天條件不行，連考兩年都沒考上。我不甘心，自學作詞作曲，想成為音樂家，終究是一枕黃粱。但幾十年來我依然喜歡音樂，最愛聽簫。那種蒼涼中透出的悲憫，最能打動我心。」〔註 82〕也正是這種音樂理想以及持續多年對音樂興趣，讓他的小說與音樂有很大的關聯，因此他也將下一部較為重要的作品命名為《藍調子》，其實這樣的一個源自音樂靈感的題目，已經預設了小說的基本敘述走向。

此外，音樂對一些批評家也產生了較大的影響，比如丁帆，他曾表達了音樂對自己產生的深遠影響。「作為一個喜歡音樂的人文學者來說，我的所有認知，讓我知道了音樂無界這一真理，這就死而無憾了。它讓我在今後傾聽優美旋律時會更加放鬆愉悅，不受拘束。交響樂已然成為我生命的一部分，我最大的奢望就是在告別這個世界時有它的陪伴，那我就會含笑以赴了。」〔註 83〕這樣的表達足見音樂在他生命中的分量，這種對音樂的癡迷自然也會影響他的批評。

總的來講，音樂深深影響了作家們的寫作，有時甚至成為他們創作的「原動力」和靈感的第一來源。

七、作家的音樂記憶與文學的地方表達

作為一個地域廣闊的國度，文學也多少染上了一定的地方色彩，而音樂在表達作家的地方性上面，可謂淋漓盡致。檢視百年來中國白話文學的發展歷程可以發現，在白話文學發展過程中，言文統一的訴求在一定程度上遮蔽了文學的地域特性。隨著「地方路徑」的提出，以及越來越多學者的關注，文學的地域性特性也被重視起來。實際上，無論怎樣強調大一統，文學永遠朝著自己的路徑前行，作家的創作在每個時期其實都是從地方出發並回到地方的考察作家的音樂記憶與作品的音樂使用，對此也有更加直觀的感受，故鄉的音樂也和作家的創作密不可分。音樂本身具有的地素特性，在作家們那裡一再彰顯，音

〔註 81〕劉慶邦、張鵬禹，《寫作的意義在於改善人心——劉慶邦訪談錄》，《青年作家》2023 年第 1 期。

〔註 82〕趙德發，《幾十年來我依然喜歡音樂，最愛聽簫》，《小說月報》2023 年第 3 期。

〔註 83〕丁帆，《讓優美的旋律伴隨你的幸福》，《文學報》微信公號 2022 年 1 月 30 日。https://mp.weixin.qq.com/s/8QrHHzE5Az-s8zJZy1iETA

樂成為作家們地方性表達最為重要的元素和手段。文學版圖劃分與音樂有著內在的關聯。同時，音樂還能揭示出文學地方性表達較為隱秘的一面。在文學實踐中，音樂是地方文化的一種，且具有代表性。戲曲、歌謠、口頭史詩等。此外，文學對音樂也有影響，民謠音樂與文學的關係就十分密切，音樂人鍾立風有一個形象的說法，「音樂是我忠貞的妻子，文學是我最大的豔遇」〔註 84〕，以此來強調文學對其音樂的重要影響。

音樂記憶對作家的影響較深，而每一位作家的音樂記憶來自他的故土，後天的教育會習得不同的音樂，但是基因基本不會突變。音樂是一種地素性凸顯的文化樣式。中國的民間音樂都有一定的地方性，不同的地方具有不同的音樂。1990 年代出版的《中國民間歌曲集成》《中國戲曲音樂集成》《中國民族民間器樂曲集成》《中國曲藝音樂集成》等音樂集成叢書就是按照地域分卷，集中展示了中華民族有史以來各個歷史時期流傳在田野市井並依靠口頭傳承的方式代代相傳下來的各民族的民間歌曲，是被人民群眾保存下來的民間文化的重要組成部分。每一卷書通過圖片、文字、曲譜及民間歌手介紹等四個組成部分向讀者展示出本地區民族民間歌曲特有的風貌。是分省進行了大部頭民間音樂的巨著。這種劃分是編撰的需要，也是因為地方屬性本身就有區分度。即使是現代流行歌曲也是如此。方位屬性到特定地方屬性。中國流行歌曲的方位凸顯也是人類這種比喻思維的共性。歌曲中所涉及的方位比喻也與我們對方位認知的經驗有關。南北方位成為重要的比喻，這是地域文化差異的延續，歷史上一直有南北民歌的區分。這與地理環境、人文風情等密不可分。與方位相關的地素在流行音樂中十分常見。地理基因之於作家極為重要。這種地理基因和多種因素有關，其中也包括音樂。

很多小說家，既是整體意義上的當代文壇的作家，也是地方意義上的作家。路遙、陳忠實、莫言、阿來、賈平凹、李佩甫，等等，無不如此。從地方出發，豐富著整個文學的版圖，並始終在地方堅守。莫言的高密東北鄉、阿來的巴蜀大地與藏區、路遙、陳忠實、賈平凹的秦地，遲子建的東北等等，無一不是他們文學創作的生根落地之處。而作家的音樂記憶與文本中的音樂表達，始終是文學最重要的地方元素，這些文學版圖，也是音樂的版圖，文學版圖富有音樂特性，這些版圖的構成劃分，與音樂有著天然的關係。作家的音樂記憶

〔註 84〕鍾立風、張晚禾，《鍾立風：從「麥田捕手」到「馬背上的水手」》，《青年作家》2016 年第 3 期。

也有地方性。

音樂安排進小說中，使得文學版圖也出現了不同的拼圖。吳玉輝的《平安扣》書寫的是閩南地區的故事，音樂也是重要的元素，因為作家就是這裡成長起來的人，對當地音樂極為熟悉，也正是這些音樂，凸顯了地域性。高密東北鄉的地方音樂「貓腔」對其影響更大。王蒙的文學創作與新疆這片土體有著不解之緣。在文本中，有關的新疆的音樂是重要的元素。民謠以及各種地方音樂、儀式音樂、戲劇戲曲在張翎的小說中十分常見，這是海外華文作家對故鄉深切的紀念。

向春的《河套平原》中使用了很多具有本地風味的音樂，使得作品呈現出濃鬱的「河套味」。向春出生在河套平原，在那裡生活了 18 年，非常熟悉河套的民間風俗和方言俚語，瞭解那片土地上人們的性格、情感和精神氣質。《河套平原》描述了中國歷史上最大的一次人口遷徙——走西口，以及人們在西口外即河套平原創造的農業文明水利文明，書寫了抗日戰爭中河套人民的民族氣節。展現了河套地區獨特的風俗人情和蒙漢雜交文化，向人們開啟了一段塵封已久的瑰麗、奇幻、厚重、神秘的歷史往事，是 20 世紀前半葉河套人民的精神史詩。小說多次使用了音樂段落，諸如《爬山調》等，用音樂來進一步強化作品的地域性。

四川特色的音樂始終在小說中佔有一席之地。「在漫長的中國歷史上，四川成都是一個在文學史上從未有過低落、衰竭，一直保持在高峰姿態的城市，這是文化的奇蹟。馬識途這樣的文學奇蹟、人生奇蹟，也只有在成都甚至四川這樣奇蹟的土地上才能實現。」〔註 85〕巴金、沙汀、艾蕪，周克芹，馬識途、高纓等老一輩作家對巴蜀本土文化運用得心應手。高纓的《達吉和她的父親》選擇特定的場域，融入四川音樂。後輩作家中，藏族作家阿來的小說《塵埃落定》多次引用了具有民族風味的歌曲，《格薩爾王傳》則是對民族史詩歌謠的重新書寫，都具有民族小說的基調。並且這些音樂深深扎根作家記憶之中，被反覆使用。羅偉章的《聲音史》是一部關於聲音的作品。《寂靜史》又指向另一種聲音，無聲勝有聲。歌曲在少數民族體裁的小說中尤為常見，甚至充當小說的主題和構成小說文本的主體。盧一萍的很多小說中都使用了極富地域特性的音樂。高原風光和民族音樂相得益彰。「高腔」對馬平的《高腔》，等等，

〔註 85〕李舫，《馬老是文學奇蹟，只有在四川奇蹟的土地上才能出現》，《封面新聞》2020 年 10 月 11 日。

都有影響。澤仁達娃的小說《雪山的話語》是一部具有濃鬱地方特色的小說，主要描繪藏區生活，字裏行間透露著藏語的美感，而藏區的歌曲更是讓讀者真切沐浴在藏民的生活之中。當大段大段的藏族歌曲在文中出現的時候，小說的整體韻味便不言而喻了。少數民族作家葉梅的作品中就有大量的土家族歌曲，「在與其他民族文化相融之時，土家人仍然保留了自己獨有的民歌民謠民間文化。我在文工團期間，曾上山下鄉走鄉串戶，做過多年的搜集，受到過很多滋養。」〔註 86〕正是這些資料構成了她小說創作豐富的源泉以及獨特的民族風情。在小說《歌棒》中，寫到大量薈萃土家精華的歌曲，在《花樹花樹》中寫到嫁娶風俗儀式中的哭嫁歌。也正是這些接地氣的素材讓作家「不那麼自我，完全沒有知識分子寫作的象牙塔侷限。」〔註 87〕年輕作家們的書寫依舊如此。英布草心的《歸山圖》書寫彝族的畢摩文化，音樂在文中具有重要的功能。周愷的《苔》也是巴蜀書寫的典型，而且指向範圍更小的區域，小說中也有不少地方音樂。

又比如路遙、陳忠實、賈平凹等秦地作家的書寫。秦腔構成了秦地作家的底色。「陝西當代小說和秦腔可以說是完成了文學和戲曲的「復婚」。在某種程度上，秦腔也影響了陝西作家的文化心態，決定了陝西當代小說的美學風格……秦腔的慷慨悲涼、熱耳酸心的美學特點內化為陝西當代小說的美學追求，直接地影響了陝西當代作家的創作。」〔註 88〕從柳青開始，經路遙，到陳忠實、賈平凹、紅柯、陳彥那裡。影響他的音樂便是「秦腔」了，程光煒曾考證了琴棋書畫對賈平凹創作的影響〔註 89〕，對此命題也是一種學理確證。「秦腔」幾乎對秦地作家都有影響，路遙的不少作品有「秦腔」的影子，陳忠實的小說、陳彥的《裝臺》《主角》等都與秦腔有關，正是「秦腔」特有的音樂風格，使得介入文學之後讓秦地文學普遍具有一種蒼涼的底色。

雪漠的書寫受到西北民歌的深遠影響，主要是「孝賢」音樂的影響，「孝賢」是一種民歌形式，涼州賢孝，是一種流行於涼州城鄉的民間彈唱，屬西部民歌範疇，大多由盲人攜三弦自彈自唱，其形式，有點像蘇州評彈，其內容和

〔註 86〕葉梅、李魯平，《民族生活的敘事》，《穿過拉夢的河流》，作家出版社 2013 年，第 80 頁。

〔註 87〕李美皆，《葉梅創作論》，《當代文壇》2014 年第 4 期。

〔註 88〕王鵬程，《秦腔對陝西當代小說的影響——以〈創業史〉〈白鹿原〉〈秦腔〉為例》，《瀋陽師範大學學報社科版》2007 年第 6 期。

〔註 89〕程光煒，《賈平凹與琴棋書畫》，《當代文壇》2013 年第 2 期。

曲調，都自成一家。彈唱賢孝的盲人，被當地人稱為「瞎仙」，或是「瞎賢」，前者誇其能為，後者敬其德行。賢孝倡導「賢」和「孝」，其內容主要是以述頌古今英雄賢士和才子佳人的故事為主，寓意懲惡揚善和喻時勸世，故名「賢孝」。作家自陳深受這種音樂的影響：「聽賢孝成了我兒時很重要的啟蒙教育。」「我們的文學也應該從像西部民歌和涼州賢孝這樣古老而又年輕的智慧中來汲取養分。」「要是沒有賢孝的薰陶，也許就沒有我的創作。」「我所有的小說裏，都滲透了賢孝的魂，那是我生命中擺脫不了的氣息。」〔註 90〕在他的作品中也的確使用了不少「孝賢」音樂。《新疆爺》書寫了曠野裏放歌的涼州歌手，他的唱歌，出自靈魂，流向自然。唱歌成為他最大的生命理由。唱歌不是為了表演，唱歌本身就是目的，是一種生命的需要。《白虎關》中，無論再怎麼艱難，瑩兒都一直堅守著對靈官的愛，痛苦時，便唱「花兒」，唱出靈魂的詩篇；蘭蘭在絕望中修行，在莊嚴中完成了生命的「超越」，被流沙深埋，瀕臨死亡時，還能說出那番近乎真理的話。「涼州賢孝，從外在的淺層次的形式和內容上，到內在的深層次的思想和內涵上，都對雪漠有著極大的影響，使得雪漠成為一個辨識度極高的作家。」〔註 91〕

中原作家方面，李餌的《花腔》是一部有關知識分子命運的小說，音樂是小說的主角之一。從標題開始就與音樂相關，《二月裏來》《東方紅》等歌曲與知識分子的命運和記憶關聯在一起，小說還多次涉及劇團的書寫。特別是，小說對民歌《鮮花調》進行了詳盡的考察，敘述者甚至說：「我常常忍不住想，如果楊鳳良沒有遇到過那個『小媳婦』，如果那個『小媳婦』唱的不是《鮮花調》，而是別的什麼曲子，這本書可能就得另寫一遍了。」〔註 92〕以此也暗示出音樂對作家寫作影響之深。同樣是河南作家，到了李佩甫那裡，音樂又是另一番光景，《河洛圖》中的音樂是一種極具地方風味的豫劇了。江浙滬與南方的音樂多體現出一種柔情書寫。《繁花》是典型的代表，這部小說如果不是懂滬語，很難理解真正的精髓。也因此招致不少非議。地方音樂是方言之外小說另一個重要構成。

遲子建的《額爾古納河右岸》是對「綠色寶庫」消逝的追憶。文中的神歌

〔註 90〕趙學勇、郭大章，《雪漠的涼州書寫：從〈大漠祭〉到〈涼州詞〉——以涼州「賢孝」對作家的影響為視角》，《當代文壇》2022 年第 5 期。
〔註 91〕趙學勇、郭大章，《雪漠的涼州書寫：從〈大漠祭〉到〈涼州詞〉——以涼州「賢孝」對作家的影響為視角》，《當代文壇》2022 年第 5 期。
〔註 92〕李餌，《花腔》，花城出版社 2018 年版，第 271 頁。

是這個民族的精神寄託與食糧，也是小說的基調。小說大量的神歌、民謠，彰顯了這片土地的神性，也讓作家將文字獻給了神靈。

音樂記憶也彰顯了文學隱秘的地方表達。這些音樂文學版圖並不是最為重要的，音樂在文學地域性表達上的關鍵在於那些看起來並不屬於地方的作家那裡更為重要。透過音樂，能夠窺見作家的地方記憶。小說中最為重要的並不僅僅是故事、主題、人物，很多時候是細節。有關音樂的細節值得慢慢品味。細節能把抽象的東西引向自身，使其變得具象化。音樂就是具象化的細節。

在上述這些文學版圖中，有很多作家並未納入，學界也認為有些作家是面向世界的寫作，並不存在地方性。其實不盡然。透過作家的音樂記憶和文本中音樂的使用，我們能夠窺探到作家們隱秘的地方性表達。

余華、格非這樣的淡化故鄉和地方的作家，也能發現音樂安排的奧秘。很多一般意義上的非地方寫作者，也會暗藏也寫地方性，通過音樂的考察可以發現這一奧秘。格非也有鄉土，也有他的「江南時空體」，也有他遭遇到的獨特音樂。余華同樣是江浙文化影響較深的作家。更為年輕的寫作，尤其是互聯網寫作，網絡文學，有沒有地方性？都是需要延伸思考的問題。青年寫作普遍出現一種逃離狀態。青年文化也存在有根的文化，不少作家接受了音樂的滋養，自然會投射到作品中去。

作家具有明顯的代際特徵，不同的代際作家形成不同的風格，可以將其概括為文學的早期風格、晚期風格和中間狀態。這幾種風格的文本具有不同的狀態和特徵。本文以作家音樂記憶與作品中音樂使用為中心進行考察，通過對作品中音樂的不同安排論述文學的代際特徵與風格。早期風格中音樂使用多以先鋒和具有國際化趨勢的流行音樂為主；晚期風格中多以地域性歌謠和傳統音樂為主；中間狀態的寫作中音樂構成較為複雜，多種體裁音樂都有涉及，但多以西方古典音樂為中心。其中也投射出不同代際作家的文化品位和其創作所受到文化的滋養。通過作家的音樂記憶與文學地方的表達，能更加直觀地表現出地方路徑與文學中國之間的關聯，也是對作家具有地理基因和地方屬性的進一步證明，也是這樣的研究的一種合法性確證。

本節大致梳理了中國文壇具有典型地方特性的文學流派，需要說明的是，很多是為了研究分析便利強行劃分，有一定的不合理的成分，還有一些地方的文學沒有涉及，並不是說他們的地域性不強，而是研究篇幅的侷限。此研究的目的，在於進一步證明，無論如何，作家都有他的寫作故鄉，並非環境決定論，而是一種文學的歸屬和靈魂的歸宿。文學永遠都不可能是鐵板一塊，而是無數的小拼圖構成，正是這些小拼圖構成了完整的文學版圖，而音樂，正是這些拼圖自身特性最為集中的所在，也是作家無論怎樣一體化也無法真正磨滅的痕跡，是一種地理基因，與生俱來，不可磨滅。

一直以來，音樂對作家的影響不言而喻，音樂對作家的影響至深，如果將視野再放寬一點，對此會有更加明顯的體驗。對音樂對作家影響的考察，指向的是文學的媒介性這一根本問題，文學並不僅僅是文字這一媒介構成，而是一個包含音樂、圖像等其他媒介的多媒介文本，文學並不是孤立存在，而是與其他的藝術門類和文化現象共存，並深受影響的。我們只需要考察一下作家的豐富興趣，就會更加直觀。

音樂對作家們的影響如此之深，小說文本自然也就呈現出濃鬱的音樂性，大量的音樂元素充斥在文本之中。音樂元素構成了小說極為重要的風景，這是一種「多媒介」思維，步入 21 世紀以來，科技的日新月異，媒介技術的不斷翻新，文學這一古老的語言藝術也更加熱切的擁抱其他媒介。藝術的多媒介特性自古有之，隨著時代的步伐，愈發凸顯，尤其是電影電視等依託現代科技的藝術新樣式的興盛，也進一步加劇了小說的「多媒介化」，不少小說的作者甚至嘗試小說「腳本化」。在上文中已經看到大量的小說中明確安排了諸多的音樂元素，這可謂是表層的。在更深的層次，可以理解為小說的內在音樂性，這種音樂性不僅僅是一種音樂結構，而是一種「音樂對位法」，是與小說的主題相關的，音樂媒介進入文學具有多重價值。

第三章　音樂媒介進入文學的多重價值

在上文中已經看到大量的小說中安排了諸多的音樂元素，使用了音樂的技法、結構等，這些都可謂是表層的。在更深的層次，可以理解為小說的內在音樂性，這種音樂性不僅僅是一種音樂結構，而是一種「音樂對位法」〔註1〕，是與小說的主題相關的。作家們對現實的關注與擔憂很多時候僅僅是隱藏在文字的背後。音樂除了帶給文學作品技術層面的結構優化、審美提升之外，更多的還在於透過音樂更生動更完整凸顯作品主題。文學中的音樂媒介問題，既是一個文本編碼的問題，也是一個傳播領域的課題。

第一節　文本內的敘事功能拓展

小說本質上是敘事，音樂是小說敘事強有力的手段。音樂至少在以下幾個方面推進了小說的敘事進程：一是在形式上豐富小說的結構，強化小說的修辭，充當敘事元素，作為敘事單元，推動情節發展；而是音樂能揭示主題，擴展小說的主題，特別是作為一種「刺點」體裁，與小說文本形成張力，從而進一步深化主題，最終通過音樂言說我們的世界。

一、作為形式擴充手段的音樂

（一）作為小說結構的音樂

小說的結構是極為重要的元素，不少作品在結構上頗費心思，借鑒音樂的結構或者以音樂內容來安排結構較為常見。音樂首先是能從形式上帶給文學

〔註1〕（捷）米蘭·昆德拉，《關於小說解構藝術的談話》，載《小說的藝術》，董強譯，上海譯文出版社2004年版。

一些新變。昆德拉關於小說音樂結構的經典論述對這一問題進行了深入討論。顯性的音樂結構上，姜貽斌的《火鯉魚》以二十四節氣為小說的基本架構，每一節氣都配上了相關的音樂，音樂成為重要的敘述節奏和小說結構。葉廣芩的《狀元媒》每一章節的結構是京劇唱詞。通過音樂的安排，小說的結構更加新穎獨特、整飭文雅，與敘述節奏相得益彰。隱形結構更為常見。用音樂進行類比，複調、曲式、結構等音樂術語，隱形的音樂性。胡海洋的《大河拐大彎》（又名《祖》）被批評家譽為「面目獨異」的小說，有著「狂放恣肆的言語風景」，〔註 2〕而這些，都歸結於作者音樂語言的使用，整部小說幾乎都是音樂在推動，大量的音樂與主人公內心世界形成對照。胡海洋以「卓仁堂」末代傳人——卓逸之的青蔥成長為導線，揭示了一個延傳百年的中醫世家走向破敗的精神根源。關乎精神世界的探尋，音樂與這樣的主旨更為契合。

（二）媒介修辭敘事風格

音樂媒介作為一種修辭手段出現在作品中，或可理解為媒介修辭。豐富文本含義、擴充語義張力、加深文本主題、延長文本審美距離等。常見的如明喻、反諷、刺點、迴環、蟬聯等。反諷比較常見，在《儀鳳之門》的開頭部分出現了一段京劇唱詞，當時拉黃包車的楊逵並不知道唱詞的含義，但事實上最後成為其命運的寫照，具有一種反諷的意味。很多具有明顯刺點意味的音樂，也能達到同樣的效果。還有不少文本反覆使用一種音樂，形成了一種特殊的結構，迴環、頂真、蟬聯都存在。李準的《黃河東流去》每一章節開始都使用了歌詞作為題記，形成一種迴環的效果。文學中的音樂介入可以用抒情性彌合敘事性的不足。李吉順的《安寧秋水》是一部故事性極強的作品，幾乎都是在敘述故事，而在作品的開頭和結尾，作者都安排了音樂，選擇了幾首歌詞，凸顯了小說的感情線，增加了抒情色彩。音樂與小說的時間修辭，音樂是時間的藝術，藝術中的時間問題是一個核心命題，體裁分類的時間向度，時間修辭方式極為重要。音樂就是一種重要的時間修辭，既指向時間，也指向修辭。媒介修辭對文本主題的表達也有重要的促進作用，下文還會論述。

文學作品中插入音樂還能彰顯敘事風格。如格非的小說就具有精英的風格，而這種風格的形成及表現都與音樂有關。格非是一個古典音樂發燒友，對流行音樂持謹慎的態度。古典樂總體而言是高雅藝術、精英藝術。在《隱身衣》中，作者帶著很強的精英意識，聽古典音樂就是精英的表現，追求的是一種精

〔註 2〕雷達，《狂放恣肆的言語風景》，《文藝報》2010 年 12 月 29 日。

神享受，但是又有著貧民立場，頗有哀其不幸，怒其不爭之意味。對大眾文化嗤之以鼻，「當然，我的意思，也不是說劉德華就不能聽。可如今的情況是，人不分老有男女，地不分南北東西，幾乎所有的人都在聽劉德華。我就是把腦子想穿了，也搞不懂究竟是怎麼回事。這個世界一定是出了什麼問題。」「要談就談更為冷僻的泰勒曼、馬勒或者維奧蒂，哪像今天，居然連李宇春也聽得津津有味。」居然一詞，頗具韻味。作為大眾平民偶像，被批判，這也是精英意識在作祟。「我開始一張一張地翻看茶几上的那摞 CD 唱片。都是些過時的流行音樂。不是梅豔芳，就是張學友，當然還有蔡琴。」欣賞音樂之不同形成了階級的劃分以及人與人之間的區隔，更是作者精英立場的創作風格體現。特殊風格的音樂如搖滾音樂、古典音樂、主流音樂等往往也成為小說闡釋的突破口。

格非的小說中充斥著大量的音樂元素，包括作者讚賞的古典音樂及其批判的流行音樂。這種音樂主題的凸顯是作者刻意為之，音樂的出現昇華了小說的整個主題。格非的《隱身衣》是較為有代表性的。「這個時代的聽力壞了」是一種時代主題的概括。而這些音樂的使用與安排，都體現了作家深深的批判意識，在他看來，社會的墮落與音樂趣味的變化也有關。尤其是古典音樂的失落與流行音樂的鋪天蓋地有關。在《隱身衣》中，這種通過音樂來進行批判的態度昭然若揭。對格非而言，社會的墮落，人性泯滅、時代聽力壞掉等都是時代悲劇的具體呈現。這種悲劇是中國文學悲劇意蘊和悲劇主題的延續。而這種呈現無不與音樂相關，與個人、時代的聽力相關。《月落荒寺》的音樂主題既明顯，又隱秘。音樂是格非小說中另一層意義上的主人翁。在《月落荒寺》中，也處處留有古典音樂的痕跡，無論是器材，職業，還是聚在一起討論的話題，都與古典音樂相關，就連小說的題目《月落荒寺》，也是來自德彪西一首曲目的中文翻譯，並且小說中還直接對這一翻譯進行了討論，這一曲目本身深受東方文明的影響，現在又被格非啟用，算是文明的匯融合流。古典音樂的反覆出現意味著什麼？在這裡主要涉及三個層面的用意，情感寄託、現實批判、思想啟蒙。啟蒙並未奏效，作者很清楚這一點。民眾並不會因為某部小說而喜歡上古典音樂，更不會因為聽古典音樂而改變本性。作者懷著失望之情對這個時代展開了批判。這是精英主義者們自願肩負的使命。相較於之前的創作，這次作家並沒有把古典音樂看做救世良方，而是成了一種擺設，一種附庸風雅的工具，古典音樂僅僅是一種物慾的象徵了。這個小說與《隱身衣》有著很多的互文書寫。古典音樂的融入，將東西方最具代表性的兩種文化元素融合起來，小說不能承受之輕。表達出一種現實性，生活性。格非早期小說被指出是一種能指的手舞足蹈，而所指空洞無物，其實並非如此，格非的書寫一直是及物的，對現實有著深刻的思考，《月落荒寺》是心理小說，涉及大量的夢境、潛意識、精神病書寫，不乏癲狂之舉和瘋言瘋語。林宜生常年患有精神疾病，不斷看醫生，吃藥，所以他眼中看見的世界和通過他的口描繪的世界有點囈語性質。每位作家的創作都有固定的內核。格非創作的內核是精英立場與知識分子寫作。這種知識分子氣質既來自西洋文學的薰陶，也吸取了中國傳統士大夫文人的精髓。這種知識分子情結使他一直恪守精英立場，由此在他的作品中一直伴隨著先鋒影子、批判的鋒芒和古典音樂的主題，無論是其早期的「先鋒」作品還是後期的「現實主義」力作無不如此。從《迷舟》等被冠以先鋒之作的短篇小說，到江南三部曲，再到後期作品《隱身衣》《望春風》等，表面看來風格迥異，實際上作品深處都呈現出先鋒品格、啟蒙理想和批判意識。到了《月落荒寺》中，這種指向更為明顯。先鋒性、啟蒙性和批判性都是以精英主義為旨歸的。幾乎所有的作品，都會有此主題。

總的來講，音樂的主題表達更為隱秘，有時候甚至是一種暗示和曲筆。作家筆下的語言往往和表達的思想不同，形成強烈的藝術張力，形成一種特殊的反諷。不同的音樂使用，表達的是不一樣的主題。音樂是一項偏向哲學的藝術體裁，在藝術大家族中具有核心位置。在很多哲學家、文藝理論家關於藝術的論述中，藝術的門類地位有所差異，但最高級別的藝術靠近哲學，音樂更具哲理性，因此被其他體裁借鑒。作家們的音樂慣習深深影響了他們的寫作，他們所有的音樂記憶最終都會投射到文本中去，呈現出不同的音樂風景。「聽從音樂化文本的召喚，從音樂藝術的角度去聆聽和感受，可以增加和豐富文學的美感層次和效應，使文學的組織構成更為奇妙豐富，文學的文體和風格得以創新和發展。」〔註3〕

二、作為文本介質材料的音樂

音樂在文學作品中有時候是作為一種「物」而存在，作為本文介質材料的音樂，有不少作品大段引用歌詞，組成了文學文本。作為小說場景，或直接構成小說情節。

〔註 3〕張箭飛，《魯迅小說的音樂式分析》，《中國現代文學研究叢刊》2001 年第 1 期。

（一）作為小說場景的音樂

「場景帶有各種不同的社會—空間含義，它可以暗指那些暫時的、即興的和策略性的聯想所具有的靈魂性和短暫性，可以暗指一個因其有限而廣泛滲透的社交性而引起人注意的文化空間，並且蘊含著變遷和流動、移動和易變性。這些含義說明，最好將音樂生活的意義看做是在空間關係和社會實踐的結合點上出現的。」〔註 4〕在這一層面上，音樂就不僅僅是作為背景音樂存在，也不僅僅是作為抒情的段落被隨意安放。音樂首先具有背景的作用，能烘托基本的敘事氛圍，但其作用不限於此，作為場景的音樂具有文化空間的含義，能奠定並左右文本的敘事基調，具有極大的意義空間。配合著對音樂的理解，我們才能更好地理解社會—空間中發生的一切。比如革命題材小說中的歪歌、原生態小說中的流行音樂以及地域小說中的童謠、歷史小說中的歌謠等都具有了場景音樂的味道。

音樂能作為場景音樂烘托小說整體氛圍，這一點尤其常見。作為場景音樂的音樂在小說中使用能奠定基本的敘事風格與情感基調。音樂首先為小說進行定調。如藏族作家阿來的小說《塵埃落定》多次引用了具有民族風味的音樂，《格薩爾王傳》則是對民族史詩歌謠的重新書寫，都具有民族小說的基調。澤仁達娃的小說《雪山的話語》是一部具有濃鬱地方特色的小說，主要描繪藏區生活，字裏行間透露著藏語的美感，而藏區的音樂更是讓讀者真切沐浴在藏民的生活之中。當大段大段的藏族音樂在文中出現的時候，小說的整體韻味便不言而喻了。

葉煒的《后土》是作者精神還鄉的作品，描述的依舊是作者多次描繪的那個小村莊。整部小說穿插著大量的地方歌謠，既是小說敘事的要素，也是作者對故鄉真切的記憶。文末孟瘋子哼唱起歌謠，愈發加深了這種韻味。

馬原的小說《牛鬼蛇神》開始使用音樂定下了行文基調：

我是牛鬼蛇神

我有罪

我該死

……

——1966 年佚名創作音樂

《牛鬼蛇神歌》

〔註 4〕喬煥江，《大陸新民謠：前歷史與今面向》，《藝術廣角》2014 年第 1 期。

這首音樂是當時必備項目之一，一般都要集體合唱，而且必須大聲合唱，誰的聲音不夠洪亮，會被點名出列，一個人重唱，直到被眾人認可為止。而合唱音樂的時候卻是大夥最開心的時候，人民用一種自己的狂歡方式來應對荒誕的革命。

在那段年月，愛情極為有趣。無論是鬧革命還是鬧愛情，也都與音樂不無關係。「歌聲是生活際遇中的調劑，有時它可以使你忘記，有時它可以使你再一次回憶起。」鬧革命的音樂一般都是毛主席語錄歌：

世界是你們的
也是我們的
但是歸根結底是你們的
但是歸根結底是你們的！

鬧愛情則是音樂《在那遙遠的地方》：

在那遙遠的地方
有位好姑娘
人們走過了她的帳房
都要回頭留戀地張望

在親愛的故鄉
在草原的小丘旁
你同從前一樣
時刻懷念著我
……

小說在毛主席語錄歌的後面緊跟上一首標記為「黃色音樂」的愛情音樂，是刻意強調一元思想統治之下也有異樣的聲音。並且用一個愛情故事詮釋這首音樂。大元鬧戀愛首先就是無意中聽到林琪唱這首音樂，林琪唱這樣的音樂是源於她是一個有血有肉有情感的人，她拒絕承認是思想高壓之下的必然結果。就是這樣一首音樂，讓兩人之間有了紐帶，大元也由此鬧上了戀愛。

音樂還作為歷史的印記進入小說，成為時代曲，凸顯歷史的滄桑之感。革命體裁、文革體裁的小說中出現的革命音樂、歌謠大都具有歷史印記這一功能。並使年代的荒誕之感更為突出。

閻連科小說《日光流年》是一部思索人類生存境遇之書。對生存與死亡著墨較多。在第四卷描述饑荒年代人類面臨的生存境遇時，作者使用的是一首歌謠：

　　螞蚱飛，螞蚱叫，
　　螞蚱來到雞笑笑，
　　喝蛋清，吃蛋黃，
　　吃完雞蛋吃雞湯，
　　雞肉人肉都吃盡，
　　撿根骨頭熬白湯……

音樂記錄歷史更為具象，更為真實，也就更加深刻。歌謠真實描繪了人們遭遇的饑荒，尤其是「吃人肉」、「熬白湯」兩句對人間慘象的描摹勝過千言萬語。

胡海洋的《大河拐大灣》是一部互文性極強的小說，雕塑、繪畫、電影、戲劇、小說等其他文本在文中不斷閃現，音樂也是如此。小說極富音樂性，許多故事圍繞音樂展開。小兔子的感情萌芽與電影院裏的明星照片有關，比看見如王丹鳳的照片，就會哼起《護士日記》裏的音樂《小燕子》。

之後文中不斷出現政治鬥爭的場景與音樂，卓飛飛不知從哪學到的音樂，專門唱右派分子卓文西：

　　右派右派，像個妖怪，
　　當面說好話呀，背後搞破壞
　　人說太陽他說黑暗，幸福生活他說不滿
　　社會主義，對他不利……

音樂很快就流行開來，用輕鬆的筆調書寫一個因一泡「衰尿」而被劃為右派的事情，在反思歷史的時候，笑中含淚。之後革命歌謠不斷出現，到了大躍進的時候，更多的荒誕歌謠產生了：

　　天上沒有玉皇，
　　地上沒有龍王。
　　我就是玉皇！
　　我就是龍王！
　　……
　　奇唱歌來怪唱歌，
　　養個肥豬千斤還有多，
　　腦殼谷籮大，
　　宰了一個當三個……

歌聲在文中一直沒有停過。卓文西也有自己喜愛的音樂，《滿江紅》和《蘇武牧羊》，卓文西哼這樣的音樂上了癮，成為每晚必不可少的功課。但是歌詞卻被他篡改了：

老子參加革命的時候你他媽的還在穿開襠褲，

老子南下的時候你他媽還在婦女識字班掃盲哩……

小說快結尾的時候，《滿江紅》和《蘇武牧羊》再次被哼起。另外，大洋馬所唱的《不忘階級苦》，畢碧臨刑前唱的《唱支山歌給黨聽》等，都對小說闡釋起到極為關鍵的作用。歌聲在此有了歷史印記的作用。正是這些歌聲，充當了歷史的見證者與記錄者。音樂的使用往往能形成音樂描述與真實的時代之間的悖謬，形成大局面反諷，歷史的反諷。音樂跟集體記憶有關，回憶體裁的小說中大量出現的音樂是文化匱乏年代的真實寫照，在文化沙漠之中僅有歌謠化的聲音存在，這是民族的記憶。

韓東小說《小城好漢之英特邁往》開始便用唱歌的遊戲奠定了整個小說的基調。遊戲所唱音樂是一首老區革命音樂《蘇區幹部好作風》：

哎呀來——，哎呀來——

蘇區幹部好作風

自帶乾糧去辦公

日著草鞋幹革命

夜走山路訪貧農

……

這首音樂之所以在作者描述的那一代人中十分熟悉，並且會當成一種遊戲，一方面是因為所有革命音樂至高無上的地位，具有極其廣大的受眾群體，另一方面也與當時生活的單調乏味有關。革命音樂作為遊戲性的笑料，頗具諷刺性，也和整個小說的揶揄風格相匹配。

徐小斌的小說《天鵝》講述了一個唯美的愛情故事，因此小說主題選擇了唯美的音樂，音樂為整個行文風格定了調。小說主人公是音樂學院的，職業也與音樂相關。愛情的發生、發展無不與音樂有關。結構上，全文以音樂術語統攝全篇，內容方面主要以歌劇《天鵝》展開。文中穿插了大量的少數民族音樂、歌劇、流行音樂以及古典音樂等。《主角》中戲劇音樂的插入就是一種場景的規約。「置諸小說敘事，小戲的插入，使小說具有了戲曲舞臺時間意識的主觀性，也即，在矛盾衝突尖銳化，戲劇衝突進入高潮時，作家讓減緩甚至暫停事

件的發展速度，用大段演唱、動作和長時間表演，捕捉人物瞬間心理，發抒人物內心感受。」〔註5〕

（二）作為小說情節的音樂

小說本質上是講故事，但故事僅僅是素材，情節則是作家對素材的重新安排。音樂既是素材，又充當情節，是敘事的宏觀情節結構。音樂能作為敘事元素參與小說敘事，構成主要的小說情節。很多音樂帶有強烈的敘述成分，可以被納入廣義的敘述文本之中，而小說中的音樂都是敘述文本，具有內在的意義與時間的向度。小說的起承轉合可以借助音樂來完成。音樂一方面保證了小說敘事的連貫性，同時可以進行敘事提醒。

張翎的《金山》講述了幾代人的辛酸奮鬥史，時間跨度百餘年。既有宏大歷史的敘述，也有個人命運的書寫。音樂在奠定文本基調以及推動故事發展方面起到十分重要的作用。小說的開篇是一段童謠：

喜鵲喜，賀新年；
阿爸金山去賺錢；
賺得金銀千萬兩；
返來買房又買田。

童謠是對人們外出金山以求發跡的理想化書寫，的確也有人去金山後衣錦還鄉，如小說中描繪的阿盛家的紅毛回家娶親的盛大場景，與童謠相呼應。而實際的情形只有身處金山的漂泊者才知道，文中也有金山生活的描寫。童謠因此與現實形成對照，造成反諷的局面。

這首童謠在小說中還出現了兩次。第二次出現在亨德森太太去世的時候，這一次在那幾句短小的歌謠中，閃過了無數的故事：亨德森太太一生的命運、錦河失去兒子的痛苦、錦河與亨德森太太曖昧的關係、錦河對顛沛流離生活的無奈等等。加上稍後出現的粵劇唱詞，歌聲在此將命運的殘酷抒發地淋漓盡致。歌聲隨著時代不斷的變遷，當故事推進到 1949 年的時候，歌聲已經被置換為：

向前，向前，向前，
我們的隊伍向太陽。
腳踏著祖國的大地，

〔註5〕吳義勤，《生命灌注的人間大音——評陳彥〈主角〉》，《小說評論》2019 年第 3 期。

背負著人民的希望，

我們是一支不可戰勝的力量。

百年的個人辛酸史與宏觀的大歷史在小說中要畫上句號了。無論是刻畫生活艱辛，還是描摹文化衝突，無論是個人情感書寫，還是終極人文關懷，歌聲都發揮了不可替代的作用。

小說中插入音樂保證了人們對自己熟悉的東西更感興趣這一心理原則。和影視劇的插曲一樣，小說中的音樂同樣具有揭示人心理狀態、突出或暗示劇情事態以及刻畫動作和形象等功能，它能強化受眾對故事空間和場景環境的認可，從而有利於促進小說對虛構事件的敘述。音樂通過對原文本信息進行各種暗示性介入，從而引發受眾心理層面對文字表述內容的認同。「敘事者在電影和文學裏從來不是一個血與肉的集合體。敘事者，在我對這個詞彙的理解來看，他是一個理論的集合體，它從實際的個人那裡脫離開來……我們接受一個文本，彷彿這個文本正對我們訴說著什麼。電影敘事每個層面的安排都是為了有針對性地和觀眾交流。」〔註 6〕電影、小說包括其他的藝術品都具有交流本質。在電影裏敘事層面除了包括鏡頭、剪輯、聲音等，在小說中也有音樂在內的諸多元素保證交流的順利進行。無論是營造交流的氛圍，還是構建共通的交流心理，音樂都發揮了不可替代的作用。

海飛的小說《向延安》使用另類視角描述一代人的革命理想和情懷。本來對延安一無所知的向金喜，在一次次的歪打正著中隊延安也產生了嚮往之情。並將此作為自己畢生的追求，弔詭的是，傾其一生都未能實現這一理想。小說由去延安而引發一系列的關於親情、友情、愛情的故事。表面看來是一篇革命體裁的小說，實則並沒有對革命給予更多的筆觸。相反，作者更多的是對人性的挖掘，對歷史另一種姿態的書寫。

小說的推進與音樂緊密相連。在向伯賢的葬禮上，年輕的人們唱起了抗日音樂《旗正飄飄》，義憤填膺地聲稱要去對付日本人。也引出了年輕的一代人嚮往延安的革命情懷。

小說的主人公向金喜是一個與這群革命理想鮮明的年輕人不合拍的人。他的性格通過音樂《茉莉花》來寫照。《茉莉花》是一首單純的民歌，沒有寄寓太多的政治、功利色彩在裏面，在那樣的年代顯得格格不入。也正是這樣的

〔註 6〕（美）湯姆·甘寧，《敘事情境與敘事者機制》，梅峰譯，《電影藝術》2012 年第 6 期。

音樂，使得小說走出了一般的俗套。

音樂來源於發布戰報的收音機，在戰火紛飛的年代，能邊聽音樂邊想像採摘茉莉花的少女，是一種理想性格的刻畫。音樂也暗示了向金喜的情感走向。之後這首音樂在文中多次出現，成為一個主導敘事元素。小說第十五章中，金喜走出酒館，想起饒神父唱《茉莉花》的唱起，自己也情不自禁哼了起來，接而他以前從未唱過歌。接著酒勁，他一如既往地唱著好一朵美麗的茉莉花。這樣的舉動也暗示了金喜性格的轉變以及故事發展方向的轉變。在十七章中，金喜已經完全喜歡上了《茉莉花》。對音樂《茉莉花》的態度印證了金喜的心路歷程。

隨著金喜性格的發展，音樂也有所變化。在小說二十二章中，留聲機裏放的音樂是一首曖昧的《夜上海》。在接下來的一章中，留聲機裏的音樂是《大刀歌》。看似不經意的舉動，卻是時代流變最真實的刻畫、最真實的寫照。以後的故事主要由一首亦詩亦歌的《到延安去》串起。

《黃土地》音樂串聯起小說的情節，作家所引用信天遊的情節和小說的情節融合在了一起。

三、作為小說闡釋參照的音樂

（一）主題直接呈現

小說和音樂還可以進行文本互釋，將音樂作為小說主題揭示的一個參照。

主題音樂化是小說音樂化最常見的方法。很多文學中出現的音樂是直接用來表達主題的，可謂文學的「主題曲」。楊沫的《青春之歌》書寫青年的故事，主人公林道靜是一個音樂愛好者，隨身攜帶大量的樂器，被稱為「洞簫仙子」「樂器鋪」，音樂直接揭示了人物的命運和地位，其小資性和音樂在某種程度上是吻合的。該小說後來遭受一系列厄運，都與這一主人公的身份設置有關，而音樂其實早早就埋下了伏筆。因為在當時的語境下，普通百姓幾乎是為溫飽而奔波，真正的音樂則是一種消遣行為了。歐陽黔森《下輩子也愛你》可以看作是作者試圖把文學性與音樂性結合起來的代表作品，歐陽黔森在小說中引用《遙遠的地方》和《送別》兩首歌曲，並且詳細列入歌詞，然後以敘述者「我」的身份談論這些歌曲，這段歌曲討論既可以看作是故事層面，又可以說是話語層面，但都是為了實現「文本內主題音樂化」。歐陽黔森把歌曲引入小說，使小說充分情感化和音樂化，不僅有利於揭示小說人物的心理情緒和精神世界，而且使小說文本「具有了音樂對主題闡釋的暗示性和聯想性，從而獲得更加深遠的意義」。歐陽黔森還引入《重慶知青戀歌》和《南京知青戀歌》，談到兩首歌曲的哀婉悲淒，這同樣也是在故事層面和話語層面力圖實現「文本內主題音樂化」。〔註 7〕

熊育群長篇小說《連爾居》是一部詩化、散文化的小說，這可能與作家長期的散文寫作有關。《連爾居》書寫村莊的變遷，以洞庭湖畔一個真實存在的村莊為原型，圍湖造田改變了這個村莊的命運，它是人類在大地上的真實模型，小說中的人物大都有原型。荒沼中的村莊經歷了現代文明的侵入，人的生存狀態也被改寫。生命、靈魂、精神、時空、地域文化與傳統構成了一個深邃的藝術空間。小說深層次地揭示了現代社會人的迷失，讓人思考什麼才是人真正想要的生活，進而思考文明的深刻內涵。而這種種主題，都通過音樂進行了直接的呈現。大量的童謠、民歌、戲曲，尤其是《離騷》這樣具有古楚風騷的古代音樂，將關於村莊的記憶直接呈現在紙上。音樂在整部小說的文字中佔據了絕大部分的比重，可以說「一句三吟」，每敘述一段，就會接上一段相關的歌詞，「作者似乎有意讓讀者的閱讀配上聲樂」〔註 8〕。音樂元素的使用，讓小說在表達「逝去」這種主題時更加有力。

耿龍祥的《明鏡臺》通過音樂的變化來展現小說的主題，「作家沒有直接刻畫保姆的心理，卻通過她溫柔的兒歌中字眼的變化，不動聲色地透露其內心的焦灼。」〔註 9〕音樂的安排，將新社會人與人之間的矛盾表達出來，在歌頌文學大潮中發出了異樣的聲音。陳世旭的《研究生院的愛情故事》書寫了一群學生的故事，躁動不安卻又前途渺茫，可以說是知識分子的前傳，書寫了大學生活的浮躁、荒廢、投機，總之是不復從前。愛情成為切入點，但是這愛情卻又荒誕而離奇，小說中摘錄了歌詞，對此進行了有效的嘲諷，並且通過人物對該歌曲進行了解讀。結局確是出乎意料，也有反諷的味道。「啊讓這世界有真心的愛……」大學不是天堂，而是埋葬他的墳墓，這時有一個男人淒厲地喊叫起來，「告訴我，告訴我」這何嘗不是田家寶的心聲。當然，最終是愛情戰勝了一切世俗的東西，可是結合到這首歌的時候，伏筆又隱約可見，小說結尾，

〔註 7〕此處參見顏水生，《抒情傳統與小說的文體實驗——歐陽黔森創作論》，《南方文壇》2020 年第 5 期。

〔註 8〕謝有順，《記憶的憑弔》，《長篇小說選刊》2014 年第 1 期。

〔註 9〕朱棟霖、吳義勤、朱曉進，《中國現代文學史 1915～2016（下）》，北京大學出版社 2018 年版，第 39 頁。

一首《一路平安》響起，是希望，是祈禱，是期盼，但結局不得而知。

徐則臣的《王城如海》則是將一首中國傳統音樂《二泉映月》作為小說的主題音樂，在文中不斷出現，並且寄託了重要的象徵意味。海男的《青雲街六號》是一場跨越時空的對話，幾位人物是一種命運的接續，文中幾次出現的《花樣年華》的主題曲耶穌人物性格命運的揭示和寫照。一種隱性的精神指向，補充了小說的主題。音樂在小說的主題表達上顯得十分重要。曉航的《斷橋記》書寫傳統的詩意生活，小說中的人物龍秋泉將彈琴視為自己生活最重要的部分。《落玉忘機》這樣的琴曲寄寓著作者追求的傳統和詩意。琴聲在作品中不斷響起，到琴童大賽高潮迭起之時，關於音樂所隱喻的時代變遷也得以浮現。小說主題在音樂中得以彰顯。

殘雪的《水鄉》快結束時，有一段描寫：夜已深，有人在大堤上拉提琴，拉的是「梁祝」，激越而婉轉，兩位老人都聽得清清楚楚，兩人眼中都飽含淚水。秀鍾聽見老亮嘀咕了一句：「就是這會兒死了也甘心了。」秀鍾會意地點了點頭，向亮提議去湖裏逛一逛。這一段「梁祝」，是小說的點睛之筆。

鄧一光的《你可以讓百合生長》是一篇關注心靈、生長溫暖的小說，音樂在其中扮演著喚醒自尊的功能。一位維持殘破家庭的叛逆女孩，一位具有隱蔽天才的智障哥哥，相遇一位窮困卻很樂觀的音樂教師，一起合奏了一曲掙脫幽暗、復活自尊的生活樂章。一個現代都市由此切開一個剖面，展出底層生活內部的生存場景和人物悲喜。小說視角別致，敘述強勁，語言鮮活，文字中流淌著深沉的憂傷，憂傷中又奔遊著蓬勃的暖意。

王安憶的《長恨歌》書寫老上海的風情，開篇周璿的《四季調》為作品已經鋪上了一層老上海的色調。片廠裏的「卡拉 OK」等現代化的音樂場景也是比較重要的意向，以此來書寫現代化的進程。音樂與開放、摩登、現代等時代主潮掛上了鉤。畢飛宇的《五月九日和十日》將瓦格納的歌劇《羅恩格林》中的曲譜用在小說的開篇，這段愛爾莎和羅恩格林步入新房時的主題與整個小說描寫的夫妻間的微妙關係形成了對照，這段音樂揭示了整個小說的主題。李洱《石榴樹下結櫻桃》中的「顛倒話」，何嘗不是《紅樓夢》中的「好了歌」呢？「倒唱歌來順唱歌／河裏石頭滾上坡／滿天月亮一顆星／千萬將軍一個兵／從來不說顛倒話／聾子聽了笑吟吟」。「官莊村的世事顛倒無常，全在那顛倒話裏了」〔註 10〕。這幾句歌謠，將主題高度提煉了出來。

〔註 10〕周保欣，《「總體性」中的李洱及其小說史意義》，《當代文壇》2021 年第 3 期。

黃永玉的《無愁河的流浪漢子》中有一段場景是賓菲把序子一幫人帶到禮堂聽教堂音樂，大家聽著手風琴傳出的音樂並唱歌的情景，他們唱的是其他國家的歌，「都在領受這特殊文化浸潤與薄薄鍍一層溫馨的光彩」。

小說這樣寫道：

> 風琴響了，裏外眾人跟著唱了起來。
>
> 歌，最容易把陌生人變成稔熟，把第一次的聲音變成一輩子的聲音。沒有人背叛兒時的搖籃曲。
>
> 「平安夜」是人一生的搖籃曲。〔註 11〕

關於這段音樂場景的描繪，充分彰顯了音樂在人生、交際、儀式中的重要性，並在後文中以此探討了文化之間的差異。

黎紫書的《流俗地》講述一個盲女和一座城市的故事，思索馬來西亞華人的命運。《流俗地》以作家特有的溫情關注馬來西亞華人，特別是女性群體。小說明顯具有一種多重身份的糾纏之感，而小說中多次出現的各種音樂，也體現了這種多元文化局面。特別是引用的歌詞「蜜糖在你的右手，毒藥在你的左手，我不知道你將要給我的是哪一個」〔註 12〕成為小說的點睛之筆，因為小說正是在思考命運的不確定性這樣一個根本問題，主題也因為這樣的音樂的使用得到進一步昇華。鍾求是的《等待呼吸》是一部書寫逝去的愛情給生活帶來的影響，小說中的《孤獨的手風琴》《貝加爾湖畔》是女主人公對青年時期愛情回憶的配樂，而成年生活中的情感遭遇，則一直伴隨著《氧氣》。前者是一種較為純情的歌曲，符合青年時期感情的基調，後者則與成年的情感複雜相契合。

張欣的《終極底牌》也是與音樂相關的作品。遲子建的《額爾古納河右岸》是對「綠色寶庫」消逝的追憶。文中的神歌是這個民族的精神寄託與食糧，也是小說的情感基調。石一楓的創作主要面對重建道德這一難題，音樂是他小說的重要因素。《世間已無陳金芳》中陳金芳十分喜歡音樂，柴可夫斯基的《d 大調絃樂四重奏》在文中反覆出現。《合奏》是一篇專門寫音樂的小說。古典音樂的反覆出現，音樂主題的凸顯正是一種道德救贖，是一種自我重構。古典音樂在小說中不斷出現，有何動因，又能產生怎樣的效果？情感消失的年代，音

〔註 11〕黃永玉，《無愁河的流浪漢子》（連載），《收穫》2017 年第 2 期，第 200～201 頁。

〔註 12〕黎紫書，《流俗地》，《山花》2020 年第 5 期，第 89 頁。

樂還能留存一絲的感情。無情藝術喧囂塵上，音樂的介入，似乎能有所扭轉。將情感的藝術注入文學，是一種有「情」文學的企盼。

紅柯《故鄉》的故事極為簡單，而情感極其濃鬱。情感發展歷程構成了小說的主要情節。故事主要講述回故鄉之路、看望母親之路，小說的情感主要通過歌曲來抒發。歌曲《我的母親》在文中反覆出現，濃縮了太多的情感在其中，作者把母親的愛和泉水相提並論，既洗滌了作者的衣裳、雙手，更洗滌了作者的靈魂。歌聲第二次響起是大學生周健在周原老家的時候，《大月氏歌》之後就是《我的母親》。當他默默記下這首古歌的時候，也勾起了他對家鄉的無限思念。第三次響起的時候，天空中的白雲消失，留下了孤零零的鷹。這時的情感又具有了另一層色彩。《大月氏歌》是草原的歷史，是人們心中最隱秘的傷痛。音樂的在場有助於作者抒發滿腔的情感，凸顯浪漫情愫。紅柯被冠以浪漫主義者，其作品也流露出一種濃鬱的情感，音樂起到重要的氛圍營造作用。作者對秦腔也有獨特的情感，悲涼的音樂更能抒發紅柯作品中悲涼的底色與悲天憫人的情懷。總體而言，紅柯的小說是對生命的敬畏，對生命力的謳歌，對苦難的隱忍，對人性的歌頌，對西域大漠的獨特情懷。神性中也有人性的呈現，是神性與人性交織的生命讚歌。

劉孝存的《地久天長》講述了一個北京「四大琴師」之一的「南城吉他王」關金雄以及他周圍的一群年輕人的故事。在劫難中以琴聲為他們驅走喧囂和煩惱，使寂寞的心得到安撫與慰藉。小說書寫了 1950 年代的市民生活，也涉及「文革」中的各種遭遇，更有「文革」後那些各色人物的起伏命運。音樂是小說最大的主角。幾乎是歌詞串起來的文本。《地久天長》源於那首經典歌曲《友誼地久天長》，在那個年代，「有的人是在用靈魂歌唱這支歌」（《長篇小說選刊卷首語》，《長篇小說選刊》2012 年第 5 期）在那樣的時代，音樂成為撫慰心靈最最重要的東西，正如小說描寫的那樣，「這琴歌，給他們帶來的是慰藉、歡樂和希望。」

蔣韻的《你好，安娜》是一部記錄歷史的作品，音樂在小說中不斷出現，麗莎以舞蹈為理想，三美以音樂為生。在特殊的年代，音樂是時代壓抑中的釋放、解脫、撫慰，有時候是「嘶吼」而不是唱，小說經常有大段的歌唱插入，音樂已經融進這些人的生活和靈魂中，音樂對時代的描摹、對人性的釋放等功能展現出來。

杜陽林的《驚蟄》中也有相似的描寫：楊師傅帶著小木匠趕路，穿過竹林，順著乾溝走一段，就該出村了，小木匠心裏沉甸甸的，腳步也跟著滯重起來，磨磨蹭蹭更在師傅後頭。忽然他聽到竹林裏傳來清脆的歌聲：「太陽出來囉喂，喜洋洋歐郎羅……」精神忽然為之一振，加快幾步，超過了師傅。村口有塊床板大的界石，小木匠站上去，伸長脖子往竹林方向看，只看到一蒼翠片，綠葉鮮靈，唱歌的人彷彿也知道他在回頭張望，抬高了調門，更大聲地唱：「挑起扁擔啷啷扯，哐扯……」

秀英也聽到采萍唱歌，歌聲撫慰了她緊皺的眉頭，她想到了永彬。家裏幾個孩子，采萍和雲青聲音都不錯，遺傳了父親的好嗓子，不過還是比不上永彬。幹活幹累了，生產隊的人慫恿：「凌永彬，來一個！」永彬也不推拒，張口就唱。他的歌聲深情、渾厚，高音處如同刺破雲層，低音處又好比小河潺潺。

丈夫去世後，許秀英一人肩負起養家的擔子，又遇到兒子重傷在身，女兒的歌聲撫慰了她緊皺的眉頭。小說中還用音樂的形式將苦難集中表達：

> 陽光下的油菜花，熔化成了一朵朵散開的金子。蜜蜂穿梭往來，毛茸茸的短腿，將花香傳向四面八方。一個犁地的莊稼人，起調唱起了山歌——
>
> 尖尖山二斗稱，包穀饃饃脹死人。彎彎路密密林，茅草棚棚笆笆門。要想吃乾飯啥，萬不能萬不能。風裏滾雨裏淋，一年到頭累死人……
>
> 雲青熟悉這首山歌，細妹子是班上的文藝骨幹，上小學時她就登上過土臺，大大方方地唱了這首《尖尖山》。雲青喜歡歌詞，也在心裏默唱過，這陣兒他走得腳頭有勁，胸腹間似乎也迴蕩著一股氣流，應和著一個犁地農民的歌聲，他也情不自禁地跟著唱起來：年年苦輩輩窮，老天整我一家人，吃人的老天啥，不太平不太平。盼星星盼月亮，盼著救星共產黨……

還有一些音樂的插入是作品主題的直接呈現，起到點題的作用。羅偉章的《佳玉》書寫女性的苦難命運，同時隱含著一種希冀，小說結尾，引用的是歌曲《花心》，將這種春回大地，萬物復蘇的希望表達了出來。張惠雯的《昨天》是小說主人公回國後的經歷書寫。小說中僅從人物口中得到敘述者在海外生活的信息，絕大部分內容已經是尋常書寫了。這是一段發生在青年時代的故事，似乎與海外書寫沒有多大關係，這是一段關於青春的記憶，一段未遂的感情。關於小縣城的整體描摹，同學多年後的重逢場景，人物細膩的心思。一首經典歌曲《昨天》將這種歲月的追憶引向了高潮，是典型的時光重現的書寫。但是越是期待曾經的那個她，越是感覺到落差。回憶之中，是對世俗社會的蔑視，理想的堅持，一個理想的人物，總是與社會格格不入，完全不會進入世俗的全套，而這位記憶中的女孩，已經完全跌落神壇，不復當年的理想寄託。一段失敗的愛戀，隱喻的是理想的求而不得，知音難覓，無法與世界達成和解。小說主人公也是一個外來者身份，因此也有一種離散之感。多年後的重逢，並不意味著重新找到如初的人，這些在記憶中重現的時光，印證了小說所引用契訶夫的話：「大衛王有一個戒指，上面刻著幾個字：『一切都會過去』……要是我有心給自己定做一個戒指，我就會選這樣一句話來刻在我的戒指上：『任何事情都不會過去』。」真實的狀況似乎就是這樣，任何事情都不回過去。歌曲的意義在這裡得到很好的使用。

（二）主題補充與擴展

小說主題具有多重性，很多時候作家表達的主題遠遠超遠文字本身，通過音樂的介入，實際上蘊藏了另外的主題。音樂對作家的影響不僅僅侷限在音樂元素的挪用方面，而是借助音樂，豐富小說，昇華主題，有時候音樂成為小說的：主題曲作為文本的總主題。曹文軒的《蝙蝠香》（《人民文學》2017 年第 6 期）中《秋風》歌不斷出現，成為文眼，這首歌在文中出現多次，每一次都和主人公村哥相關，這首原本不屬於兒童的歌曲，被村哥不斷哼唱，隱喻著村哥的成人世界觀。「秋風起，草木黃」出自劉徹的《秋風辭》。

有的時候，音樂的主題表達更為隱秘，有時候甚至是一種暗示和曲筆，但是不影響其深刻性。一方面，音樂凸顯了一種敘事倫理〔註 13〕，另一方面，音樂是一種曲筆，是主題推進的一種曲線。很多時候作家筆下的語言往往和想要表達的思想不同，形成強烈的藝術張力，形成一種「反諷」，而反諷，則是小說敘事的根本密碼〔註 14〕。比如馬原的小說《牛鬼蛇神》開始使用歌曲定下了行文基調，《牛鬼蛇神》歌是文化大革命流行歌曲中最為荒唐的一首，是專供

〔註 13〕叢新強、李麗，《有聲的「風景」與革命敘事——論「十七年」小說的歌謠嵌入現象》，《當代文壇》2020 年第 5 期。

〔註 14〕盧卡奇在他的《小說理論》中提出現代小說的一種形式原則是反諷（Ironie），這既是小說的構成要素，同時也是小說主體的自我認識及自我揚棄。參見（匈）盧卡奇，《小說理論》，燕宏遠、李懷濤譯，商務印書館 2018 年版，第 66 頁；詹姆斯．伍德也指出，「敘事領域幾乎……沒被諷刺碰過」。參見（英）詹姆斯．伍德，《小說機杼》，黃遠帆譯，河南大學出版社 2015 年版，第 17 頁。

『牛鬼蛇神』們唱的《嚎歌》。這首歌曲的作者之一是《中國人民志願軍戰歌》的作者。他來創作這樣的歌曲歷史諷喻意味有多麼濃厚。曹禺、新鳳霞、馬思聰等人都被迫唱過這樣的歌曲。〔註 15〕歷史過去多年，當小說中再次引用這首《嚎歌》，除了再現歷史，難道不該有些許的反思？這也是作者的高明之處。韓東小說《小城好漢之英特邁往》開始便用唱歌的遊戲奠定了整個小說的基調。遊戲所唱歌曲是一首老區革命歌曲《蘇區幹部好作風》，這首歌曲之所以在作者描述的那一代人中十分熟悉，並且會當成一種遊戲，一方面是因為所有革命歌曲至高無上的地位，具有極其廣大的受眾群體，另一方面也與當時生活的單調乏味有關。革命歌曲作為遊戲性的笑料，頗具諷刺性，也和整個小說的揶揄風格相匹配。

小說的音樂性敘事是藝術演進的一種規律，在當前聽覺文化轉向的語境中，這樣的研究顯得更加重要。藝術本身就是多媒介的，在近年來的藝術史撰寫中，跨媒介藝術史是普遍的提法，而這些都是看到了媒介間的相似性和藝術間的共同性。也正是這種媒介間性，使得跨媒介敘事得以實現，也讓小說和音樂的聯姻水到渠成。小說一直不乏音樂敘事，處在多媒介語境中的當代小說尤為明顯。音樂在小說中作為一種伴隨文本存在，與小說互文，幫助小說完成敘事。音樂在小說中使用一是能奠定敘事基調，標識時間印記，作為敘事時間的補充。音樂能充當敘事元素，作為敘事元，推動情節發展，與小說文本形成張力，深化主題。音樂還能彰顯風格，強化情感。最終，小說借助音樂更好地言說我們的世界。在黑格爾關於藝術的論述中，藝術的門類地位有所差異，但最高級別的藝術最趨近哲學〔註 16〕，音樂因為極為抽象，普遍被認為是最接近哲學的藝術，更具哲理性，地位也就相對較高，誠如哥德所言，「也許就是在音樂中，藝術的崇高是最為明顯的。」〔註 17〕音樂是一項偏向哲學的藝術體裁，在藝術大家族中具有核心位置，特別是在藝術的音樂本體論者那裡，「所有的藝術都追求音樂的效果」〔註 18〕的觀點影響較深。因此被其他體裁廣泛借鑒。

〔註 15〕李皖，《多少次散場，忘記了憂傷——六十年三地歌》，北京三聯書店 2012 年版，第 53 頁。

〔註 16〕參閱朱立元，《內在提升・辯證綜合・自由藝術——對黑格爾「藝術終結」論的再思考之二》，《當代文壇》2020 年第 1、2 期。

〔註 17〕（美）克雷格・萊特，《聆聽音樂》（第五版），余志剛、李秀軍譯，生活・讀書・新知三聯書店 2012 年版，第 2 頁。

〔註 18〕轉引自趙毅衡，《符號學》，南京大學出版社 2012 年版，第 137 頁。

從更大的方面說，文本的音樂性讓小說文本體現出一種時代的抒情話語，某種意義上承接了中國的抒情傳統。

音樂寄寓了一種獨特的情感，比任何文字描述都要來得直接、迅速而又恰到好處。小說每每在情感的極致之處使用音樂。張承志的小說《黑駿馬》主要的情感紐帶是那首蒙古音樂《黑駿馬》，在感情的節點上反覆吟唱。無論是愛情的萌芽，親情的祝福，還是民族間的友情，都寄寓在了音樂之中，一詠三歎，盪氣迴腸。張好好小說《布爾津光譜》中爽秋和爽夏升起的情感是《一翦梅》：「真情像草原廣闊，層層風雨不能阻隔……雪花飄飄，北風蕭蕭，天地一片蒼茫……」音樂在這些地方所起到的情感表達作用任何文字都無法替代。胡海洋的《大河拐大灣》中出現了音樂《九九豔陽天》，這首歌是那個時代感情的見證。每當卓飛飛吹起木格口琴，歌聲響起：九九那個豔陽天來哎喲，十八歲的哥哥呀坐在河邊……少男少女們便春心蕩漾，小兔子也快得花癡病了。「音樂音響符號的意義是一個開放生成的東西，人對音樂音響意義的不斷闡釋和不斷賦予，是人作為文化符號動物的一個本質屬性。」〔註19〕我們對音樂的不斷闡釋，就是我們追求自身意義的過程。在詩歌中同樣如此。宋學鏞的《古樂》以古代的武器和戰爭所發出的聲音為音樂，形成張力，將戰爭的殘酷、歷史的滄桑表達出來。

音樂除了帶給文學作品技術層面的結構優化、審美提升之外，更多的還在於透過音樂更生動更完整凸顯作品主題。格非的作品通過音樂對主題的延伸和擴展十分具有代表性。格非的小說中充斥著大量的音樂元素，包括作者讚賞的古典音樂及其批判的流行音樂。這種音樂主題的凸顯是作者刻意為之，音樂的出現昇華了小說的整個主題。在格非的小說中，音樂元素除了上文提到的技巧層面的對應，音樂式的體驗、想像和象徵是格非小說擅長表現的。昆德拉直言，「所以我堅持：小說首先是建立在幾個根本性的詞語上的。就像勳伯格的『音列』一樣。」〔註20〕格非的小說正建立在幾個如同音列一樣的詞語之上，這些詞語構成了小說的主導動機。這些關鍵詞分別為先鋒、記憶、欲望、啟蒙、批判、精英、哲學、悲劇等，而這些詞語都是圍繞音樂而展開。

〔註19〕黃漢華，《符號學視角中的音樂美學研究》，暨南大學出版社，2012年，第17頁。

〔註20〕（捷）米蘭・昆德拉，《小說的藝術》，董強譯，上海譯文出版社2004年版，第105頁。

為什麼古典音樂在作者那裡有著那麼高的地位，這就是作者精英立場的體現，古典是和精英劃等號的，精英又是和啟蒙者救世主的代名詞。他採用音樂欣賞品味的差異來進行人與人身份地位的區隔。「一種文化資本或趣味充當著階級區隔的功能……古典音樂成為『我』的『隱身衣』或唯一的身份認同。」〔註 21〕個體究竟屬於哪一個群體通過選擇何種音樂決定。音樂成為身份認同的工具，個體根據音樂的趣味將自己與一般人分割開來。如新民謠就是一種身份標識很明顯的歌曲門類，「他們在把自己塑造成社會主體的同時在排斥另外一些社會主體。」〔註 22〕也就是說搞新民謠音樂人一方面關注社會現實，特別是底層人民，許多的歌詞直指現實的矛盾，尖銳而犀利；但同時又將自己與普通人劃清界限，通過歌曲將社會階層分得更細、更具體。另外，一些民族之間的分割也和歌曲有關，不同的民族信仰者不同的神靈，吟唱著不一樣的民族歌曲。

群體歸屬這一功能在古代音樂發展史上不是很明顯，但也不容忽視，「曲高和寡」也從一個側面印證個歌曲劃分階層的功能。在中國，孔子最早提出了音樂劃分群體的功能，事實上，如果沒有尖銳的政治經濟矛盾，很難相信一個國家能被幾首歌唱垮，而搖搖欲墜的腐朽政治，也不可能僅僅因為制禮作樂就太平無事。但孔子在感受到音樂藝術的魅力之後，立即表現出對審美快感的拒絕——要求「放鄭聲」。頗有區分精英藝術與大眾藝術的意味。這是音樂的身份歸屬在古代的體現。當下，音樂功能更為複雜繁多，但最為主要的是身份認同，群體歸屬。人被商業關係原子化，原來的儀式化社會關係不復存在，不得不尋求新的方式，這就以身份認同為主。

在娛樂時代，最為便捷的就是與娛樂明星認同。音樂甚至充當了分化社會階層，社會圈子的角色。現代社會的孤獨感讓人們不得不通過娛樂明星的認同尋找自己的圈子，戴上耳機，彼此擦肩而過，聽著的卻是截然不同的歌曲，往往尋找屬於自己的「粉絲群」。社會的分化從表面看是經濟的驅使，實質則是文化，富人文化，中產階級，小資產階級等等，某些藝術形式很明顯的分開了，富人聽著巴赫，貝多芬，小資產階級聽著搖滾，農民工聽著旭日陽剛，並不是一張古典音樂的碟片要比一張旭日陽剛的碟片貴多少，而是在潛移默化中向

〔註 21〕張慧瑜，《誰穿著「隱身衣」，誰在「隱身」？——評格非〈隱身衣〉》，《東吳學術》2014 年第 6 期。

〔註 22〕劉斐，《民謠：通俗音樂的自我敘事和歷史記憶》，《藝術廣角》2012 年第 3 期。

某個圈子靠攏。周傑倫的粉絲和左小祖咒的粉絲一般會是截然不同的兩類人，大家都在娛樂中尋找自己的圈子。

格非在小說中處處以音樂的品位來進行身份指認。在《欲望的旗幟》中，多次出現古典音樂，成為一種特殊的意象。《春盡江南》中描寫古典音樂的筆墨更多，對待古典音樂的態度直接決定了人的品格。對於端午而言，這是最低限度的聲色之娛，是難得的靜謐享受。到《隱身衣》，音樂元素的使用更多。古典音樂的愛好者愈來愈少已成客觀現實，大眾文化的崛起衝擊著人們的生活。雖然作者在文中不斷的追問，大眾文化時代已經到來。這樣的作品注定只能是為少數人而作。大量充斥著的專業術語、品牌意識，處處體現著一個精英的立場。這個時代的聽力壞了既是對時代變遷（墮落）的隱喻，也是作者精英立場的體現。

音樂是最具哲學意味的藝術形式。大凡一流的哲學家，無不對音樂研究有獨到見解。柏拉圖、黑格爾、尼采，無一不是。音樂是哲人孤獨旅程的第一推動力。關於音樂的哲理性思考，源於音樂的奇特與神秘。很少有人能夠完全指出為什麼一大堆的音符排列能夠形成旋律，並能左右我們的情感。心理學、社會學、甚至生物醫學的方法都有用過，還是沒能講清楚。只有從哲學層面、形而上的層面來進行分析。

哲學家思索意義每每以音樂切入。在《悲劇的誕生》中，尼采講道：「他（蘇格拉底）在獄中告訴他的朋友，說他時常夢見同一個人，向他說同一句話：『蘇格拉底，從事音樂吧！』他直到臨終時刻一直如此安慰自己：他的哲學思索乃是最高級的音樂藝術。他無法相信，一位神靈會提醒他從事那種『普通的大眾音樂』。」「做音樂家吧，蘇格拉底！輕似耳語的話，是蘇格拉底的美學本能給他的啟示。尼采藉此要提出什麼啟示呢？也許是：哲學家、科學家本來就是藝術家，本來就有美學本能。我們對生命神秘的種種感受，並非邏輯所獲得的因果可概括。白日裏站在雅典街頭滔滔不絕的蘇格拉底對他的辯證邏輯信心百倍，在夢中卻察覺了邏輯思維的侷限。」〔註23〕哲學究竟能給我們什麼，文學又能給我們什麼？或許這種終極追問本身就沒有答案，也不可能用科學的、邏輯的方法論證，正如音樂一樣，無法說清楚，但是的確能觸及人的靈魂，而這不正是人的美學本能麼？

〔註23〕童明，《別忘了音樂、蘇格拉底：尼采式轉折下篇》，《外國文學》2008年第2期。

叔本華指出了音樂的意志表象。尼采延續了他的觀點。作為哲學家的尼采早期思索的問題主要有兩個，一是生命意義的解釋，二是現代文化的批判。兩個問題有內在的聯繫。根本問題只有一個，就是如何為本無意義的世界和人生創造出一種最有說服力的意義來。尼採選擇的方式便是音樂。他對希臘藝術的解釋建立在日神和酒神這一對概念的基礎上。尼采推崇的是酒神，音樂便是酒神的藝術。其他藝術是現象的摹本，而音樂卻是意志本身的寫照，所以它體現的不是任何物理性質，而是其形而上的性質，不是任何現象而是自在之物。

格非的很多作品對此也進行了思考。無論是對歷史的探尋還是對現實的把握，格非都是從形而上的層面進行哲學思考，「我確信還沒有哪一個當代作家，在如此形而上的意義上，對歷史敘事的哲學與詩學作出過如此豐富而敏感的探求。」〔註 24〕在格非的小說中，往往出現一些富含哲學意味的讖語、格言，解讀空間極大。如《邊緣》《背景》這兩部作品，蘊含著深厚的哲理意味，並且深受音樂的啟發。「回憶就是力量。」「回憶是一杯毒酒。」格非對記憶情有獨鍾，且記憶往往呈灰色。這和他童年的不快記憶有關，而音樂在某種程度上緩解了這種記憶帶來的不安與焦慮。《邊緣》這部小說是記憶堆積的，一開始便是回憶的口吻，「現在，我依舊清晰記得那條通往麥村的道路」，這種對過往的反覆回憶在一定意義上消解了作者的不快記憶。這篇小說是受了音樂的啟發而作，有點即興的成分。往大處說，是在探討人的邊緣生存境遇，往小處說，這是作者的排解之作。整部作品小標題不斷復現，人物的命運也被反覆地書寫，如同音樂中的重複。再者，音樂與記憶本身就是割裂不開的。時間、記憶、音樂乃至意志，這些因素交織在一起，構成複雜的世界，複雜的文本。《背景》是對記憶的再度描摹。

雖然很多音樂攜帶大量的伴隨文本如作曲家的創作動機、創作目的、創作心態和生存環境等可以給我們解讀音樂以參照，使得抽象的音樂有了實質內容，變得具象，但是音樂畢竟不同於有具體內容的歌曲。黑格爾在《美學》一書中早就指明了這一點。音樂是一種抽象的表情藝術，具有哲學意味，很多時候已經超出藝術的範疇。從這一層面來講，音樂和物質世界實際是分離的。因此談及音樂，更多的是形而上學的思考。

音樂的主題使格非的小說具有濃鬱的哲學色彩，格非小說的哲學意味與

〔註 24〕張清華，《敘事．文本．記憶．歷史——論格非小說的歷史哲學、歷史詩學及其啟示》，《山東師範大學學報》（人文社會科學版）2004 年第 2 期。

他涉獵的西方哲學資源相關，同時也與自身對生命的終極思索有關。他的很多小說已經是純粹的哲學作品。很多作品直接探討哲學問題，而這種思量，從總體上與對音樂的迷戀有關。如《傻瓜的詩篇》講述的是精神病人的故事，討論的主題類似「瘋癲與文明」，古老的風琴的聲音始終飄蕩在小說中，出現在一些關節的情節點上；《欲望的旗幟》圍繞哲學院與哲學教授展開，探討著「先有雞還是先有蛋」的哲學問題，也時時出現對音樂的思考。小說的先鋒意味很濃，帶有哲學色彩。文中明顯引用了許多富有哲理的話語，「要想認識村子，必須試圖找到一條從中走出的路並且充滿仇恨。」「美的東西並不光和善結伴同行，它常常是一種下流的外衣。」「……只要你訴求，他總會來的。」同樣，哲理性也和音樂有關。文中夾雜了很多亦詩亦歌的句子，使得小說如同音樂一般行進。「琴聲如訴」，吉他少年的歌聲也為小說蒙上了一層哲理的外衣。總之，這些琴聲、歌聲既是真實世界的裝飾與「隱身衣」，同時又是希望的保證，更是披著在物質是世界上的哲理外衣。現實主義的回歸讓很多人歡欣鼓舞，但也有少部分人選擇了沉默，格非是少數之一。在他看來，小說不應該喪失個人對存在本身的思考，文學應該具有兩種視野，一是關注現實，格里耶、卡夫卡無一不是關注現實的。但同時，小說必須思考自身的存在。格非對自身存在的思考使得他的小說充滿了哲學意味。而音樂正是哲學的具體體現，透過音樂，思索人性，思考人的存在。

在羅偉章的小說創作中，經常使用音樂來進行敘事。羅偉章的小說文本普遍具有音樂性，追求一種音樂的美感和律動。《聲音史》《寂靜史》《誰在敲門》都與聲音有著密切的關聯。《不必驚訝》中，笛聲成為一個十分重要的意象，「笛聲不斷、歌聲不斷」，三月的笛聲、成豆對音樂的感知與人物的性格刻畫結合起來。《聲音史》分為四卷，分別題名「東風引」「莫思歸」「鷓鴣天」「千年調」，都是和聽覺有著千絲萬縷的關係。《大河之舞》中的音樂描寫一方面集中在巴人的音樂上，另一方面則是羅傑所演唱的「喪歌」，羅傑自始至終對音樂老師有一種近乎癡迷的崇拜，這種對音樂的態度是富有深意的。幾乎每一部作品，都少不了引用音樂。《飢餓百年》李古歌經常被他引用。《聲音史》中，一段古歌幾乎成了小說的題眼：

> 我們家鄉的樹子，
> 樹葉飄到別處去了。
> 我們家鄉的泉水，

悄悄流到別處去了。

我們家鄉的岩鷹，

展翅飛到別處去了。

……〔註25〕

這是一首在老君山傳唱甚久的古歌，歌詞成為讖語和語言，某些事情，開始就預示了結束。歌詞所描寫的，正是當前村莊的「空心」面貌，但這段歌詞的引用，不光是對現在村莊的一種寫照，而是在強調一種預言性，「傳唱甚久」說明了古歌並不是根據現狀所吟唱，而是提前預知，再次呼應了民間思維的一種神秘性。在《聲音史》中，還有秋玲等人演唱的「打鬧歌」，經過整理後，成為重要的文化遺產。這裡的音樂所蘊含的又是一層主題，傳統與現代的交鋒，民歌的命運在現代社會的翻轉。

在《隱秘史》中出現了很多異質性的元素，作家多通過音樂的插入來進行表達。比如小說中的吳興貴這一形象，他永遠哼唱著各式歌曲，他的歌聲貫穿了整部小說。而這些歌曲，多是具有原始野性的民歌小調，是為「騷歌」，小說中多次引用的歌詞，凸顯一種奔放而熾烈的情感。比如：

要吃砂糖嘴對嘴，

要吃桃子叫妹妹。

桃子妹妹一個樣，

剝了皮皮流水水。〔註26〕

因此，他能夠「拐來」女性，能夠為了愛情私奔，似乎是個不著調的人，但也正是他能給予女性安全感，成為其他人羨慕的對象。他可以為真實的感情而活，而與之相對的另一些人物，則是一種形同虛設感情。在桂平昌生病之後，醫生開出的藥方是妻子的「溫存」，帶有玩笑性質，也揭開了多年有名無實的夫妻關係。而這樣的關係，正是絕大部分人的現狀。

楊浪也是一種異質性的角色，這一人物從《聲音史》就開始出現，到三部曲的終章，仍然存在，作者寄託了很多東西在這一人物身上，而他最異質性的地方，則是通過聽來實現，這也是廣義的音樂性。他採集聲音，為鄉村保留最後的紀念，從常人角度出發難以理解，但也正是這種舉動，從光陰的深淵裏喚醒人們記憶的舉動，為村莊留下最後的影子。

〔註25〕羅偉章，《聲音史》，十月文藝出版社 2016 年版，第 121 頁。

〔註26〕羅偉章，《隱秘史》，江蘇鳳凰文藝出版社 2022 年版，第 206 頁。

邱華棟的歷史小說《空城紀》書寫了大量的音樂元素，特別是在《龜茲闋歌》中，側重的是西域音樂，貫穿小說中的是漢琵琶的聲音和形狀。腰鼓、毛圓鼓、都曇鼓、達臘鼓、撥浪鼓，還有笙、銅角、橫笛、豎笛等樂器不斷出場。小說以音樂為紐帶，進行文化的交流，西域音樂、大漢音樂在雙向交流中都獲得了提升。而這些音樂其實是中土和西域各國文化交流的表徵，寫音樂主要還是為作品的主旨服務，透過文化的交融來築牢中華民族共同體。

一些重要時間節點上的音樂又有更深層的意味。張清華在重讀王蒙的《蝴蝶》時提出：（《蝴蝶》）寫出了近乎石破天驚的主題——「意識形態話語的失效」及其荒誕感的問題。而這一「聳人聽聞」的結論則是源於作品引用的一首流行歌曲。——在 1980 年開始半公開半秘密地流行的鄧麗君的一首叫做《千言萬語》的歌，用它打開了回溯歷史與理解現實的鑰匙。「在普通人那裡，這首歌或許只是一首迅速佔領了其感官和日常趣味的流行曲調，但在王蒙所精心刻畫的主人公這裡，卻意識到了一場歷史性的冰消雪融，一場靜悄悄的、全面的、悲哀而無法抗拒的塌陷，曾經的革命意識形態的無聲而確鑿的塌陷。」

張清華引用了不少小說中直接描寫這首歌曲給人產生震盪的細節：「他想砸掉這個採購員的錄音機⋯⋯這是徹頭徹尾的虛假！這是徹頭徹尾的輕浮！那些在酒吧間裏扭動著屁股，撩著長髮，叼著香煙或是啜著香檳的眉來眼去的少爺們和小姐們，那些⋯⋯混蛋們，他們難道真正懂得什麼叫愛情，什麼叫憂愁，什麼叫寂寞嗎？」

「一首矯揉造作的歌。一首虛情假意的歌。一首淺薄甚至是庸俗的歌。嗓子不如郭蘭英，不如郭淑珍，不如許多姓郭的和不姓郭的女歌唱家。但是這首歌得意洋洋，這首歌打敗了眾多的對手，即使禁止——我們不會再幹這樣的蠢事了吧？誰知道呢——禁止也禁止不住。主人公義正詞嚴的鄙視，並沒有戰勝他剎那間不由自主的猶疑。」〔註 27〕

這些引用和分析，從作品中的一首鄧麗君的歌曲，得出了聳人聽聞卻又無比正確的結論：王蒙在這裡為我們提供了一把通過現實進入歷史的鑰匙，當然也是我們進入他的小說的鑰匙。鄧麗君的歌所代表的，其實是人們對於日常生活和世俗情感的接納，這是一個渺小而又巨大的信號，舊時代的終結與新時代的來臨就是從這裡開始的。它被舊政治視為非法的身份，卻因為「無邊的日常

〔註 27〕張清華，《論〈蝴蝶〉的思想超越與語言內省——一個歷史的和解構主義的細讀》，《文藝研究》2015 年第 6 期。

生活」的包圍而獲得了勝利，實現了權力擁有者尚未覺察的僭越。

以此也可以看出，音樂具有多麼神秘的力量。帶去的衝擊和震盪，既是作品中人物的，也是敘述者的，作家的。

（三）刺點與張力：主題的進一步深化

音樂用於小說闡釋的理論基礎在於小說中的音樂是以「刺點」身份出現，極具標出性。「一個文本的組分之間是不平等的，大部分組分成為背景，襯托最表達意義的部分，成為文本的『刺點』。」〔註 28〕當小說中有音樂出現時，大部分的描述性文字作為一種背景存在，歌詞此時便充當了文本的「刺點」，成為小說解讀的關鍵。因為小說慣用純文字進行描述，而使用音樂則是一種帶標出性的表意方式。

史鐵生的《我的遙遠的清平灣》描繪了一種與時代割裂的「詩意鄉村」，主要是通過信天遊的使用來實現，小說中出現了大量的信天遊段落。朱偉認為，《我的遙遠的清平灣》我感覺像是一首悠揚的牧歌，背景是那種秋山的顏色：紅的小灌木葉子，黃的杜梨樹葉子，珊瑚珠似的小酸棗，藍濛濛的野山花，有牧笛從那秋色中透出來。在這篇作品裏，鐵生調動出所有他對那片土地的情感，使畫面凸顯出那種色彩凝滯的效果，讓那信天遊的動人旋律在這凝滯的效果中遊動。信天遊就好比是畫面裏透出來的牧笛，它哀婉動人，又那麼輕快地遊動著，在遊動中又顯出飄逸。這裡，結構、細部的勾畫，都退到了極次要位置，決定整個作品生命的是那種熾熱真摯的情感的極自然流淌。這種熾熱真摯的情感洇進了信天遊，於是信天遊中就有了那樣動人的哀婉。這個作品最終有極強的回聲效果，當一切都淡化成一縷縷煙消散的時候，只剩下信天遊那種調子在顯得極空曠的天幕上飄。而它的回聲，又極像是一顆心臟在緩緩而有力地跳蕩。〔註 29〕

「信天遊」成為小說全部意義之所在，是對「詩意鄉村」的讚美，有論者擔心這樣的闡釋對其他主題有所遮蔽〔註 30〕，其實正是因為音樂的介入，讓另外的主題也得到了深化，在一個動盪的時代，這一絲的音樂，不也正是期待與

〔註 28〕陸正蘭，《詩歌作為一種「刺點體裁」》，《福建論壇·人文社會科學版》2014 年第 1 期。

〔註 29〕朱偉，《鐵生小記》，見《作家筆記及其他》，江蘇人民出版社 2006 年版，第 35～36 頁。

〔註 30〕劉芳坤，《詩意鄉村的「發現」——〈我的遙遠的清平灣〉與 80 年代文學批評》，《南方文壇》2011 年第 5 期。

絕妙的諷刺嗎？不也可以和「人民性與社會政治的互動」等問題有著另外的契合角度？

曹征路的《那兒》是一部底層文學的代表性作品你。它原本的標題是《英特耐雄那兒》，是《國際歌》中文音譯「英特耐雄納爾」調侃式的改動，但當小說發表時，標題縮減為《那兒》。因為不希望原始的題目過於直白地顯露出與「英特耐雄納爾」的關係。而實際上，《國際歌》在文中出現了多次，形成主題闡釋的有效參照：

在《那兒》中，進入故事不久，讀者便會意識到這個題目「那兒」的來源，《國際歌》(「英特耐雄納爾」) 的中文音譯。在故事裏，這首歌是朱衛國的母親經常唱的。老太太彼時已患老年癡呆症，對任何事物的反應只有「好，好」。敘述者特意提到他的姥姥，即朱衛國的母親，時不時會唱《國際歌》，但發音不清。每每唱到「英特耐雄納爾」，便唱成「英特耐雄那兒」。當有人告訴她應該是「納爾」而不是「那兒」的時候，她只是簡單地回應道：「那兒好，那兒好。」在這裡我們可以想起本文開頭提到的《當代》雜誌編輯所提到的，這篇小說原本的題目是《英特耐雄那兒》，但是當它發表出來的時候，變成了《那兒》。我以為後者效果更好，它有助於把注意力聚焦在朱衛國悲劇故事承載的兩種不同的理念上 (visions)：「國際的」共產主義和「全球化」資本主義。從烏托邦到烏托邦失樂 (distopia)，「那兒」能指空間但又不特指某處，可以引發進一步的思考。〔註 31〕

戰爭小說中的音樂最具「刺點」意味，朱秀海的《音樂會》是一部描寫戰爭的作品，卻處處充滿音樂的氣息，戰爭與音樂形成一種張力。音樂會是人們對理想、對美好的一種高尚追尋。在作品中，音樂會又是至高雅與至殘酷的象徵。主人公金英子對音樂的癡迷，讓每一個年輕的生命都會產生與自己理想的契合。金英子從對音樂的著迷，經歷了戰爭的異化後，出現了對音樂的著魔。音樂會的出現為小說文本加入了盪氣迴腸的音效，語言文字無法抵達的地方，便有了音樂的滋長。也可以說，音樂會也在有意緩解小說由於真實書寫所造成的血腥感，實現戰爭的殘酷性向唯美詩意的轉化。無獨有偶，徐貴祥的《琴聲飛過曠野》書寫戰火中的琴聲，音樂作為一種「刺點」出現在整個戰爭展面中。新四軍文藝隊有個特殊的童子班，孩子們在火熱的革命歲月中成長為戰士。戰

〔註 31〕（美）鍾雪萍，《〈那兒〉與當代中國的「底層文學」》，《杭州師範大學學報》（社會科學版）2012 年第 4 期。

火硝煙中飛揚的琴聲與唱腔，寄託了他們澄澈而滾燙的心，也代表了民族的希望。新作延續徐貴祥作品的「英雄主義」內核，又在革命戰爭傳奇的書寫中灌注了靈動而昂揚的少年氣。王筠的《交響樂》也是一部描寫戰爭的小說，卻用了「交響樂」這樣音樂化的題目。

韓少功的《日夜書》中出現的音樂就有「刺點」的功能。小說雖然是文革題材，但是整個小說的基調與其他同類小說不一樣。他筆下的文革少了很多殘酷與荒誕，更多的是日常生活的流水帳記錄。音樂在農場可以肆無忌憚地唱，甚至一些歪歌也可以在這裡大唱特唱：大海航行靠舵手，外婆出來曬太陽（原句萬物生長靠太陽）……當異樣的歌聲從這裡傳出，小說的基調也就變得與一般文革小說迥異。房偉的《血色莫扎特》中音樂也是一種刺點作用。謀殺、懸疑、血腥的場景卻時時與音樂產生著關聯。張愛玲的《秧歌》中，秧歌也是一種刺點安排，一面是歡歌笑語，一面是血淋淋的殺戮。

葉彌的《致音樂》以音樂為題，繼續她一貫的歷史主題，小說書寫了一位音樂家的故事，通過不斷插入的音樂來塑造音樂家的人格，通過音樂家的遭遇來書寫時代，音樂以及音樂家的遭際正是時代的折射，同時對時代與人性也有一定程度的思考，音樂寄寓著理想與希望，是墮落的悼詞與輓歌。音樂映像著人格，成為精神支柱，也在反諷著那些投機分子。

葉彌小說《風流圖卷》主要以音樂推動小說進程。小說的主題也主要通過音樂來開掘。葉彌慣用音樂進行敘事，早期創作的被拍成電影《太陽照常升起》的短篇小說《天鵝絨》就已初現端倪。

《風流圖卷》開篇就以聲音為切入點，胖女子「我近來的聲音越來越像我奶奶了……」，瘦女子「我的聲音像劉胡蘭……」然分別用獨具特色的嗓音喊出「孔朝山，我要和你困覺！」胖女子「普通話裏帶著吳儂口音」，瘦女子「是北方口音，嘹亮的女高音驚天動地」。以聲音差異隱喻人物性格差異，聲音在這裡極具闡釋意味。聲音（口音）是套在人類身上無形的枷鎖。接下來更具諷刺意味的事情出現了，女人唱起了國歌，在國歌聲中伴隨著「睡覺、睡覺……」故事的主要線索是父親和兒子的愛情，夾雜著時代的大變遷，歌聲從父親的故事開始一直伴隨到兒子的故事。兩個女人在這樣的時代中，視眾人如無睹把心思不加遮攔地呼喊出來，這是何等魄力？由此也奠定了整部小說追求逾越世俗觀念愛情的基調。

拉歌比賽是最流行的場景，都是革命音樂，音樂在某種意義上是革命年代統一思想、激發鬥志、品鑒優劣的利器，「我們唱了你們唱，革命音樂快快唱，唱不出來不像樣！」小說不侷限用音樂敘事，還透過音樂反思社會與文化，「問題是——你有沒有發現，我們已經很久沒有自己的音樂了？美帝國主義有，什麼音樂劇、流行歌手、搖滾樂、爵士樂，他們還有人權主者……」

每當有人唱起郭蘭英淳樸天真的歌聲：「婦女都成了自由人，國家大事咱也能管哎嘿嘿喲……」的時候，外婆就會道出真話，「這叫什麼歌，喉嚨直別別的一點味道都沒有……周璿的歌呢了？怎麼沒處聽了？」周璿的歌聲雖沒有響起，但在這裡作為一個刺點而存在，攪亂了一般人的思維。

所有的音樂在小說中出現都具有標出的特性，可以迅速吸引讀者眼球。還有部分音樂更是作為一種刺點存在，加深小說的意味。展面是不好不壞的中間感情，而刺點是把展面攪亂的東西。「刺點是文化正常性的斷裂，是日常狀態的破壞，是藝術文本刺激『讀者性』解讀，要求讀者介入以求得狂喜的段落。藝術是否優秀，就看刺點安排得是否巧妙。這是任何藝術體裁都必須遵循的規律，因為任何作品的媒介都可能被社會平均化、勻質化、自動化，失去感染力。」〔註 32〕刺點能造成文本之間的分各個差別，也可以造成同一個文本中的跌宕起伏。刺點能震撼我們正常的觀影心理，增加敘事的張力，在社會歷史進程中，革命與變革成為刺點，攪動歷史發展，在藝術發展史上，新的流派、主義是一個個刺點，不斷攪動著藝術這個大缸。

周璿是大上海的女星，她的音樂是靡靡之音的代表。對「靡靡之音」的喜愛實則是人類感情的正常釋放，但革命年代正常的人性被扭曲了，從外婆嘴裏講出對周璿音樂的期待，更值得玩味。

小說中多次出現了有刺點特質的音樂。青少年在那個年代被扭曲得更為嚴重，世界在那時已經瘋狂了，作者不去學校時給父親唱的歌說明了一切：

> 鳥兒為什麼唱，
> 花兒為什麼放，
> 你們看一看這世界，
> 這瘋狂的世界……

時代朝著更為瘋狂的地步發展，有名作家創作廣為傳唱的音樂：

> 誰說專家才能搞，
> 我們不信那一套！

〔註 32〕趙毅衡，《符號學：原理與推演》，南京大學出版社 2011 年版，第 141 頁。

別看我的土爐小，

萬座礦山吞得了！

別看我是大老粗，

煉的鋼鐵質量好。

小說末尾，《白毛女》裏的高亢音樂響起：

我要活，

向前走。

不回頭，

我要活……

即使在這樣一個愚昧、盲目、狂熱、殘酷的時代，「風流」人士仍然充滿了生命活力，堅持著人性殘留的一絲溫存，要活下去。

馬原的中篇小說《灣格花原歷險記》中出現的音樂是《造房歌》，這首歌也是以刺點身份出現：

我用泥巴捏房子

我用沙子蓋房子

大人的房子像房子

我的房子不像房子

哦，房子

孩子沙子紅泥巴

甘草菊花太陽神

我的太陽神

對人來說，造房子比什麼都要緊，而孩子的天真思維與成人的理性思維形成鮮明的對照，寄寓了作者對某些東西逝去的失落之感。

鮑爾吉·原野的創作被認為具有他的歌唱家好友騰格爾的風格。小說《露水旅行》就是一首娓娓道來的音樂。文中很多音樂就具有「刺點」意味。小說還敘述了不少與歌唱有關的生活習俗，歌唱的習俗就是民族品格的寫照。如花火繡的人們只在家裏和原野上唱歌，而不去「唱歌房」。借扎伊諾之口指出，「人不嚴肅，唱什麼卡拉 OK？你想想唱卡拉 OK 的人，在一個屋裏，擺一圈沙發，手拿著麥克風對著電視唱歌，幹啥呢？」這是人們透過歌唱的變遷而對整個民族裂變的反思，涉及市場化、商業化等理所當然的歷史進程。

夢中的音樂是《毛主席來到咱們村莊》，有歌唱有蒙古族的特色樂器呼麥。

夢中的場景十分詭異。戴上表之後唱的音樂是《江沐淪》：

將沐淪啊，

流了幾百年，

波濤裏有祖先的歌聲，

從河邊走過的人啊，

你們停下來聽一聽吧。

小說主要用音樂尤其是民族音樂進行敘事，整部小說主要用音樂和歌唱行為來告知我們他們的世界。如果我們對這些音樂一無所知，我們又如何能理解這部小說，我們又何談理解這個民族？

在家鄉的時候，一大堆人在一起唱蘇聯音樂：

在那遙遠的地方，

那裡雲霧在蕩漾。

微風輕輕吹來，

吹起一片麥浪。

你是每日每夜裏，

永遠永遠地盼望，

盼望遠方的友人寄來，

珍貴信息。

作者在引用這個歌之後並對其進行了闡釋，多年之後，作者還會記起這首歌。

王方晨的《花局》既立足於現實，同時又是象徵的、變形的、魔性的，在堅實的寫實主義的基礎之上，帶上了魔幻現實主義和存在主義的多重格調，是一個獨特的文本，雜糅野史的筆法，創建了一個關於現實與非現實的寓言式作品。音樂也是一種空間氛圍營造的手段。小說呈現出「音樂性」的品格，這種音樂性已經不僅僅是作為外顯的元素存在，而是音樂昇華了小說的主題。王方晨善用音樂營造空間。《老實街》的開篇便用鄉謠點題：「寬厚所裏寬厚佬，老實街上老實人。」《花局》中第一部分大段引用《藍色多瑙河》的歌詞：

春天來了——春天來了——刀米燒燒——刀米燒燒——春天美女郎，花冠戴頭上，春天來了！春天來了！雙唇，好像，玫瑰，正向著，我們，微笑，那露——水是她的眼淚，是她，的，眼淚。白雲，像面綢，在頭，上飄揚，啊，春來了！啊，春來了！啊，春來了！這一切多美好，每到晚上，到處射出光芒，射出光芒，春來了，春來了，多麼美好，多麼美好！那小鳥在樹林裏高聲唱，蜜蜂在花叢中嗡嗡叫，多，美，好！春天美，女，郎……刀米燒——燒——。

這段歌詞用在這裡有很強的反諷效果，具有多重隱喻。一方面將「植樹活動」取代了「春天來了」，可這只是一種形式上的到來，春天的萬物復蘇與花局中永遠的萎靡氛圍形成了強烈對比，而所謂的植樹造林，並不能迎來真正的春天；另一方面，「春天來了」又是無限欲望滋生時刻的到來，將所有的欲望推到自然界那裡去。音樂對作家的影響不僅僅侷限在音樂元素的挪用方面，而是借助音樂，豐富小說，昇華主題。《花局》可謂是諷刺藝術的昇華，諷刺幾乎貫穿全文，成為行文底色。盧卡奇在他的《小說理論》中提出現代小說的一種形式原則是「諷刺」，這既是小說的構成要素，同時也是小說主體的「自我認識及自我揚棄」，體現為兩個方面：一方面是「主體在內部分裂為某種主觀性（內心）——它與一系列異己的強力相對立，並致力於給異己的世界留下其渴望內容的痕跡」，另一方面是「它看清了相互異己的主客體世界的抽象性以及侷限性，在其被把握為其生存之必要性和條件的界限內理解這些抽象性和侷限性，並由於這種看清，雖然讓世界的二元性得以持久存在，但同時也在本質相互不同的要素的相互制約性中，看到並塑造出一個統一的世界。」〔註 33〕說到底，作家的諷刺是對舊有秩序的一種反抗，並試圖建構一個新的世界。《花局》豐富了官場小說的版圖，沿用了官場小說一貫的諷刺筆法。詹姆斯·伍德指出「敘事領域幾乎沒有什麼沒被諷刺碰過」〔註 34〕，可以說現代小說就是一種諷刺的文體。《花局》處處蘊藏著諷刺的味道。從細節到主題，無不如此。人事任命、文件下發、補助發放、會議召開、機構設置等似乎很嚴肅的事情，但在花局這裡都是極其隨意的。一個從未參加過單位植樹活動的人，卻被任命為「植樹造林辦公室主任」。這裡的揶揄式的寫法具有雙重性，產生了雙重的效果，一方面是嚴肅行為輕鬆化的揶揄，另一種是這些事情或許本身就是輕鬆的，只是把它們看得太過嚴肅了。在一些細節方面更加凸顯，古局長這樣的人嘴邊時刻掛著詩歌、僅有一次拒絕送禮時表現出的大義凜然等都有諷刺的味道。

〔註 33〕（匈）盧卡奇，《小說理論》，燕宏遠、李懷濤譯，商務印書館 2018 年版，第 66～67 頁。

〔註 34〕（英）詹姆斯·伍德，《小說機杼》，黃遠帆譯，河南大學出版社 2015 年版，第 17 頁。

有了音樂的介入，文本內部就可以多音齊鳴，藝術張力也顯露出來。不同的音樂使用，表達的主題很不一樣。須一瓜《致新年快樂》書寫了一個鋼琴少年，小說裏有一個引用音樂的場景，不知道是作者刻意為之還是筆誤，音樂出現了誤用：小說裏提到阿四蒸包子時聽到的音樂是拉赫瑪尼諾夫《帕格尼尼主題變奏曲》，但實際上拉赫瑪尼諾夫只寫過《帕格尼尼主題狂想曲》（Rhapsody on a Theme of Paganini, Op.43），而《帕格尼尼主題變奏曲》（Variations on a Theme of Paganini, Op.35）應該是勃拉姆斯的作品。作者把兩個作品搞混了，最主要的原因應該是它們的主題都來自帕格尼尼著名的 24 首無伴奏小提琴隨想曲之 24（Caprice No.24）。〔註 35〕這樣的音樂使用有一種喜劇效果，尤其是用這樣的音樂來給蒸包子這一事件配樂。但是聯繫到整部小說的基調，音樂所起到的反諷作用不言而喻。

在鄉土小說中，很多傳統的音樂被搬進作品，但流露出的是另一層隱憂。比如葛水平的《活水》中有大量的段落涉及了地方傳統音樂「八音會」，這樣的一種地方音樂如同那個破敗落後的地方一樣，終會消失的，雖然小說最後強行安排了美好的結局，但是從對「八音會」的命運的思索來看，作家本身並不樂觀。房偉的《血色莫扎特》書寫一起刑事案件，卻不斷引用古典音樂，題目也是「血色」和「莫扎特」的對舉，所蘊含的張力不言而喻。王鈞的《交響樂》是一部描寫朝鮮戰爭的戰爭小說，殘酷的主題與這樣一個音樂化的題目，也顯現出藝術張力來。

小說描繪的鄉土缺詩意，作者的敘述卻用了詩化的手法，比如《朱袖》在極為有限的篇幅中，還是引用了大段大段的唱詞，這些段落非引不可，和主題密切相關，這個曾是神經科學的高材生，將自己讀成了「精神病」，「上天賜予人間的光明」「俄狄浦斯王」這些陌生的東西和村裏的生活格格不入。朱袖整日唱她的戲曲，如此多的慘狀和磨難，被她的唱詞一次次揭露，這些唱詞便有了「判詞」的味道。人們發現，村子裏幸好有個瘋子，能替沒瘋的人出頭。同時，音樂的介入讓小說的文學性又提升了一個層次，文學與音樂的聯姻由來已久，不少作家都有自己的音樂世界，諸如莫言的貓腔、賈平凹的秦腔和古樂、余華和格非的古典音樂，阿來的藏區音樂等，音樂深深影響了作家的寫作，夏嵐的小說受音樂影響的痕跡比較明顯，難能可貴的是，她筆下的音樂並非流行音樂，而是帶有傳統和古典氣息的戲曲音樂，這也是冥冥之中對傳統的一種承

〔註 35〕此處細節是《長篇小說選刊》宋嵩首先發現，在此引用，特此致謝。

襲和尊重，有傳統，才有未來。

上述這些，都是音樂在小說主題表達上的特殊功效。很多時候，音樂比文字更為暢快地履行了這樣的功能。音樂的介入從某種程度上改變了文本的屬性，文本的「冗餘性」〔註 36〕大大增加，延長了讀者與小說的審美距離，也更加豐富了小說的主題。

（四）大局面反諷

文學作品中引入音樂，除了一般的修辭效果，還能形成一種大局面的修辭，比如大局面反諷。「大局面」的符號表意，指的是不再侷限於個別語句或個別符號的表意，而是整部作品、整個文化場景，甚至整個歷史階段的意義行為。在這種大局面表意中，可以看到反諷的各種大規模變體，此時大部分反諷沒有任何幽默意味，相反，後果嚴重而具有強烈悲劇色彩，而且反諷超出淺層次的符號表意，進入了對人生、對世界的理解。〔註 37〕具體來說，大局面反諷有戲劇反諷、情反諷、歷史反諷等多種形式。音樂進入文學很多時候產生了一種大局面的反諷，形成了特殊的悲劇意蘊。

格非的作品體現尤為明顯。音樂主題的凸顯也是作者悲劇情懷的體現。尼采的文學、哲學名作《悲劇的誕生》探究的其實是音樂的主題。尼采的哲學形成與其自幼形成的對人生的憂思和對音樂的熱愛相關，同時也與叔本華的哲學和瓦格納的音樂有關。《悲劇的誕生》是尼采與瓦格納友誼的見證，書中將音樂在形象和概念中的表現界定為叔本華最終要的一個概念——意志，即音樂表現為意志〔註 38〕。其全稱為《悲劇從音樂精神中的誕生》。悲劇如何從音樂中誕生？在尼采那裡，悲劇性的力量正是來自音樂。音樂象徵性地關聯到原始衝突和原始痛苦。〔註 39〕「音樂具有產生神話即最意味深長的例證的能力，尤其是產生悲劇神話的能力……只有從音樂精神出發，我們才能理解對於個體毀滅所產生的快感。」〔註 40〕悲劇性的力量來自音樂，首先是因為悲劇關聯

〔註 36〕趙毅衡，《藝術與冗餘》，《文藝研究》2019 年第 10 期。

〔註 37〕趙毅衡，《反諷：表意形式的演化與新生》，《文藝研究》2011 年第 1 期。

〔註 38〕（德）弗里德里希·尼采，《悲劇的誕生》，周國平譯，譯林出版社 2011 年版，第 29 頁。

〔註 39〕（德）弗里德里希·尼采，《悲劇的誕生》，周國平譯，譯林出版社 2011 年版，第 22 頁。

〔註 40〕（德）弗里德里希·尼采，《悲劇的誕生》，周國平譯，譯林出版社 2011 年版，第 78 頁。

到原始的痛苦，這種原初的痛苦即是世界意志的表象。其次源於非形象的純粹藝術營造了個體毀滅的悲劇氛圍。個體每時每刻都在走向墮落、走向毀滅，而音樂一直在旁邊唱著哀歌。

對格非而言，社會的墮落，人性泯滅、時代聽力壞掉等都是時代悲劇的具體呈現。這種悲劇是中國文學悲劇意蘊和悲劇主題的延續。而這種呈現無不與音樂相關，與個人、時代的聽力相關。首先，音樂性和悲劇性是中國文學的傳統。對前者而言，中國是禮樂文明之邦，傳統的文學樣式以音樂性較強的詩歌為主。這種傳統影響了小說的發展，小說就是從與音樂相關的藝術中演化而來，文學作品中一直不乏聲音的存在，「訴諸聽覺的聲音向提供觀看的書面文字的轉移，乃是文學成立和演進的基本脈絡，然而字裏行間從來不乏聲音的迴響。」〔註41〕音樂與文學的關係歷來就十分密切，「而就中國的音樂與文學而言，兩者自各自萌生之初就是一對不可分離的混生體，可以說，很少有一個國家的音樂與文學的關係能如中國的詩、樂這般關係密切。」〔註42〕「眾所周知，西方小說最早是從敘事長詩中分離出來的，而中國小說，我指的主要是唐宋以來的白話小說，則和話本、彈詞、鼓詞等說唱藝術關係密切。」〔註43〕格非對古典音樂的推崇，對流行音樂的批判延續了中國傳統的音樂觀。孔子之所以對「鄭衛之聲」深感不滿，主張「放鄭聲」，原因就在於鄭、衛兩地的民間音樂輕浮淫靡，越出了理想中的倫理規範。格非對流行音樂的批判和孔子對「鄭衛之聲」的批判如出一轍。對後者而言，格非是一個骨子裏很重視傳統的作家，其作品也是浸淫於傳統文化與文學的結果。面對傳統在很多人那裡的缺失，他表示出極大的憂慮。傳統很重要，只有那些妄圖照搬別人制度的人才會覺得傳統一點不重要。《紅樓夢》影響格非極為深厚，他所推崇的《紅樓夢》實際上是一部音樂小說，文中安排了大量的音樂唱詞，充斥著音樂的旋律、節奏、調式等。格非關注的另一部古典作品《金瓶梅》本質上也是一大悲劇。悲劇意識在格非的作品十分明顯。沒有喜劇或者平和的作品。格非的骨子裏有著深厚的古典情懷與情結，體現在作品中就是鮮明的古典音樂情懷。對烏托邦的嚮往，試圖建構音樂烏托邦。從處女作《追憶烏有先生》便奠定了此基調，之

〔註41〕陳引馳，《「文」學的聲音：古代文章與文章學中聲音問題略說》，《文藝理論研究》2012 年第 5 期。

〔註42〕施詠，《中國音樂審美中的通感心理及其成因》，《交響》（西安音樂學院學報）2005 年第 4 期。

〔註43〕格非，《小說敘事研究》，清華大學出版社 2002 年版，第 4 頁。

後的作品大都沒有逃出這一範疇。

悲劇源於欲望的無限膨脹和滿足的有限性。欲望需求與滿足之間無法填補的空缺造成了悲劇的誕生。「吾有大患，為吾有身」，有了肉身就有諸種欲望。而悲劇正好也與音樂相關，所有的寫作指向悲劇從音樂中誕生這一主題。當代社會是一個對欲望無限的刺激、稱頌、製造、生產並消費的時代。欲望是格非著力書寫的主題，而這一主題直接指向悲劇〔註44〕。悲劇是把美好的東西撕毀給人看。《不過是垃圾》中曾經的精神支柱蘇眉出賣肉體換取金錢，如果說第一次有被動的成分，那第二次主動提出就是赤裸裸的交易了。蘇眉曾經是多麼美好，是多少人心目中的女神，最終卻被金錢腐蝕，這種悲劇意味不言而喻。在格非的小說中，欲望被反覆書寫，悲劇意蘊也反覆凸顯。在《欲望的旗幟中》，導師自殺之後，其學生曾山有一種快意，而這快意僅僅是肉體的潛在期待；《窗前》中妻子因流產住院，而丈夫回家後與別的女性發生關係；他知道妻子會報復，實際上妻子的報復比他預想的要強烈得多，因為所選對象是自己最好的朋友。《大年》中革命爆發的動力是二姨太的性慾；《蒙娜麗莎的微笑》描繪的是人處於欲望旋流中的不可救藥。

在描寫欲望的時候，音樂往往在一旁唱著哀歌，烘托悲劇氛圍。《陷阱》中引用聖經的話指出當代人慾望的膨脹，愛情已無跡可尋，似乎人與人是湊合過著，隨時準備出軌，而從窗外飄進的音樂卻是《初戀的感覺》。《不過是垃圾》直接戳穿了當代知識分子隱蔽的欲望；小說中引用的歌曲《垃圾場》是這個墮落世界最精闢的概括：我們的世界，就是一個垃圾場，一堆臭蟲在裏面，你爭我搶。這是對墮落時代最佳的描繪，最能代表作者的基本觀點。而在前文反覆提到的《欲望的旗幟》《春盡江南》《隱身衣》中反覆出現的古典樂也是欲望時代的輓歌。

格非的作品具有強烈的批判意味，但批判來批判去，一切失效，陷入一種混沌狀態，無法自拔。所有人物的命運無法逃離宿命的安排，冥冥中早有定數。這是中國自古以來的悲劇觀念之體現。同時，格非小說的悲劇意識還體現在知識分子的命運書寫，作品是一曲知識分子的悲歌，「曲折呈現了時下知識分子犬儒虛脫的心靈症候。」〔註45〕知識分子由高位滑向奉行的是犬儒主義。《隱

〔註44〕在尼采看來，人的世俗欲望可以分為不同的等級，第一位的是音樂的即興發揮，緊接著是瓦格納的音樂，最後才是肉慾，由此可以看出音樂、欲望與悲劇三者之間有著隱秘的關係。

〔註45〕李丹夢，《文學的現實態度——聚焦第六屆魯迅文學獎中篇小說》，《文藝研究》

身衣》中最後一段話作者也模仿教授的口吻說了一段話，不知是作者繼續對教授的諷刺，還是一個古典音樂發燒友向現實妥協的宣言？「在這個問題上，是否可以容我也談一點粗淺的看法？如果你不是特別愛吹毛求疵，凡事都要去刨根問底的話，如果你能學會睜一隻眼閉一隻眼，改掉怨天尤人的老毛病，你會突然發現，其實生活還是他們的挺好的。不是嗎？」這個發燒友似乎看穿了一切，這種消極的姿態是對社會的徹底失望，對理想的放棄還是苟活於世的生存法則？作者有自己的態度，而真正的讀者也會明白作者的用心。格非作為一個音樂愛好者，在小說中不斷重複音樂元素，作品因此深深刻上了音樂的印記。從音樂的角度分析其小說不失為一種全新的方法與視角。由重複的音樂延伸至精英主義、哲學意味和悲劇主題，這和西方的哲學與中國的傳統文學精神一脈相承。當然，無論是在尼采那裡還是在格非的作品中，精英並不意味著與大眾的徹底決裂，悲劇也並不意味著徹底的絕望。音樂也並非狹隘地單指音樂這一藝術門類，而是整個藝術的代名詞。藝術正是人類面對虛無、沒有任何目的世界的最後慰藉。即使是在格非的小說中，雖然展現了種種社會的墮落、人性的泯滅、欲望的膨脹等，但是寫作和閱讀這樣的藝術行為本身，仍舊是反抗虛無、自我救贖的一種有效方式。

朱秀海的《音樂會》也是一部大局面反諷的作品。小說書寫戰爭，但是在文中卻將戰爭的過程和音樂聯繫起來，槍炮聲不再是槍炮聲，而是一個個音符，戰爭成了一場音樂會。小說描寫道：

> 然而這時槍聲響了。隨之，我聽到了音樂！
>
> 音樂。一場音樂會。槍聲不再是槍聲，而是音樂會奏響的第一個響徹天地的音符……〔註46〕

作家用了較長的篇幅將戰爭以音樂化的形式描繪出來。在小說中甚至還出現了曲譜，愈加凸顯音樂性。而實際上，戰爭是極為殘酷的。一個流落到中國的朝鮮孤女，因母親在中國參加反日活動被殺，被中國抗日游擊隊帶進了深山。為了實現當初對其母許下的諾言——保護她活下去，直到戰爭結束送她回朝鮮與失散的爸爸團聚——游擊隊前仆後繼，直到全軍犧牲，被保衛者成為這支英勇抗日游擊隊剩下的最後一個人和軍旗的擁有者。而戰爭和音樂，則形成了巨大的張力，整部作品構成了大局面的反諷。在其他的戰爭小說中也有

2015 年第 4 期。

〔註46〕朱秀海，《音樂會》，作家出版社 2011 年版，第 63 頁。

不少使用音樂形成這樣效果的。如王筠的《交響樂》、徐貴祥的《琴聲飛過曠野》等。

陳彥的《裝臺》也是一種大局面的反諷，小說書寫的是關於舞臺藝術的故事，但是主要人物卻是一層搭建舞臺的底層勞動人民，音樂似乎與他們並無直接關聯，他們只是負責勞動，而音樂屬於舞臺表演者和觀眾。這種差異性正是一種大局面的反諷。小說中也不時有從順子口中哼唱出來的音樂段落，這些音樂段落成了他一種白日夢式的幻象，其所面臨的生活困境並沒有得到真正解決，舞臺上的表演仍在繼續，戲裏戲外形成了一種大局面的反諷。「舞臺三部曲」的另外兩部《主角》《喜劇》也同樣有此種味道，舞臺表演者其實也是芸芸眾生中的一員，戲裏戲外始終存在巨大的差異和鴻溝，音樂所蘊含的美好想像並不能真正彌合現實生活的困境，大局面的反諷由此形成。寧肯的《三個三重奏》既採用了音樂的基本的結構，也使用了具體的音樂，《橄欖樹》幾乎成為小說的主題歌，音樂全程參與了作品主題的表達。池莉的《愛恨情仇》書寫家庭倫理，幾乎都是瑣屑之事的堆積，小說的高潮在結尾，在陳富強最喜歡的音樂《心雨》的歌聲中，他們的母親被車撞了，死得乾淨利落，「世界靜如史前」。音樂在此刻，成為最大的刺點，顧命大也想起了屬於她的音樂《太陽最紅毛主席最親》。侯波的《春季裏那個百花香》書寫鄉土社會傳統文明秩序與現代文化外來文明之間的衝突，作者選擇了「耶穌歌」和「秧歌」這兩種音樂形式來形象呈現這種差異和衝突。李銳的《北京有個金太陽》就是圍繞一首歌曲《北京有個金太陽》而鋪開，直到小說最後，氣聲唱法的《妹妹找歌淚花流》的出現，預示著一個時代的結束和另一個時代的到來，音樂見證了這一切。書寫在特殊的年代，啟蒙的艱辛，帶著知識和真理來到窮鄉僻壤的小學教師張仲銀，作為村裏唯一的知識分子，他致力於傳播文化知識，也熱烈響應文革號召，卻和當地人「沒有共同語言」，捲入一項反動文字的疑案，入獄多年，信仰幻滅。一曲《北京有個金太陽》雖然教了人們很久，卻始終無法真正達到「合唱」的狀態。

音樂在小說中重複出現一定是有著特殊的意味，對重複意象的理解直接決定了我們對小說整體的把握。在小說中，「無論什麼樣的讀者，他們對小說那樣的大部頭作品的解釋，在一定程度上得通過這一途徑來實現：識別作品中那些重複出現的現象，並進而理解由這些現象衍生的意義。一部小說的闡釋，在一定程度上要通過注意諸如此類重複出現的現象來完成。」〔註47〕「重複是意義世界得以建立的基石，沒有重複，人不可能形成對世界的經驗。重複是意義的符號存在方式，變異也必須靠重複才能辨認：重複與以它為基礎產生的變異，使意義能延續與拓展，成為意義世界的基本構成方式。」〔註48〕

第二節　文本外的傳播渠道拓寬

音樂介入文學，除了能在文本內部幫助並豐富文學書寫，在外部還能進一步傳播文學。比如在 1920、30 年代，為了追求市場份額的最大化，通俗文學的傳播就開始向其他大眾藝術蔓延，依賴其他的媒介，其中影響較大的一類是音樂，一類是電影。對音樂媒介的依靠主要是與彈詞的結合，不少通俗文學都被改編成彈詞在電臺播音，走進了千家萬戶，同時在改編的過程中還實現了美學內涵的互補。〔註 49〕有意思的是，還有通俗文學作家本身就是說唱藝人，根據徐斯年的考證，通俗文學作家姚民哀同時也是說唱藝人。〔註50〕在大眾和傳媒時代，藝術的傳播變得尤為重要。文學也需要進一步擴大傳播的力度。文學和音樂媒介的互文，擴大了文學的傳播力度。相比於文字，音樂是熱度較高的媒介，受眾更為廣泛，借助音樂的傳播功能，是文學吸收音樂的重要原因。

一、從詩性復興看音樂與文學的互動傳播

音樂與文學的互動，最具代表性的就是當代音樂編碼的文學策略，可概括為詩性復興。這樣的一種媒介互動，無論是對音樂還是對文學都能擴大傳播。音樂編碼的文學策略最具代表性的是一種詩性的復興。一個時代有一個時代的藝術，但是藝術的內部，存在著審美的連續性，古今中外莫不如此。「19 世紀的街頭民謠和 20 世紀的流行歌曲存在著各種技術上的差異，但是內部的審

〔註47〕（美）希利斯・米勒，《小說與重複——七部英國小說》，王宏圖譯，天津人民出版社 2008 年版，第 1～3 頁。

〔註48〕趙毅衡，《論重複：意義世界的符號構成方式》，《河南師範大學學報》（哲學社會科學版）2015 年第 1 期。

〔註49〕朱棟霖、吳義勤、朱曉進，《中國現代文學史 1915～2016（上）》，北京大學出版社 2018 年版，第 193～194 頁。

〔註50〕徐斯年，《姚民哀的〈四海群龍記〉和〈箬帽山王〉》，《當代文壇》2019 年第 2 期。

美是延續的。」〔註51〕李靜嘉在對中國古代流行歌曲進行鑒賞的時候也列了一個「今古對唱」〔註52〕的條目，為每一首古代的流行歌曲尋找出一首當代流行歌曲進行對比，古今歌曲放在一起比較，意境、表述方式、情感竟有著驚人的一致性，以此可見這種音樂審美的延續性。流行音樂中大部分的音樂是「回溯型」〔註53〕的，即從以前的音樂藝術中汲取靈感。中國流行音樂的根基仍是中國傳統的民族民間音樂。「中國民族民間音樂是中國流行音樂的重要根基，也是中國流行音樂區別於西方流行音樂的標誌。」〔註54〕即便是中國現代音樂的改良是從「西樂哉、西樂哉」〔註55〕的口號中開始，但是中國的音樂一直以來都延續著本民族的傳統。崔明淑認為民族音樂融入流行歌曲這絕非一種偶然的音樂文化現象，它反映出文化的承傳和變革之間深刻的辯證關係。她將「西北風」「西藏風」「戲歌風」「紅太陽歌曲」現以及對民歌進行搖滾化處理的崔健、阿里郎組合、臧天朔與斯琴格日勒等都歸為此類，揭示民歌藝術的現代美。〔註56〕

除了傳統音樂的直接影響，整個中國傳統文化對音樂的發展都有深遠影響。無論是中國風歌曲的出現，還是古風歌曲的盛行，抑或是近幾年持續火爆的民謠歌曲，都是在中國傳統文化的基礎之上生發出來。當代流行音樂發展早期，陳小奇的歌點燃了用古典意象入流行歌曲的火把。〔註57〕從古典意象中尋找資源成為一種創作趨勢，2015 年舉辦了「首屆世界互聯網音樂大賽暨『中國意象』音樂創編大賽」〔註58〕，進一步推動了當代流行音樂的民族化與本土

〔註51〕（英）西蒙·弗里斯，《娛樂》，楊嬖譯，載（英）詹姆斯·庫蘭編，《大眾媒介與社會》，華夏出版社 2006 年版。

〔註52〕李靜嘉、洪江，《情歌的時光隧道——古代流行情歌今賞》，鳳凰出版社 2005 年版。

〔註53〕（法）亨利·斯科夫·托爾格，《流行音樂》，管震湖譯，商務印書館 1997 年版，第 25 頁。

〔註54〕尤靜波，《中國流行音樂簡史》，上海音樂出版社 2015 年版，第 4 頁。

〔註55〕匪石，《中國音樂改良說》，載明言，《20 世紀中國音樂批評文獻導讀》，上海音樂學院出版社 2010 年版。

〔註56〕崔明淑，《新時期中國流行音樂中的民族因素研究》，北京師範大學博士論文，2007 年。

〔註57〕曹樺，《中國大陸流行歌曲的文化軌跡與審美流變（1978～2014）》，暨南大學博士論文，2015 年，第 23 頁。

〔註58〕欒家，《中國意象.com——從首屆互聯網音樂大賽看內地流行音樂的發展趨向》，《南京大學藝術學院學報·音樂與表演》2016 年第 2 期。

化。當代流行音樂的編碼對傳統審美的回歸體現在中國式比喻、中國風元素、中國民族音樂挪用以及中國傳統審美品格等方面。中國當代流行音樂正是在傳統文化的滋養中形成了自己獨特的品格。總體來說，回溯性編碼包括三個方面的內容，一是傳統修辭的運用，二是傳統詩性的復興，三是審美傳統的回歸。

流行音樂（特別是其中的歌詞）作為一種語言藝術，對修辭的要求極高，修辭和音樂之間有很多天然的相似點，從古代開始，修辭與音樂的關係就已經很普遍。到後來更常見的情況是修辭學變成了音樂家的樣板。音樂與修辭的類比也常常出現在音樂理論之中。沙伊貝（Scheibe）在其研究古典音樂的著作中列舉了十餘種修辭格，包括驚歎、遲疑、省略、倒裝、重複、分散、對比、懸置等。很多修辭格與流行音樂也是相同的。莊捃華將歌詞的修辭分為消極與積極兩類，積極的修辭格按材料、意境、詞語、章句分為四大類，具體包括譬喻格、借代、摹狀格、雙關格、比擬格、疊字、排偶等數十種。這本書寫於 20 世紀 70 年代，之後的相關分析大多在這一基礎上進行。吳頌今指出，歌詞常用的修辭手法包括比喻、比擬、對比、反覆、對偶等數十種。曾大興也在他的著作中列舉了比喻、比擬、誇張、排比、對比、對偶等常見的修辭格。尤靜波的《歌詞文化鑒賞教程》列舉了歌詞的十八種修辭。除了一般的語言修辭，流行歌曲更多的是進行符號修辭。陸正蘭的《歌詞藝術十二講》在語言層面的修辭，上升到符號修辭的高度，提出了反諷、複義、曲喻、複調、互文等多種修辭技巧。

中國傳統修辭在當代流行音樂使用較多，尤其是中國式比喻在流行音樂的文本修辭中極為常見。比喻是最常見也最主要的修辭手段，整個人類表意都是建立在比喻的基礎之上。「藝術和遊戲，都必須使用大量的經驗材料，但卻是用一種比喻的方式，也就是說並不絕然當真地再現這些材料。」〔註 59〕流行音樂的歌詞是語言文字組合而成，整個流行音樂的構成還包括大量的社會經驗與個體情感，這些經驗材料組合而成流行音樂，這種組合必定是比喻的，經過了藝術化的手段處理，很多時候更是所言非所指的，形成一種反諷。從一般的明喻、暗喻，到轉喻、提喻，再到曲喻、概念對喻，直至上升到象徵。日常生活中比喻無處不在，我們的思想和行為所依據的概念系統本身是以比喻為

〔註 59〕趙毅衡，《藝術與遊戲在意義世界中的地位》，《中國比較文學》2016 年第 2 期。

基礎的。〔註60〕比喻在藝術語言中更是十分常見。隱喻在音樂理解中無處不在，古克在分析古典音樂時，對蕭邦的前奏曲分析出了「敘事弧線（拱形）」，格雷在分析貝多芬的《第七交響曲》的時候分析出了「建築式的樓梯形」。〔註61〕塔拉斯蒂在解讀巴赫的《平均律鋼琴曲集 I》時解讀出了「十字架」〔註62〕這一隱喻。這種對古典音樂的隱喻式解讀相對抽象，而有了文字介入的流行歌曲隱喻解讀則較為清晰一些。

中華民族是最喜歡和最善於運用比喻的民族之一。「流行歌詞的比喻呈現出喻體的自然化、人文化和實用化的鮮明特色。以山、水、花、草、風、月等自然之物為喻體來寫物圖貌，抒情言志，可以說是中國修辭的一大特色。」〔註63〕中國人無論是在藝術、宗教、社會還是文化上都與自然保持著一種和諧的關係，中國圖像式和隱喻式的思想邏輯與此相關。〔註64〕音樂創作也追求與自然的和諧關係，自然現象是主要的書寫對象，並且從自然對象的選擇上已經蘊含了許多比喻意義。而且很多比喻是象生象的。例如「花」是美好的事物，描寫美好的東西一般用花這一比喻，尤其是早期的抒情歌曲，因為對時代的走向還拿捏不准，只能寄情於物，而「花」則是最常見的寄託物，當時的歌名如《花》《芙蓉贊》《啊，玫瑰》《丁香花說我愛你》等等〔註65〕。再如雨水和淚水具有像似性，流淚是傷感的生理反應，於是大量的歌曲用「雨」這一意向表達感傷。

流行音樂中常見的比喻除了明喻，還有曲喻。「曲喻是一種比喻的延伸，從一個點出發，借助某物某情的一點相似，再進展到一系列的相似。曲喻符合歌曲的情感衍生機制，因為歌曲展開在一條時間和情感線上，常需要層層推進，豐富情感，組合意象。曲喻有並列曲喻和遞進曲喻兩種。」〔註66〕《天下

〔註60〕（美）喬治·萊考夫、馬克·約翰遜，《我們賴以生存的隱喻》，何文忠譯，浙江大學出版社 2015 年版，第 1 頁。

〔註61〕王旭青，《言說的藝術：音樂敘事理論導論》，人民音樂出版社 2013 年版，第 30 頁。

〔註62〕（芬蘭）埃羅·塔拉斯蒂，《音樂符號》，陸正蘭譯，譯林出版社 2015 年版，第 7 頁。

〔註63〕馬樹春，《流行歌詞的比喻特色及其文化透視》，《廣西大學學報》（哲學社會科學版）2004 年第 3 期。

〔註64〕林信華，《社會符號學》，東方出版中心 2011 年版，第 1 頁。

〔註65〕陳占彪，《流行音樂、藝術趣味與社會意識——改革開放初期關於流行音樂的論爭》，《社會科學》2010 年第 2 期。

〔註66〕陸正蘭，《歌詞藝術十二講》，北京大學出版社 2015 年版，第 16 頁。

有情人》（周華健、齊豫，1995）通篇是關於愛的比喻，並列曲喻，愛情—六月雪—容易融化—容易消逝，愛情—眼淚—已經成灰—容易消逝，六月的雪花和眼淚稍縱即逝，類推愛情容易消逝，同時也有只要曾經絢爛過哪怕稍縱即逝也是幸福的意味。《母親》（茸芭莘那，2016）用旋律—小河—母親之歌—母愛、雕像—大山—母親之歌—母愛這樣一連串的比喻，形成曲喻，如小河般舒緩的旋律是母親之歌，母親的歌曲充滿了慈祥與愛。

對喻在流行音樂中也十分常見。對比手法是初級的對喻，流行音樂創作慣用對比手法，在對比中凸顯張力，凸顯深意。《春天裏》（汪峰，2009）通過人生過去、現在、未來的對比書寫，思索人生的意義。竇唯的歌曲《高級動物》（竇唯，1995），歌詞連句子都沒有，全部由負面意義的詞彙組成，末尾筆鋒一轉，突然唱出「幸福在哪裏」兩句，有了振聾發聵的效果。負面意義的詞彙和幸福一詞形成鮮明對比，表達張力也在強烈的對比中凸現出來，上升到意義層面，歌曲是對時代的深刻描摹，對幸福的徹底絕望。

比喻不僅僅是一種語言現象，更是一種人類的知識現象，它是人類用某一領域的經驗來說明或理解另一類領域的經驗的一種知識活動。〔註 67〕流行音樂本身是一種巨大的概念比喻，流行音樂歌詞編碼也幾乎全是概念比喻。特殊意象在流行音樂中十分常見，不斷地使用會形成概念比喻。如方位，東南西北這幾個方位成為了重要的比喻，萊考夫與約翰遜的《我們賴以生存的隱喻》第四章專門探討方位隱喻，方位隱喻是跟空間方位有關的比喻。方位比喻在中西方文化中都存在。隱喻方向並不是任意的，它們以我們的自然及文化經驗為基礎。

音樂層面也涉及此類問題，曲調編碼、伴奏、配器、演唱方法都形成了自己的特有比喻。如小調與悲傷情歌，民謠與口琴、木吉他，搖滾與電聲樂器，土搖滾與密集的節奏鼓點等，都已經成為特定的比喻。歌詞對比喻的使用是對意象的徵用，所有的比喻本體都是基於意象而引出帶有象徵意味的喻體。歌曲慣用「意象敘事」，調動意象符號的文本間性，促使讀者在閱讀中讀文本進行附加解碼。〔註 68〕

中國流行音樂最大的比喻是中國風比喻。比喻上升到一定程度成為一種

〔註 67〕郭鴻，《現代西方符號學綱要》，復旦大學出版社 2008 年版，第 164 頁。

〔註 68〕陸正蘭，《「中國風」歌詞的性別訴求：一個符號學分析》，《四川大學學報》（哲學社會科學版）2012 年第 2 期。

象徵和概念，中國流行音樂最大的概念比喻是成品的中國特色。流行音樂傾向了商業屬性一邊，但是所有的環節依然無法迴避藝術性和文化屬性，生產階段必須遵循文化法則，如傳統文化的攝入，民族音樂的繼承，傳播階段的人文傳播因子，消費階段的文化闡釋等。

「集風而雅，集雅而頌」是文化發展的規律，即是說，文化都是由低俗走向高雅，最終被主流接納。音樂中明顯的例證是大量的民間歌曲，原版粗俗不堪，甚至無法將歌詞印刷成文本，而經過不斷的修正，最終納入主流文化體系，廣為傳唱。所有的文化都有朝向雅的方向發展的內在動力，流行音樂也是如此，詩性傳統的復興正是如此。

在詩性傳統傳統復興的浪潮下，當代流行音樂的詩化傾向較為明顯。如民謠女詩人程壁的專輯被命名為《詩遇上歌》，是最為明顯的歌詩附體。2015 年的專輯《我想和你虛度時光》中，詩人北島、李元勝、張定浩的詩作給了女歌手旋律的靈感。專輯同名歌曲直接取自詩人李元勝的詩歌《我想和你虛度時光》。歌曲的製作演唱與莫西子詩合作。莫西子詩的歌曲也是詩一類的，其作品《要死就一定要死在你手你》更多的解釋應朝向詩歌。因為流行歌曲的主題主要是向上向生的，中國自古忌諱談死，而只有詩歌喜歡思索生死。草東沒有派對的專輯《醜奴兒》名稱取自宋詞詞牌，所收錄的歌曲大都是詩化歌曲，除了歌詞具有的詩性特徵，更為主要的是歌曲表達的主旨是一種詩性的思考。其他的如《落花不過身外客，流水從來是涼薄》《遇見你的時候所有星星都落到我頭上》等都是刻意追求一種詩化的感覺。蘇打綠的音樂創作也是如此。他們的作品向古典音樂靠齊，歌詞詩化十分明顯，甚至比一般詩歌還含混，還難以捉摸其意義。如《他舉起右手點名》，幾乎看不出歌曲的痕跡了，再如《未了》，歌詞化用了薩特作品中的經典故事《西西弗斯神話》，將故事用詩化的語言整齊排列出來。

新的文化語境促成歌詞與詩融合成「歌詩」的趨勢正在形成。這種變化體現出來的是一種媚雅的文化走向。造成這一結果的原因主要有幾個方面，一是群體的教育水平和知識結構有了很大改觀，「識字權」曾是區隔精英與大眾的砝碼，在中國古代以及當代不少農村地區，寫封家書都要依靠他人，但這一現狀得到很大改觀。教育普及讓每位個體都有了這一權利，尤其是高校擴招，讀大學已經不是難事，碩士、博士變得比比皆是，文化權利徹底下放了。二是互聯網時代傳播變得迅捷助推的結果，不用購買紙質書籍，通過電腦網和移動互聯網絡依然可以閱讀詩歌。概而言之，這種詩與歌、音樂與文學的互動，能夠擴大各自的影響力，是一種傳播方式的擴展和影響力的提升。

中國新文學的發展伴隨著現代媒介發展的進程，媒介也從全方位影響了文學的進程。本研究正是立足於此，以文學中的音樂現象為研究對象，分析音樂媒介與文學的互動。百餘年來，文學作品中一直不乏音樂的元素，兩者形成了良性了互動，這也是媒介意識的不自覺展現。音樂和文學的互動，也是一種轉化。部分時候，音樂和文學可以互相轉化，有些學者直接將音樂納入文學。陳思和的《中國當代文學史教程》就直接將崔健的歌詞納入文學進行討論。張新穎將北島的詩歌與崔健的歌詞進行對讀。純文學刊物《人民文學》曾刊發民謠歌詞專輯。鮑勃·迪倫的歌詞也多被看做文學，他還因此獲得諾貝爾文學獎。歌詞與文學的邊界是模糊的，不少歌詞就是文學。詩歌的傳播比較明顯。中國的詩教傳統正在被歌教傳統取代。音樂的介入加大了詩歌的傳播力度。很多詩歌在披上音樂的外衣變成一首首歌曲之後，傳播度變得極高。《我想和你虛度時光》莫西子詩的音樂進一步傳播。《從前慢》，詩歌被譜曲之後的傳播，歌曲傳播。音樂和詩歌的互動是音樂與文學較為典型的，音樂和文學可以相互轉化。在現代文學時期，街頭詩歌是利用音樂來傳播文學的重要手段。說是詩歌，其實是歌謠，符合最大限度傳播文學的需要。

在中華人民共和國成立初期，發展「人民文藝」成為當務之急，面對大部分不識字的人，如何才能提升文字藝術的傳播？文學要想獲得最大限度的傳播，必須進行傳播網絡的重建、傳播內容的改造，如何提高傳播效率，實現傳播效果最大化是必須要解決的問題。武新軍專門研究了這一階段的文藝傳播，據他考證，這一階段為提高文藝傳播效率採取了以下措施，其一，根據傳播網絡的需要組織生產；其二，各種傳播媒介相互配合，共同拓展人民文藝的傳播疆域；其三，增強傳播資源的流動性；其四，倡導各種藝術形式的相互改編。而這每一項舉措，都和音樂等聽覺藝術有關，「如 1958 年民歌成為主導文學樣式，小說、散文成為配角；1964 年後戲劇、曲藝、報告文學成為主角，領導其他藝術發展。」「文藝期刊配合地方劇團和民間藝人……大量生產地方戲、鼓詞、曲藝、快板和民歌小調。」「為把文藝普及到識字不多的群眾中，倡導各種藝術形式的相互改編，尤其重視把文字藝術改編為視聽藝術（電影、話劇、幻燈片、曲藝、評書，連環畫、快板、鼓詞、彈詞、廣播小說等），並為此建立了龐大的曲藝、電影、廣播小說的改編隊伍。」〔註69〕種種舉措，都和廣義的音樂藝術有關，將聽覺藝術能夠擴大文藝的傳播這一功能進行了高度提煉，尤其強調說唱藝術對文藝普及的作用。

在文藝生產方面，鼓勵民歌的生產，甚至出現了「民歌大躍進」這樣的極端形式，每天生產民歌無數，題材囊括了日常生活的全部。傳播媒介融合方面，文藝期刊配合民間藝人，大量成產地方戲、鼓詞、曲藝、快板和民歌小調。在增強資源傳播的流動性上，組織了大量的藝人以民間說唱的形式將文藝送到了田間地頭、大街小巷。在各種藝術形式改編方面，十分重視將文字藝術改編為視聽藝術，將小說改變成曲藝、評書、快板、鼓詞、彈詞、民歌等音樂形式以及電影、連環畫等視覺藝術。總而言之，在這一階段，文學的傳播普及充分利用音樂媒介所攜帶的傳播功能，將文學普及到了所有人那裡。到了新時期文學那裡，文學就成為音樂歌詞的重要來源，而被轉化為歌曲的詩歌等文學樣式也就獲得了最大程度的傳播。21 世紀以來，音樂更多的是通過產生話題效應來促進文學的傳播。

二、借助音樂媒介的當代文學傳播

作為事件的文學。其他媒介介入文學為了傳播的需要。文學借助音樂，獲得了更廣泛的傳播。鮑勃・迪倫獲諾獎，五條人的「詩意」出圈、電視劇《裝臺》的走紅都是借助音樂傳播文學的典型案例。

（一）民謠歌手鮑勃・迪倫獲諾獎

每年的諾貝爾文學獎總能給全世界的文壇注入一針興奮劑，每當獲獎者名字被宣布之後，所有的文學愛好者便開始津津樂道，媒體挖出各種新聞吸引眼球，出版商加班加點趕印相關作品。2016 年的諾貝爾文學獎被一位流行歌者摘得，更是引起軒然大波，瞬間引爆各種能發布信息的平臺。不少媒體用「爆冷門」「出人意料」「不可思議」等詞彙來形容一位歌手獲得諾貝爾文學獎引起的震盪。特別是在中國，出版界似乎還沒有準備好出版他著作的準備，文學界也還沒有列好研究他的大綱，甚至在音樂圈，各大音樂平臺也僅僅是將他的歌曲頂在了首頁。餘熱未消，又有媒體曝出鮑勃・迪倫拒絕接受這一獎項的消息，更是火上澆油，讓文學諾獎成為時下最熱的話題。最終，鮑勃・迪倫讓好友代為領獎，此事算是有了了結。

〔註69〕武新軍，《「人民文藝」的傳播網絡與傳播機制》，《文藝研究》2011 年第 8 期。

不過，無論怎樣爭議，鮑勃・迪倫的成就完全匹配如此高規格的榮譽，他的獲獎實至名歸。鮑勃・迪倫的藝術生涯長達五十年之久，發行唱片數十張，銷量數以億計，在全世界範圍內都有著極大的受眾群體。在文學方面，迪倫的詩歌（歌詞）被翻譯成多種文字出版，被編入多種教科書。牛津大學現代詩研究專家克里斯朵夫・里克斯，撰寫了一本厚厚的《迪倫的原罪觀》，他也因此獲得「牛津大學詩歌教授」這一地位極高的職位。著名詩人肯尼思・雷克思洛斯曾說「是迪倫首先將詩歌從常春藤名校的壟斷中解放出來」。如今，輪到常春藤名校將迪倫研究當作一門學問了。在西方國家，特別是美國已經成為一種文化，受到許多人的追捧。在西方的一些大學已經出現了一個名為「迪倫學」的學科，而迪倫的歌詞也被作為詩歌入選許多美國大學的文科教材。在 2016 年的哥廷根大學，有教授一學期的比較文學課程就是講鮑勃・迪倫一人。所以，迪倫早已進入文學研究領域，成為文學研究的重要對象，獲此文學獎的殊榮在情理之中。

即便在中國，鮑勃・迪倫也是流行樂迷熟知的歌手、詩歌圈熟知的民謠詩人。《答案在風中飄蕩》《大雨將至》《像一塊滾石》等歌曲一度響徹在中國的街頭巷尾。甚至在臺灣，有樂評人的名字就叫做「重訪 61 號公路」〔註 70〕，而這正是迪倫 1965 年發行的唱片之名。在很多電視音樂娛樂節目中，他的歌也經常被翻唱，如《敲開天堂之門》等。

當然，鮑勃・迪倫能夠獲此殊榮，是多種原因所致，並不僅僅因為他的歌，他是民謠詩人，同時也是先鋒藝術家、政治家、社會活動家，頻頻出現在公眾視線。迪倫也不是孤軍奮戰，在此之前有小理查德、伍迪・格里斯、羅伯特・約翰遜和漢克・威廉斯等創作型歌手，開創了傳統，在此之後也湧現了大量的民謠詩人繼續奮鬥，如吉米・莫里森、倫納德・科恩，這是一條源遠流長的「音樂+詩歌」的線。另外，更不能排除組委會對獲獎者地域以及作品體裁的綜合考量。但是既然已經頒給了一位民謠歌手，就不得不引發思考。在中國，鮑勃・迪倫也是當前最熱的話題。喧囂之後，我們需要冷靜下來分析，一個歌手獲文學獎意味著什麼，尤其是給中國的文學藝術界帶來怎樣的啟示？

鮑勃・迪倫獲得 2016 年度諾貝爾文學獎引發軒然大波，但是以其自身的成就而言他獲此獎實至名歸。本文梳理其獲獎的理由，並以此展開，討論一位

〔註 70〕重返 61 號公路，《遙遠的鄉愁——臺灣現代民歌三十年》，新星出版社 2007 年版。

民謠歌手獲得文學獎帶給中國文壇的啟示。具體從三個層面展開，一是指出當代文學的邊界已經打開，是一種「大文學」；二是指出高雅與低俗藝術之間的邊界已彌合，文學也是如此，雅俗界限逐步消失；三是指出民謠音樂（歌詞）中所蘊含的詩性或將是文學未來的走向，一度割裂的「歌詩」傳統在中國也呈現出復蘇的姿態，這將影響整個文學的基本走向。藝術只有從民眾中來，再回到民眾中去，才值得褒獎。

不少文學作品用音樂相關術語為題，也是考慮到音樂本身傳播力的問題。范小青的《戰爭合唱團》、王筠的《交響樂》、顏歌的《聲音樂團》、房偉的《血色莫扎特》等小說的題目直接使用音樂術語，通過音樂的張力，來點題、吸睛，擴大文學的傳播。

關於民謠歌者獲獎，啟示之一是文學的邊界屬性問題，也是文學涵蓋範圍問題，即是文學究竟包括哪些內容，歌詞算不算文學，歌詩算不算文學，民謠詩人是不是文學家？鮑勃·迪倫引起的巨大爭議在於他的獲獎不是憑藉中規中矩的文學作品，而是他的音樂中所富含的詩意。很多人認為他的歌詞抽調音樂便什麼也不是，可正是這些歌詞與音樂的結合，讓他成為全球知名的歌唱者。

郭英劍認為，迪倫獲獎，重要啟示便是「突破疆界，重新定義文學」〔註 71〕。毫無疑問，這些民謠歌詞就是文學。事實上，文學的邊界一直在拓寬。正如丹尼烏斯所說，其實時代一直在發展，文學並非固定不變。文學一直在變化，且還會繼續發生變化。現如今，網絡文學、電子文學產品的出現，同樣都是對文學樣式的一種突破。文學只有將其邊界打開，涵蓋更為廣泛的藝術形式，才能獲得更多的關注與支持，在中國，文學的邊界已經打開了。尤其是，音樂與文學的互動一直都存在，文學借鑒音樂的結構，使用大量的音樂元素，作品中直接引用歌詞等等，音樂也向文學汲取資源，不少作品直接改編自詩歌，這些跨界融合最終使得音樂與文學彼此界限模糊。

趙毅衡指出，文學的範圍已經從文學擴展至文化，「文學理論」也應該被涵蓋範圍更大的「文化理論」代替。李怡創辦《大文學評論》〔註 72〕學術集刊，提出「回到『大文學』本身」，收錄包括文學研究、影視分析、歌詞研究等文章，將文學提升至「大文學」。關於歌詞研究一直是文學研究領域詩歌研究方

〔註 71〕郭英劍，《鮑勃·迪倫引發追問：究竟什麼是文學？》，《文藝報》2016 年 12 月 14 日。

〔註 72〕李怡主編，《大文學評論》第 1 輯，花城出版社 2015 年。

向的重鎮，陸正蘭提出「歌詞學」〔註 73〕並一直潛心耕耘，大量的學術著作、博士、碩士學位論文以歌詞為研究對象，而這些人的出身都是文學院。在不少文學期刊上，也刊發了大量關於歌詞、歌詩人的研究文章，如研究崔健、周雲蓬的文章刊發在《天涯》《當代文壇》等文學刊物上。崔健等人的作品被收進主流文學史，等等，都說明了文學的邊界在不斷打開。

相關的研究能形成一定氛圍，改變既定的觀念。在西方國家，特別是美國鮑勃·迪倫已經成為一種文化，受到許多人的追捧。在一些大學已經出現了一個名為「迪倫學」的學科，而迪倫的歌詞也被作為詩歌入選許多美國大學的文科教材〔註 74〕。在 2016 年的哥廷根大學，有教授一學期的比較文學課程就是講鮑勃·迪倫一人。在中國，迪倫也是學界的熟知的對象，李皖、袁岳、郝舫、陸正蘭等樂評人、學者撰寫過不少關於他的評論文章。正是研究邊界的擴展，才使得範疇更廣的大文學現象步入人們視線。在未來，只有進一步打開文學邊界，兼收並蓄，開放包容，才能使文學永葆生機與活力。當然，這並僅僅是將理論進行轉向，甚至將文學理論泛文化理論化〔註 75〕，而是切切實實將文學的邊界打開，回歸文學的本真狀態。尤其是在中國，詩樂舞三位一體是文學的最初的狀態。

（二）詩人歌手五條人的「出圈」

以網絡平臺為節目主體製作播出的《樂隊的夏天》因為種種原因，很快就走紅，成為話題節目。很多樂隊進入大眾視野，除開水木年華這樣的超級樂隊，很多樂隊在圈子內其實已經有很大的影響力。只不過樂隊文化一直偏向小眾，有其固有的受眾群體，才會顯得知名度不是那麼高。五條人就是如此，他們很早就獲得關注，是一支成熟的樂隊，有自己獨特的音樂風格和音樂追求，在圈內有不小的影響力。通過這檔節目被更多的人熟知起來。不過他們的經歷一波三折。場內淘汰，場外卻出圈。五條人在《樂隊的夏天》經歷了什麼？五條人，究竟在唱什麼？在表達什麼？他們的音樂有什么魔力？他們的出場又意味著什麼？

五條人的音樂是一門綜合的藝術。音樂之餘，文學凸顯。藝術一直具有不可遏制的體裁欽羨衝動，渴望與其他體裁靠攏，呈現出普遍的「出位之思」。

〔註 73〕陸正蘭，《歌詞學》，中國社會科學出版社 2007 年版。
〔註 74〕陸正蘭，《戴上了桂冠的民謠詩人》，《詞刊》2011 年第 2 期。
〔註 75〕朱立元，《反思西方泛文化理論的影響》，《中國社會科學報》2016 年 8 月 4 日。

音樂與文學關係密切，雙方互相影響，互相依託。五條人的出圈，首先與他們自身的文學性不無關係，這種文學性提升了他們的藝術性。文學性不僅僅是在說他們曾在文學刊物發了幾首詩歌，被文學刊物即研究者關注過，而是他們的音樂集中在歌詞上，集中在文字的主題表達上。吟詠腳下的土地與人——這是他們唯一的主旨。這種及物的寫作，似乎也是對詩壇空洞化書寫的一種有力反駁。「樂迷慣常以民間、底層、草根、方言、母語等來概括五條人的創作面向，誠然，這些在五條人身上都得以直觀地凸顯，但被忽略掉的，卻是五條人的日常敘事手法，以及背後的詩意創造。」這是文學雜誌《花城》上刊發文章對他們的評價。但是究竟何為「詩意」很難說清楚。他們土得掉渣，如何與一向以高雅自居的詩意聯繫起來？也許是源於他們始終腳踩著大地，可謂當代的行吟詩人。出走是他們生活的基本方式，也是他們的作品一再演繹的主題，「走鬼」是他們另一個稱謂。一行行有意味的歌詞，讓他們獲得了搖滾詩人的稱號。

五條人出道之後，不但擁有自己的死忠樂迷，也獲得了專業人士的青睞。簡單來看，五條人的音樂是典型的民謠風。簡約的樂器、質樸的唱法、土味的方言、隨性的颱風、底層的形象構成了他們音樂的底色。但是因為風格特殊，有極強的辨識度。李皖是較早推介五條人的樂評人之一。2009 年，五條人的第一張專輯《縣城記》便獲得了《南方周末》頒發的年度音樂獎，評委包括郝舫、老狼、李皖、小柯、張鐵志等。頒獎詞寫道：「五條人」在其首張專輯《縣城記》裏舒展了原汁原味的鄉野中國，在音樂日趨娛樂化的大背景下，它無異於「盛世中國」的音樂風景畫，它所富含的原創性彰顯了音樂的終極意義——吟詠腳下的土地與人。」這些評價有些形而上，五條人的音樂描繪了怎樣的「鄉野」？音樂的終極意義有什麼特指？「港紙販子」、老光棍阿炳耀、傻朋友、髮廊妹……這些都是五條人音樂中的形象。從泥土到水泥，從鄉土到都市，五條人的音樂一直是那麼「土」。這些歌既是寫別人，也是寫自己，因為他們就在那片土地成長，也有賣打口碟等「走鬼」經歷，還有試圖走出那片土地的嘗試。這是來自真實生活最接近生活的音樂。雖然他們也有《彭啊湃》《陳先生》這樣的指向歷史的音樂，但總的來說，五條人的音樂，或者說詩作，是在踐行「日常生活的審美化」，就是唱身邊的凡夫俗子，家長里短，雞毛蒜皮。他們的音樂，敘事成分濃鬱，用敘事的手法在抒情。《縣城記》《一些風景》《廣東姑娘》《夢幻麗莎髮廊》《故事會》《爛尾樓》這些歌曲裏，日常的敘事的歌曲佔據著絕大的部分。每一首音樂中幾乎都有一個鮮明的形象，這種極具辨識度的音樂形象也得益於文學思維。

故事性、敘事性是最典型的文學性表達，五條人的每一首音樂似乎都有一個故事。《倒港紙》中「表叔公」在海豐縣城東門口「倒港紙」，這是 20 世紀 80 年代末海陸豐的一個特殊行當。《夢幻麗莎髮廊》中描寫了一個被從鄉下騙至城市裏的髮廊妹的故事。《爛尾樓》取材自根據真實故事改編的影片《熱帶》。正是這些故事性，讓他們的音樂是及物的。五條人一直在音樂和文學之間遊走。如果聯繫到音樂人鮑勃・迪倫獲得諾貝爾文學獎，其中的深意也就更加凸顯。五條人也在追逐這樣的一種藝術境界。搖滾與文學歷來關係曖昧，文學每每試圖將其納入進來。音樂與文學的邊界一步步在打開。「大文學」的概念在學界得到越來越多地提倡和關注。很多專事文學批評的學者轉向了文化研究，音樂、影視、亞文化等都是他們關注的對象。音樂與文學彼此間的關聯是一個亟待深化的問題。

五條人的詩意，很多時候來自他們對地方的堅守。第一張專輯《縣城記》寫著八個字：「立足世界，放眼海豐」，這是一種對地方與世界關係的顛覆。《樂隊的夏天》首輪，他們臨場換歌，以一首方言歌曲《道山靚仔》聽呆了觀眾，由於是臨場換歌，沒有字幕提示，聽眾與樂評人並不知道他們在唱什麼，雲裏霧裏投了票。不過很多彈幕表示，倒回去再聽，便感慨萬千。這種對自己語言的堅守，是他們最典型的特質。地方為什麼如此重要？因為是地方構成了中國。方言文化是地方文化的最強表徵。土到掉渣，卻並非俗不可耐，這就是真實的地方，真實的生活呵。地方性知識是一個外來詞彙和概念，現在被廣泛應用。美國著名文化人類學家吉爾茲的《地方性知識》在西方文化學理論界有著極大的影響，堪稱經典和理論楷模，《地方性知識》的命題旨在認知的具體性、穿透性和闡釋性，這也成為一個常用的概念。當然，地方性並不是一個簡單的理論術語，在五條人那裡，就是一首又一首的作品。

地方性是他們的標簽，並未成為他們的短板，因為他們的地方，是立足於世界這樣的視域。這裡需要反思的是，過多的地方性會不會造成偏安一隅、一葉障目？被冠以地方性的東西是提供一種別樣的生活，還是提供一種獵奇的玩味對象？五條人就因為這樣的地方獨特性被一檔節目淘汰了多次又被「打撈」回來。如何地方，怎樣世界，五條人仍在嘗試著尋找答案。

文學性和地方性讓五條人有了獨特的音樂性，最終指向的是藝術的本真性。這些作品以及音樂人本身，似乎都指向了藝術的本真性。也正是這份本真性，無法真正融入《樂隊的夏天》這樣的娛樂節目，三上三下，被節目榨乾。五其實條人之前也曾獲得過業內很大的關注，但是始終沒有走進大眾的視野，隨著節目的播出，越來越多的人知道了五條人，但是他們似乎對此不是很在意。五條人曾說過，「詩意是不是統稱就是一個詩意？有時候你覺得詩意的東西，我覺得有點噁心；而我覺得詩意的東西，你說這是什麼鬼。」這種理解，是對自己信仰文化的絕對自信。對本真性的堅守，其實就是最大的詩意。

藝術學界一直有個悖論，就是本真性與同一性的問題，簡單來說就是藝術追求本真，保留原生態，這是極為隱秘的，悄然發展的，必然是少數人的事業，而一旦被關注，很快走向大眾，走向同一性，其自身的特性也就不復存在。隨著同化進程的加劇，很多作家不標注，分不清是不是少數民族作家了，身份界限的消失帶來的也許是民族特性的消亡。本真性與同一化問題，值得進一步思索。

五條人在《樂隊的夏天第二季》的狀態或許就是樂隊文化最為本真的流露，本真性是藝術無法迴避的話題。參加《樂隊的夏天》，五條人直言是為了名和利，為了金錢，也為了更多的人瞭解他們的音樂，這就是具有本真性藝人率真的回答。借助大眾媒體和商業資本的力量，將搖滾音樂推向了大眾的視野，但是這樣的節目與現場搖滾音樂有多遠的距離，這樣的試水有多少積極的意義？重點是，當樂隊遇上綜藝，搖滾還能搖嗎？雖然很多樂手可以借助這樣的平臺，培育更多的受眾，有了收入才會繼續他們的音樂事業，但是這種依靠大眾傳媒和商業資本堆積起來的東西，還是搖滾樂所追求的初衷嗎？商業與藝術的悖論如何破局，還是一個需要持續討論和思考的話題。更為重要的是，獨立音樂人以及樂隊本身就是因為其獨立的特性彰顯了本性，但是隨著大眾傳媒的介入，曝光度增加，獨立性不斷減弱，其藝術本真性似乎也不復存在，這樣的結局究竟是喜還是憂呢？也許是意識到這一點，他們並未完全屈從節目的需要，而是我行我素，追求自我的本真性。

五條人，一個只有「兩條人」站在臺前的樂隊，一個待在地方、寫地方、唱地方的音樂組合，被一檔節目淘汰了三次。這個集文學性和音樂性於一身的樂隊，注定不屬於這個娛樂的舞臺。他們借助舞臺獲得了更多人的認可，但是他們還是要回去做屬於自己的藝術了。有意思的是，五條人場內遭遇淘汰，場外卻出圈了。場上場下，圈內圈外，五條人都不僅僅指向一個簡單的綜藝節目，而是與音樂性、文學性、地方性和藝術本真性等諸多更有深意的問題相關。

（三）音樂與《裝臺》改編的成功

陳彥是戲劇出身，在他的作品中，音樂佔據著很重要的位置。在《裝臺》《主角》《喜劇》等作品中，音樂就是另一種意義上的主角。根據其小說《裝臺》改編的電視劇《裝臺》開播並很快走紅，引發不小的關注和討論。這在國產劇中可以說是很難見到的情景了。在電視劇《裝臺》播出之前，很少有人知道「裝臺」兩字是什麼意思。而隨著電視劇的播出，《裝臺》成為一個話題，收視與口碑贏得了雙豐收。在口碑風向標的豆瓣、知乎上，甫一開播接近9分的評分是近年來國產劇較少出現的高分。最近幾年的電視劇行業，各種批評、詬病、吐槽不斷，還誕生了「倍速播放」「注水劇」「爛尾劇」等新名詞與新現象，雖然個別網絡劇反其道而行之，以一些特殊選題獲得了意外成功，但總體不盡如人意。《裝臺》則是近年來現象級的電視劇。《裝臺》是如何突出重圍的值得深入思考。它的成功，是多種因素促成的，音樂也是其中重要的元素之一。

電視劇是一門複合符號藝術，由多種媒介組成，除了畫面之外，聲音是電視藝術表意的重要符號，音樂元素的安排和使用也是極為重要的一環。音樂作為一種含有語義的特殊聲音符號，無論在電影之內，還是電影之外，都創造出多種可能的意義。《裝臺》的音樂使用較多，片尾的時候將劇中出現過的音樂都打在字幕上，足有數十首，可見音樂在劇中的分量，劇中主要的音樂有秦腔、流行歌曲、純音樂、器樂等。

《裝臺》的音樂首先是對秦腔的深度挖掘。首先是秦腔藝術的挖掘。《裝臺》的故事以陝西為背景，以秦腔團的生活為主要內容，具有濃鬱的地域特性。《裝臺》涉及地方文化的方方面面，秦腔文化、飲食文化、旅遊文化等等。該劇主要涉及的是舞臺藝術，也就是秦腔，將秦腔藝術進行了最大程度的發掘。《裝臺》改編自陳彥的同名小說，陳彥有著相當豐厚的生活基礎，常年工作在劇團，對這一領域極為熟悉，《西京故事》《主角》等作品都是以此為題。正是對秦腔藝術的熟稔，讓秦腔成了該劇的「主角」之一。與此同時，劇組還邀請了大批的戲曲專家進行把關。保證了戲曲音樂的品質。秦腔是中國西北地區傳統戲劇，歷史悠久，是四大聲腔中最古老、最豐富的聲腔體系。秦腔表演樸實、豪放，富有誇張性，生活氣息濃厚。它流行於中國西北的陝西、甘肅、青海等地。秦腔是第一批國家級非物質文化遺產，現如今正逐步走向大眾，譚維維改編的《華陰老腔》雖然不是嚴格意義上的秦腔，也是風格較為相似的音樂，由此引發的討論也是因其本身所蘊含的巨大能量。在電視劇中，秦腔不止是舞臺上表演的東西，而是每個人張口就來的東西，是人們生活的組成部分，正是如此，融進劇中的音樂也會讓觀眾身臨其境。

其次，《裝臺》的成功是地方性文化的突圍。地方性的音樂更是一道靚麗的風景。除了秦腔，主題曲插曲等音樂也具有濃鬱的地方性。具有地素性的歌曲在劇中多次出現。比如黑撒樂隊的《陝西美食》、范煒的《這就是陝西》，將陝西文化進行了全方位的呈現。很多劇目和歌曲都是用方言來唱的，方言流行歌曲的語言使用實際就是一種探尋與確認文化身份的工具，對亞文化族群的身份再造和想像具有明顯的作用，也有著很強的辨識度和影響。近段時期五條人的海豐話音樂迅速走紅，早幾年愛奇藝打造的《十三億分貝》也是一檔方言音樂綜藝節目，它以「地方話」為演唱形式，進行原創、改編、翻唱，產生了很大的反響。方言歌曲在電視劇《裝臺》中的安排，一方面是配合電視劇的地方表達，另一方面本身就是地方文化的一種。另外很多配樂也吸收了地方音樂的特點，比如「八叔追狗」劇的背景音樂採用了戲曲伴奏中常用的小鑼作為主要樂器，這種編配就是有意識的凸顯地方文化。

最後，該劇的音樂主題性較強，與電視劇的融合程度高，能夠好地服務於電視劇。配樂團隊在配樂之前，就擬定了幾大音樂主題，音樂在主題上表達上有很多的補充、提示、昇華。比如劇中反覆出現《白龍馬》，這是刁菊花的母親教她彈的一首曲子，而母親離開後，她不再學琴，親人走了，夢想也未能繼續，只能回歸到普通人的生活，這也是其性格怪異的重要原因，而很多觀眾吐槽該形象有些極端，其實音樂已經做了提示。又比如蔡老師離家出走後，順子夜裏輾轉反側，其內心的苦悶也是用一段秦腔來表達和烘托的。還有很多重要的情節段落，都有適當的音樂出場。主題曲也是配樂的一大亮點，《不愁》《我待生活如初戀》兩首主題曲的歌詞具有濃鬱的生活氣息，表達了一種豁達的人生態度，對主旨的精準概括使得該片一度改名為《我待生活如初戀》，而這正是主題曲《不愁》中的一句歌詞：生活虐我千遍萬遍／我待它如同初戀／舒坦自在地活著／憨憨的眯起了我的眼。而這些質樸的歌詞，對《裝臺》中人們的生活狀態描繪恰到好處。雖然演唱者的選擇並未走很多劇一貫的巨星路線，該劇的影視原聲依舊獲得了不錯的口碑，當然演唱者孫浩也是《中華民謠》這樣經典曲目的演唱者，「低調而奢華」。

對音樂使用安排的重視，昭示的是該劇對細節的重視，而這些最基本的細節，是電視劇成功的保證。《裝臺》的成功是注重細節的雕琢。這裡的細節，包括多個方面，但其實也是最低最基本的要求。比如演技，演技是演員最基本的要求，但是隨著偶像派和流量明星大行其道，演員的演技變得無關緊要，各種「演技類」娛樂節目也流行開來。而該劇男女主人公飾演者都是長期活躍在熒屏的「戲骨」，很多特別出演者亦是如此。又比如真實。目前很多劇情節天馬行空，違背簡單的生活常識，甚至還出現了中途被叫停的劇，這些都背離了真實的原則。電視劇《裝臺》全景呈現生活百態與眾生萬象，無論是故事場景的設置，情節的推動，感情的走向，都經得住生活的檢驗。相較於很多電視劇粗糙的配樂、鉅資邀請流量明星演唱的粗放型模式，音樂可以說是電視劇《裝臺》的一大亮點，主題曲、插曲、秦腔共計數十首，音樂與劇情相得益彰。種種細節的注重，讓電視劇《裝臺》成為品質劇，贏得觀眾認可。

音樂不僅是一個研究的對象，它是體認世界的一條途徑。影視中的音樂為我們理解作品的主題提供了一條極佳的路徑，音樂如今不再僅僅附著於電視劇，而是融入電視劇，成為電視劇不可或缺的一部分，是電視劇情節重要的一環，更是推動故事情節走向、刻畫人物內心世界、表達電視劇主題的一種利器。影視和音樂尤其是歌曲的雙向互動關係越來越明晰。裝臺是舞臺藝術極為重要的環節，雖隱居幕後，卻不可或缺，而音樂在劇中的作用也正是如此，音樂為電視劇《裝臺》扮演著「裝臺」的角色。而這些所有的音樂，其實在小說中已經有所呈現，經過的電視這一視聽媒體的傳媒，增加了傳播效率，也進一步刺激了文學本身的傳播。電視劇播出後，關於作家陳彥的熱度又提升了多個檔次。

《冬與獅》是一部反映長津湖戰役的小說，在小說的封面上，印著的是「鋼七連」的戰歌，這是音樂作為圖書傳播推廣的表現。書封的推薦文字在現在文學書籍的推廣中佔據重要地位，而借助音樂手段成為一些人的選擇。格非早年間的《隱身衣》的宣傳推廣就是以時代的聽力為主題，將格非與古典音樂的關係作為圖書的賣點之一。

文學批評已經成為文學傳播重要的手段之一。作為傳播的批評。話題批評。批評成為一種文學傳播的利器，很多的批評並非侷限在文學內部，而是借助多種媒介，聽覺就是重要的手段。最近今年，《文藝報》等官方媒體都開通了微信公眾號，除了推介文字，作家主播開始流行起來，用聲音將文學傳播得更為廣泛。在此之前，大量的宣傳推廣和創作談涉及音樂媒介。比如格非的《隱身衣》在推介的時候，就主打了古典音樂的牌。王堯的《民謠》在作者的創作談中，也從音樂對作家的深遠影響而談的。從音樂的角度進行文學批評已經有了不少成果。有聲讀物不斷出現，很多經典文學作品都有了有聲版，關於有聲讀物的形態打造，還有很多可以探索的地方，譬如，有不少作品中有很多音樂場景，在轉化為有聲讀物的時候，可以指甲將音樂表現出來。另外，在朗讀作品的時候，需要有一定的背景音樂，以豐富作品的感染，選擇什麼樣的背景音樂，也值得深入思考。這些都必須結合著技術的發展，以及文學和音樂兩種媒介的特質進行考量。再比如還有與音樂相關的人際傳播，作家進駐各大短視頻、直播平臺，利用新媒體推廣作家作品。這時候的音樂起到了相當重要的作用，在這樣的場景中，音樂的選擇對作家活動的成功與否、流量、人氣都有影響。

文學作為一種冷媒介，在網絡時代遇冷已經不是什麼詫事，而文學中普遍地使用音樂等相對較熱的媒介，除了能在文學的內部起到豐富技法表達，深化主題等作用，也能在外部的傳播層面提升傳播效力。

結語　跨「介」書寫：媒介時代文學的未來

從創作層面而言，文學生產機制發生了變遷。傳統的「作家寫—報刊（出版社）發—讀者（批評家）讀」三位一體的文學生態鏈和生產機制被打破，讀者越來越少，在這樣一種語境下，文學的生產機制發生了變化。在市場經濟體制之下，文學也商業化了，在市場機制的調配下，有些類型文學很快擁抱了市場。但是，市場並不接納一切類型的文學，而且，「市場導向之外，還有政治控制之下的很多資源，足以對文學形成利誘和扭曲。職位、職稱、獎項、宣傳、出國觀光、其他福利等，都曾經是有效的政治操作手段……很多文學現象都牽連到社會利益，都隱含著各種利益資源的分配。」〔註 1〕在這樣一種大環境下，傳統文學的生產機制發生了巨大轉變，傳統的作家寫、讀者讀的模式不復存在。那些無法和市場步調一致的作家也要生存，也需要有生存的保障，紛紛被納入作協等相應的體制，作品創作出版發行也就有了一套新的機制。項目扶持機制、出版機制、獎勵機制等都是這一大機制下的分支。這些機制基本都是依據社會利益而設置，是各種利益資源的分配框架。當前文學的生產從選題立項，到發表出版，再到宣傳推廣，直到參評各類獎項，都有一整套的運作機制。將文學這一極具個性化和主體性的事業發展成為一種社會化的大生產，雖然文本最後還是由作家本人完成，但是外界各種因素深刻影響著作家的創作。

〔註 1〕韓少功，《當代文學病得不輕》，《科學時報》2006 年 12 月 19 日。

第一節　文學的媒介化加劇

文學事件化，文學作品也降解為一般的裝飾品，雖然也是一種無實用意義的符號，但是從文字閱讀的層面獲取精神愉悅的享受已經不復存在了，文學作品成為家庭的裝飾品，各種精裝本、叢書、套裝、簽名本、文學沙龍層出不窮。但這都與內容沒有了多大關聯，而更在意的是形式，說到底，就是落到介質上面，而非內容。

媒介時代的文學最大的特點就是邊界的拓寬。諾貝爾文學獎作為全球範圍內的頂級文學獎，具有很強的風向標作用，而觀察近年來的獲獎作家作品，就會有更為直觀的感受。非虛構、實驗戲劇、民謠歌詞、試驗詩歌，等等，都不是傳統意義上的、狹義層面的文學範疇。

文學只有將其邊界打開，涵蓋更為廣泛的藝術形式，才能獲得更多的關注與支持，在當下，文學的邊界已經打開了。音樂與文學的互動一直都存在，文學借鑒音樂的結構，使用大量的音樂元素，作品中直接引用歌詞等等，音樂也向文學汲取資源，不少作品直接改編自詩歌，這些跨界融合最終使得音樂與文學彼此界限模糊。正是研究邊界的擴展，才使得範疇更廣的大文學現象步入人們視線。在未來，只有進一步打開文學邊界，兼收並蓄，開放包容，才能使文學永葆生機與活力。這種邊界的打開與擴展，需要引起學界的研究關注，相關的研究能形成一定氛圍，改變既定的觀念，研究也才會進一步昇華。出現了更新的技術與更新的文學樣態，比如創意寫作、寫作工坊等機構開設。文學寫作商業意味濃鬱，無論是官方的還是民間的，都有較為類似的生產機制，很多時候直接與產業化相關，打造的是文學 IP，一個文本預設了一系列的周邊衍生產品，文學編碼之際必然會考慮到多媒介的因素，產品形態也是多媒介的，或者至少有他媒介的趨勢。從研究的角度來說，研究的文學媒介學興起。網絡文學作品，在線寫作模式，接力賽。除了寫作方式，文學媒介也有變化。紙質出版時代的文學媒介研究，畢竟停留在一種理念上面，而新技術則讓這些研究面臨切實的問題。多媒介時代，具有超鏈接功能的文學作品開始出現，在作品中直接嵌入圖片、聲音、視頻、場景互動等，雖然並沒有大規模湧現，但是未來的發展方向也可以預見。隨著人工智慧、AI 技術的日趨成熟，這種成熟的新型作品樣式或將成為常態。技術永遠在革新，思維需要緊跟步伐。

文學與其他媒介會進一步融合，圖像化、影視化、新媒體藝術化等。音樂化程度也會加深。對中國而言，傳統的「詩教」功能，或許正在不知不覺地由

「歌教」來代替。因為歌曲的傳播範圍和受眾毫無疑問要比純詩歌文學大很多。在實際踐行層面，一部分音樂人的歌詞作品在藝術品格上，已經不遜於成熟的詩，而且作詞人對「歌詩」這種文體已經相當自覺。一部分詩人開始轉向，成為以「歌詩」創作為主，從而成為一類新型的「歌詩人」。「歌」「詩」融合的趨勢，是文學文化藝術發展的一種趨勢，這是影響力日益衰微的書面詩與淺俗歌曲共有的一個自我拯救機會。正是詩與歌的跨界，詩與歌的融合，將受眾越來越少的純詩歌拉回人們的視線，也正是詩歌的藝術性，可以將品質飽受質疑的流行歌曲水準進行提升。這是基於歌詞（音樂）的大眾化程度而言這其實也與中國的文學傳統有關。音樂的大眾化程度更高，更需要開發與之相關的產品。文學與音樂的融合會進一步加劇。

「只有在一種個體的感官解放上，一種非被操控，尤其是非被消費經濟操控的感官解放中，新的自由和解放才成為可能，只有重建感性，才有可能將人從現存世界中解放出來，而在其中，多感官參與的感性，才是真的感性解放。」〔註 2〕聽覺轉向打破了視覺的霸權地位，恢復感官平衡，解放了人類的感性，使我們重獲自由。超越視覺文化，走向聽覺文化和傾聽美學，是一種歷史和邏輯的必然。〔註 3〕書寫文明的誕生改變了人類的認知結構與文明延續方式，傳統口耳相傳模式發生改變，視聽開始轉向視覺。我們迄至今日主要是視覺主導的文化，正在轉化成聽覺文化，這是我們所期望的，也是勢所必然的。〔註 4〕

第二節　跨界書寫常態化

藝術的出位根源在於藝術的共通性。作家可以跨界創作。隨著媒介融合的不斷加劇，藝術的跨界創作愈發明顯，文學的跨界書寫成為常態。文學融合了多個藝術門類和學科，呈現出百科全書式的樣態。「『百科辭典』式創作意識以及多種學科話語對現代小說創作的影響，讓現代小說的文體呈現出多角度多方位地吸納各種學科知識的態勢。現代小說文體不再以單一的敘事路徑貫徹文本始終，而是不斷延伸出種種話題，讓小說創作的『故事』成為吸納多學科

〔註 2〕孫鵬程，《警惕視覺中心主義傾向》，《文藝報》2015 年 3 月 16 日。
〔註 3〕肖建華，《傾聽：視覺文化之後》，《文藝研究》2014 年第 10 期。
〔註 4〕（德）沃爾夫岡・威爾什，《走向一種聽覺文化？》，載陸揚、王毅，《大眾文化研究》，上海三聯書店 2001 年版。

話語的載體，而不是讓多學科話語成為『故事』的附庸。」〔註5〕已經有大量的文本具有此特性。很多青年作家的文本普遍呈現出這樣的特點，涉及多個學科的話語，不斷延伸出種種話題，知識點充滿了小說。

李永剛的《我的萊伊拉》是一部典型的「逾越文體界限」〔註6〕的作品，小說是一首帶有鮮明的自我獨白特質的長篇抒情詩，作家是在模擬一個鰥夫的口吻，柔情萬種地向自己心目中的女神萊伊拉傾述著一腔真誠的戀慕之情。小說明顯跨界到音樂這一藝術，在作品中有大量的音樂元素，既有中國傳統音樂、西方古典音樂，也有國外經典民謠、中國流行歌曲等。小說明顯受到羅曼·羅蘭音樂小說《約翰·克里斯朵夫》的影響，在作品中多次提及、引用這一小說。《我的萊伊拉》在整個氛圍上與其靠攏，小說有很多的部分直接滑向了音樂的討論，具有音樂筆記的性質。作家也在創作談中提及了音樂對這個小說的影響。李永剛自陳，1930 年代老電影《漁光曲》中的主題曲《漁光曲》對他影響很深，尤其是電影《歸來》的主題曲也借用了《漁光曲》，這與他的小說主題高度契合。〔註 7〕這部寫寫停停的小說，竟因為音樂的靈感而得以完成，足見小說的音樂性。這部充滿音樂性的戀人絮語，因為音樂的介入而顯現出文體的豐富性。

鮑爾吉·原野的小說《露水旅行》也是一部跨界之作，作為小說文體，卻在散文刊物《美文》連載，具有小說和散文的雙重特性。在作品中，音樂的出場是散文化最重要的元素，一開始，作家就逐句逐句分析了《烏克蘭之歌》，接下來又有《江沐淪》《泰加羅葬禮歌曲》《斯卡波羅集市》《紅旗頌》《大學生》《中阿友誼之歌》等，作者也借人物之口特別強調自己對音樂的敏感，最終讓小說成為一個跨文體的文本。徐小斌長期遊走在文學、繪畫和影視藝術之間，在對文學、繪畫和社會人生的深刻洞見中，不經意地流露出一種少有的「貴族氣息」，而其有質感的文字，有時又帶有一絲女巫的氣息，它們共同組成了徐小斌的獨特世界。丁捷也是遊走於文學和繪畫之間。李餌的《應物兄》、馮驥才《藝術家們》都是一種涉及多個學科門類的作品。李洱《應物兄》是一部浩繁龐雜之書，長達 80 多萬字的小說，李洱借助對話、講演、討論、著述、回憶、聯想、激辯等形式，牽出中外古的經典文獻達數百部之多，內容涉及哲學、歷史、文章、詩、詞、曲、對聯、書法、篆刻、繪畫、音樂、戲劇、小說、影視、綜藝

〔註 5〕余岱宗，《百科辭典式的創作意識與現代小說的文體變革》，《福建師範大學學報》（哲學社會科學版）2019 年第 6 期。

〔註 6〕王春林，《逾越文體界限的精神敘事》，《長篇小說選刊》2017 年第 1 期。

〔註 7〕李永剛，《歸來》，《長篇小說選刊》2017 年第 1 期。

等。房偉專門論述過此問題，作家並非全是科班出身，跨專業、跨藝術門類的：2018年，我參加茅盾文學獎新人獎的評審，頒獎會上，我發現獲獎作家從事的專業五花八門，有財會、建築、醫學、軍事、機械、計算機等，但沒有一位獲獎作家出身中文系。這無疑提醒我們注意，文學教育已出現很大問題。很多年輕學者，都是由於喜歡文學創作，進而走入學術研究領域，結果，陷入規範化的學科規訓之後，最後反而「不喜歡文學」了。〔註8〕這也說明，由於作家的多學科化，文學的跨學科、跨媒介在當下及未來的一段時間，會成為常態。

在文學內部的跨文體書寫嘗試中，音樂扮演了極為重要的角色，比如小說無論是跨向散文或者詩歌，音樂的加持就會提升契合度。在文學外部的跨其他藝術門類的寫作中，音樂也不容忽視。本文討論作為媒介問題的音樂，媒介的具體指向問題，既指向媒介間性，多表現為一種模仿和靠近，主要是音樂性和音樂化；也指向媒介本身，即一種文本編織的介質材料，主要表現為文本中的音樂材料；同時還有一種媒介意識的意味，主要表現為藝術間的影響，比如本文不少篇幅在討論音樂對作家的影響，這種或明或暗、或虛或實的標榜重點落腳在意識上，而不是具體的某一處文本實踐。文學中為什麼會有音樂的介入，為什麼需要對此進行研究，這一問題指向的只是當下文學寫作變化很小的方面，最終指向的則是一種研究範式問題。

第三節　後文學時代新人文研究範式的建立

文學的音樂性研究是探究一種新的文本闡釋方式，每每在藝術變革的階段，往往是音樂起著先導的作用，正是對藝術和實現的敏感，讓音樂成為藝術之母，並深刻影響到其他的藝術門類。魯樞元研究文學的向內轉，很大的一個指標是小說的音樂化。延伸開去，就是說音樂是小說追求自身技藝突破的努力。音樂的介入改變了文本的性質，冗餘大大增加，讓思緒在文字上停留時間的更久，延長了審美距離，增加了審美時間。

「文學、藝術具有相同的審美特質，將它們放在一起綜合研究，更有利於揭示文學藝術的美學本質。」〔註9〕文學中的音樂研究是對作家創作資源的考

〔註8〕房偉，《論「學者型作家」與「作家型學者」》，《福建師範大學學報》（哲學社會科學版）2019年第6期。

〔註9〕李健，《中國古典文藝學研究的學理陳思》，《文藝報》2008年7月10日。

察，認清創作的來路才能更好地把握創作的去路。近年來，現當代文學史料學興起，並逐漸發展壯大，對作家們進行了全方位的探究，這就是在探究作家創作的資源。文學中的音樂資源不能忽視。通過音樂與文學的互文研究，嘗試探索一條新的文學研究之路，以貼合當下文學發展的現狀。不少學者提出，文學研究再也無法回到此前的範式之中，同意或者不同意，「後文學」時代確乎已然來臨，自足、自律、獨立的「純文學」話語逐漸在喪失它的普遍合法性，而從 20 世紀 80 年代中期之後的一系列文學文化現象與話語實踐也在呼喚著一種新的人文理解、闡釋與運行方式的到來。〔註 10〕而這些變化，更多的還是與媒介相關。針對傳統文本，學界在改變研究路徑，李丹丹的「聽覺轉向」與《紅樓夢》的有聲傳播研究探討傳統小說與新媒介的關係。〔註 11〕而新的文本編碼直接受到媒介環境的影響。

時下很多消費行為聚焦的不是內容，而是純形式，也可以說就是在媒介層面。「文學是語言的藝術」這樣的傳統定義被改寫，文學成為一種「藝術事件」。從音樂的角度切入文學，能夠豐富文學的研究路徑。最直接的一點便是，恢覆文學的閱讀。這在標簽文學時代尤為重要。當下文學書寫進入一個熱衷於貼標簽的時代，無論是作家的寫作，還是批評家的批評和闡釋，都樂於此。標簽是一種寫作者身份強化的手段、一種文本辨識度提高的方法、一種寫作行為固化的表徵。標簽能夠將作家迅速圈子化、類型化、理論化，為理論批評提供一定的便利。標簽的魔力在於，幾個同樣的關鍵詞，往往就可以給同一類型的不同作品用上，並生發出評論文章來。久而久之，寫作者也形成一種固定思維，也可以說是「理論化」思維，就是對標理論批評進行創作，將自己的寫作往各種標簽和關鍵詞上去貼、去靠。閱讀依舊是必不可少的，文學的闡釋，首先來自對文本「詳細而共鳴式的閱讀」，「文本闡釋的最好方法始於閱讀」。〔註 12〕文學的音樂性考察，來源於文本的閱讀，在作品細讀的基礎上而梳理出來的一些書寫共性。

〔註 10〕劉大先，《從後文學到新人文——當代文學及批評的轉折》，《當代文壇》2020 年第 3 期。

〔註 11〕李丹丹，《「聽覺轉向」與〈紅樓夢〉的有聲傳播》，《紅樓夢學刊》2020 年第 5 期。

〔註 12〕（美）海登・懷特，《敘事的虛構性》，馬莉麗等譯，南京大學出版社 2019 年版，第 265 頁。

傳統的體裁自限研究模式讓很多研究只不過是不斷重複而已。比如近年來長篇小說的寫作和出版都是所有文學體裁中體量最大的文體，但是長篇小說遭受詬病也越來越多，高產低質幾乎已成共識。新時期的文學隨著思想解放運動和改革開放發展起來，隨著西方文學的大量引入以及社會風氣的空前好轉，新時期文學在 1980 年代迎來了黃金年代，隨後的 1990 年代被批評家稱之為白銀時代，這個時代雖不耀眼，卻是實實在在的收穫期，產生了大量的有分量的作品，1990 年代似乎很漫長，一直延續到今天，21 世紀已經快步入第三個十年，文學似乎還是 1990 年代的餘緒，一直是平穩期，沒有多少的突破，除了產量上從年產幾百到現在年產幾千部的轉變，其他方面似乎沒有多少變化。何以如此，需要理論的辨析，其中也包括研究的不力。本文討論作為媒介問題的音樂，媒介的具體指向問題，既指向媒介間性，多表現為一種模仿和靠近，主要是音樂性和音樂化；也指向媒介本身，即一種文本編織的介質材料，主要表現為文本中的音樂材料；同時還有一種媒介意識的意味，主要表現為藝術間的影響，比如本書不少篇幅在討論音樂對作家的影響，這種或明或暗、或虛或實的標榜重點落腳在意識上，而不是具體的某一處文本實踐。文學中的音樂問題指向的只是當下文學寫作變化很小的方面，最終歸結的問題是一種研究範式問題。這一研究方法的提出，豐富文學研究的版圖。

特別是進入媒體時代以來，文學的境遇發生了很大的變化，文學與大眾媒介的關係越發緊密，文學普遍具有了媒介間性，文學中的多重文本特性更為凸顯，畫面、聲音、造型、空間、場景、色彩等與文字並列，一起構成文學文本。文學文本因此具有跨學科、跨媒介、跨文化的特點。對文學的研究也從單純的文學角度擴展至文化學領域。有論者指出當下進入「後文學」時代，需要新的人文理解、闡釋與運行方式的到來。文學音樂性的研究，就是尋找一種新的人文研究模式。伴隨著文學場域的調整和文學生態的變遷，文學逐漸演變為一個文化學意義上的課題。跨學科逐漸成為一種慣常的方式，音樂是看出世界意義的一種媒介，是小說中一種極為重要的敘事手段。本文通過對小說中出現的音樂進行解讀，分析小說如何與音樂結合形成新的文本、構成新的表意模式，小說和音樂如何進行互釋，並探究音樂和小說文本結合後產生的獨特而奇妙的意義。丁帆指出，「跨界藝術風格的思維和運用，的的確確是我們所有的文學家應該思考的問題」〔註 13〕，這是創作的需要。王一川指出，文藝評論需要

〔註 13〕丁帆，《畫框裏的人物肖像和風景長鏡頭——從〈依偎〉看小說跨界敘述風格

「跨性」〔註14〕，這是從研究的角度而言。

從宏觀層面而言，文學媒介研究近年來蔚為大觀，但是這種媒介研究大多在外圍研究，很少從文本出發。本文則從文學本體入手，探索文學編碼時的媒介思維及意識，研究文本的多媒介呈現。同時，又從外部考察這種跨界編碼帶來的新的傳播動力。文學的多媒介樣態是文學面臨媒介時代呈現的典型面貌，但並不是全新的面貌，本文對文學的媒介歷史也進行了歷史考察。面對批評的質疑、讀者的流失、國際文壇的壓力，作家們也有革新的壓力與衝動，音樂介入文學也是一種革新的嘗試，關於這方面的研究也有一定價值。第一，形成一種新的人文闡釋方式。第二，豐富文學研究的話語體系建設。第三，對當代文學進行有效而新穎的闡釋。跨媒介敘述學正在建構之中，跨媒介敘事已經蔚為大觀。本文從文本編碼層面探討跨媒介書寫現象，這是藝術學科得以建立，藝術學通史得以成立的基礎。藝術學理論的跨媒介建構，跨媒介敘事、廣義敘述學等，都是立足文本編碼的跨媒介這一現實。如果沒有文本內的成立，各種外部的推論都只是建在空中的樓閣。

的文本組合》，《文藝爭鳴》2020年第9期。

〔註14〕王一川，《當代中國文藝評論的跨性品格》，《中國文藝評論》2020年第5期。

主要參考文獻

一、著作

1. 白樺等，《音樂與我》，上海音樂出版社 2000 年版。
2. 陳元峰，《樂官文化與文學》，山東教育出版社 1999 年版。
3. 陳子善，《紙上交響》，百花文藝出版社 2014 年版。
4. 傅修延，《聽覺敘事研究》，北京大學出版社 2021 年版。
5. 格非，《小說敘事研究》，清華大學出版社 2002 年版。
6. 格非，《朝雲欲寄》，華東師範大學出版社 2009 年版。
7. 胡易容，《圖像符號學：傳媒景觀世界的圖式把握》，四川大學出版社 2014 年版。
8. 胡友峰，《媒介生態與當代文學》，武漢大學出版社 2016 年版。
9. 黃發有，《中國當代文學傳媒研究》，人民文學出版社 2014 年版。
10. 康凌，《有聲的左翼》，上海文藝出版社 2020 年版。
11. 羅小平，《音樂與文學》，人民音樂出版社 1995 年版。
12. 李雪梅，《中國現代小說的音樂性研究》，中國社會科學出版社 2019 年版。
13. 凌逾，《跨媒介敘事——論西西小說新生態》，人民出版社 2009 年版。
14. 陸正蘭，《歌詞學》，中國社會科學出版社 2007 年版。
15. 馬雲，《鐵凝小說與繪畫、音樂、舞蹈——兼談西方現代藝術對中國文學的影響》，河北人民出版社 2006 年版。
16. 莫言，《用耳朵閱讀》，作家出版社 2012 年版。
17. 單小曦，《新媒介文藝生產論》，中國社會科學出版社 2020 年版。

18. 沈亞丹，《寂靜之音：漢語詩歌的音樂形式及其歷史變遷》，上海人民出版社 2007 年版。
19. 嚴鋒，《感官的盛宴》，上海書店出版社 2007 年版。
20. 余華，《音樂影響了我的寫作》，作家出版社 2018 年版。
21. 朱謙之，《中國音樂文學史》，上海世紀出版集團 2006 年版。
22. 張邦衛，《媒介詩學：傳媒視下的文學與文學理論》，社會科學文獻出版社 2006 年版。
23. 趙毅衡，《廣義敘述學》，四川大學出版社 2013 年版。
24. 趙毅衡，《符號學：原理與推演》（修訂本），南京大學出版社 2016 年版。
25. 趙毅衡，《藝術符號學：藝術形式的意義分析》，四川大學出版社 2022 年版。
26.（瑞士）樊尚・考夫曼《「景觀」文學：媒體對文學的影響》，李适嬿譯，南京大學出版社 2019 年版。
27.（法）居伊・德波，《景觀社會》，張新木譯，南京大學出版社 2017 年。
28.（法）雷翁・吉沙爾，《法國浪漫主義時期的音樂與文學》，溫永紅譯，百花文藝出版社 2005 年版。
29.（法）羅曼・羅蘭，《羅曼・羅蘭音樂筆記》，秦傳安譯，上海人民出版社 2020 年版。
30.（奧）維爾納・沃爾夫，《小說的音樂化：媒介間性的理論與歷史研究》，李雪梅譯，華東師範大學出版社 2022 年版。
31.（捷）米蘭・昆德拉，《小說的藝術》，董強譯，上海譯文出版社 2004 年版。
32.（美）希利斯・米勒，《小說與重複——七部英國小說》，王宏圖譯，天津人民出版社 2008 年版。
33.（加拿大）馬歇爾・麥克盧漢，《理解媒介：論人的延伸》，何道寬譯，譯林出版社 2011 年版。
34.（英）尼克・史蒂文森，《認識媒介文化——社會理論與大眾傳播》，閻嘉譯，商務印書館 2001 年版。
35.（美）瑪麗・勞爾・瑞安，《跨媒介敘事》，張新軍、林文娟等譯，四川大學出版社 2019 年版。
36. Werner Wolf.*The Musicalization of Fiction.A Study in the Theory and History*

of Intermediality.Rodopi, 1999.
37. Catherine Jones, *Literature and Music in the Atlantic World, 1767～1867*, Edinburgh University Press, 2014.
38. Robert Fraser, *Literature, Music and Cosmopolitanism : Culture as Migration*, Palgrave MacMillan, 2019.
39. Adriana L. Varga; Sanja Bahun; Elicia Clements, *Virginia Woolf and Music*, Indiana University Press, 2014.
40. David Deutsch, *British Literature and Classical Music : Cultural Contexts 1870～1945*, Continnuum-3PL, 2015.
41. Schafer, *The Soundscape : Our Sonic Environment and the Tuning of the World*, Destiny Books, 1993.

二、論文

1. 陳海，《從「媒介即信息」到「媒介即文學」》，《百家評論》2019 年第 4 期。
2. 陳旋波，《音樂性：西方浪漫主義影響下的前期創造社》，《中國比較文學》1994 年第 2 期。
3. 程光煒，《賈平凹的琴棋書畫》，《當代文壇》2012 年第 1 期。
4. 叢新強、李麗，《有聲的「風景」與革命敘事——論「十七年」小說的歌謠嵌入現象》，《當代文壇》2020 年第 5 期。
5. 李鳳亮，《複調：音樂術語與小說觀念——從巴赫金到熱奈特再到昆德拉》，《外國文學研究》2003 年第 1 期。
6. 李新亮，《論現代小說的音樂性》，《蘭州學刊》2010 年第 10 期。
7. 劉大先，《從後文學到新人文——當代文學及批評的轉折》，《當代文壇》2020 年第 3 期。
8. 劉俊，《理解藝術媒介：從「材料」到「傳播」》，《當代文壇》2020 年第 6 期。
9. 劉欣玥、趙天成，《從「革命凱歌」到「改革新聲」——「新時期」與王蒙小說中的聲音政治》，《揚子江評論》2017 年第 1 期。
10. 劉永麗，《論海派文學中的音樂書寫》，《中國現代文學論叢》2017 年第 2 輯。

11. 梅麗，《現代小說的「音樂化」——以石黑一雄作品為例》，《外國文學研究》2016 年第 4 期。
12. 馬雲，《論新時期小說與民歌的結合》，《河北學刊》1995 年第 3 期。
13. 沈杏培，《張承志與岡林信康的文學關係考論》，《文藝研究》2019 年第 9 期。
14. 沈亞丹，《論中國藝術形式的泛音樂傾向》，《東南大學學報》（哲學社會科學版）2004 年第 5 期。
15. 史舒揚，《中國現當代小說中的音樂化敘事初探》，《延河》2019 年第 8 期。
16. 譚文鑫，《用「人事」作曲——論沈從文〈邊城〉的音樂性》，《中國文學研究》。
17. 肖伊緋，《一曲「毛毛雨」，魯迅煩死，張愛玲愛死》，《北京青年報》2022 年 4 月 20 日。
18. 許祖華，《魯迅小說的人物與音樂——魯迅小說的跨藝術研究》，《山西大學學報》（哲社版）2010 年第 3 期。
19. 嚴鋒，《張煒的詩、音樂和神話》，《當代作家評論》2002 年第 4 期。
20. 顏水生，《史詩時代的抒情話語——歷居茅盾文學獎獲獎作品中的詩詞、歌曲與風景》，《文學評論》2020 年第 4 期。
21. 顏水生，《音樂話語與新世紀小說的抒情形式——以格非為中心》，《南方文壇》2022 年第 3 期。
22. 顏水生，《跨媒介寫作與新世紀長篇小說的藝術境界》，《東嶽論叢》2023 年第 1 期。
23. 王萬順，《莫言小說中的「紅歌」書寫及其敘事功能》，《中國政法大學學報》2020 年第 3 期。
24. 張箭飛，《魯迅小說的音樂式分析》，《中國現代文學研究叢刊》2001 年第 1 期。
25. 周志雄，《論張潔小說的音樂化特徵》，《中州大學學報》2010 年第 3 期。

三、學位論文

1. 米佳麗，《論紅柯小說的音樂性》，陝西理工大學碩士論文，2020 年。
2. 葉思慧，《論張承志小說的音樂性》，江西師範大學碩士論文，2021 年。
3. 雷咪咪，《論曹乃謙小說的音樂性》，東北師範大學碩士論文，2022 年。

4. 李欣儀，《跨學科視野中的沈從文與音樂關係研究》，湘潭大學博士論文，2012 年。
5. 譚文鑫，《沈從文的文學創作與音樂》，湖南師範大學博士論文，2010 年。
6. 向天一，《莫言小說的音樂性研究》，吉林大學博士論文，2020 年。
7. 張璐，《晚清到 1940 年代中國漢語新詩的音樂性研究》，蘭州大學博士論文，2018 年。
8. 張入雲，《問題史：中國新詩的音樂性（1917～1949）》，復旦大學博士論文，2011 年。
9. 張靜濤，《評書與連播：當代中國有聲小說研究》，陝西師範大學博士論文，2020 年。

後　記

本書是在本人的博士後出站報告的基礎上修改而成的，因出版需要，進行了部分內容的增刪。博士後的工作報告匆匆完成，其不足之處羅列不盡。進站之前鬥志昂揚，躊躇滿志，覺得能幹出一番大事業，進站之後才發現理想之豐滿，現實之骨感，尤其是在職從事博士後科研工作，科研的鬥志每每被亟需處理的工作打斷，報告中的不少內容都是不成熟的想法，不少論述也是淺嘗輒止。靠著生活中擠出來的時間讓報告初見雛形，卻未能精雕細琢，只好再次寄希望於理想，奢求以後還有機會繼續研究並修訂。

在此之前也出版了幾本小書，但都沒有認真寫過後記，總覺得與學術無關的話語，都是浪費光陰，我的生活單調至極，讀書、寫作，無效的社交幾乎不參加，但是在夜深人靜的時候去回溯這些已經逝去的時光，才幡然醒悟，生命裏哪裏有所謂有效的還是無效的區分呢？每一種經歷，都是一種財富，生命中每出現的一個人，都值得珍惜。而我的一切，正是這些人的出現，才逐步擁有的。

博士後經歷及報告的撰寫過程，要感謝的人實在是太多。首先要感謝的是我的合作導師陸正蘭教授。從碩士到博士，一直跟隨老師，她為我樹立了師者的榜樣，老師用她的學術態度侵染了我，給了我無盡的關懷，師恩銘記於心，無需贅言。還要感謝趙毅衡教授在日常生活中無微不至的關懷與學術上苦口婆心地傳道授業解惑，將寶貴的財富饋贈於我。在我工作之後，陸老師和趙老師對我的關懷也絲毫未減，當我所在的雜誌缺稿子的時候，他們一次次將自己的成果發過來，卻從未考量他們自己的「工分」問題。從學業到工作，從家庭到生活，老師的愛一直在場。序言部分收錄了早些年對兩位導師的訪談，既因為這兩個訪談囊括了他們核心的學術思考，對當代學術界不無裨益，也是我學術之路的一種紀念。感謝兩篇訪談的編輯、《四川戲劇·當代藝術觀察》的主編李遠強先生，他對訪談的刊發付出了太多心血，同時也要感謝鄢然老師，她和李遠強老師一道，對我學業給予的支持與鼓勵。

特別感謝李怡教授，讓我有機會能夠在中國臺灣的出版社出版一本自己的小書，這是對我學術之路莫大的支持與鼓勵。同時感謝花木蘭文化出版社的編輯張雅淋、潘玟靜先生，他們的艱辛付出讓這一理想最終落地。

還要感謝幾位評審專家和答辯老師，他們懷著極大的耐心讀完報告，並試圖找到些微的出彩之處，當然更重要的還有他們中肯的意見和建議。感謝求學路上的各位老師，西南科技大學的張德明老師、趙蓉老師……四川大學的毛迅老師、張歎鳳老師、干天全老師……符號學—傳媒學研究所的諸位師友：唐小林老師、胡易容老師、譚光輝老師、饒廣祥老師、胡一偉老師、張騁老師……感謝你們在我求學其間的幫助和指導。感謝我工作單位的羅勇老師、楊青老師，羅偉章老師、伍立楊老師，趙雷老師，童劍老師……他們對後輩的提攜關懷讓我有一個可以充分施展自己的舞臺。

感謝我的高中班主任田華生老師，是他的教育、鞭策與鼓勵，讓我們這些農村娃娃，有了奮鬥的方向，有了前進的力量，也有了現在的一切。師恩永難忘。感謝他的那些弟子們：徐利民、趙小波、王尉鑒、張曉萍、何國林、何玉忠、劉飛、蒲祉吉、趙全祥、張德文、鄢繼瑞、李林鍾、楊小強、李長林、李國澤、王府元、賀天龍……從青年到中年，我們相互鼓勵、相互扶持、相互學習，友誼的小船，一直開到今天，我們一次次聊起那段求學經歷，彷彿歲月就一直定格在那個時刻。

感謝湖北民族大學的幾位來四川大學攻讀博士學位的同學們，張宏樹、賴申昊、向思全、范奎、譚瓊，他們有的是我的室友，有的是我的同門，有的是理工科專業的，他們與我一道在上個世紀建造的堪稱「古董」級別簡陋的博士宿舍熬燈守夜，奮筆疾書，一起探討學術，一道享受生活，或豪飲、或小酌……他們參加我的婚禮，聽著我的小孩出生的好消息……與他們的交往讓我的讀博生涯不僅僅是一種苦讀，而成為一段令人無比懷念的幸福時光。與九眼橋毗鄰的牛王廟，是另外一塊寶地，那些名字總在浮現，王本超、時佩險、李志鵬……與大成都相鄰的崇州市，那是我的第二故鄉，感謝新故鄉的人們，曾議、韓駿、江燕……這其中，當然也少不了我的摯友孫化顯，這所有的一切，他都是參與者與見證者。

感謝我的父母、妹妹、妻子等家人，你們始終是我學術路上的堅強後盾。感謝我的兒子歡歡，女兒樂樂，他們真真切切地帶給了我無盡的歡樂。

最後，還有很多的人有恩於我，大恩不言謝，但早已將你們的名字刻在心上。讀博士的時候，覺得學術是一種歷險，現在這種感覺變得更加強烈，無論日後是否會有所得，這場生命的歷險已經完全融進自己的肉體和靈魂，足夠銘記一生。